K. Rosebroek

Günter Beckröge

Bier bei Beckröge!

Erinnerungen an eine Bremer Firma und Familie

Mit einem Geleitwort
von Jens Böhrnsen

Donat Verlag

Bibliografische Information der Deutschen Bibliothek

Die Deutsche Bibliothek verzeichnet diese Publikation in der Deutschen Nationalbibliografie; detaillierte bibliografische Daten sind im Internet über http://dnb.ddb.de abrufbar.
ISBN 978-3-938275-51-1

Borgfelder Heerstraße 29 · D-28357 Bremen
Telefon: (0421) 1733107 · Fax: (0421) 275106
E-Mail: info@donat-verlag.de

Lektorat: Helmut Donat und
Hartwig Struckmeyer, Bremen
Layout und Umschlaggestaltung:
Roland Kofski, Bremen
Druck: Druckerei und Verlag
Steinmeier GmbH, Deiningen

Inhalt

Geleitwort

Ein junger Mann auf der Suche nach besseren Perspektiven wandert nach Amerika aus. Das klingt wie der Anfang einer alten Geschichte, die man schon tausendmal gehört hat. Und doch berührt es seltsam und sonderbar, was uns ein Mahagoni-Tisch aus vergangenen Tagen zu erzählen weiß. Hinrich Lange heißt der Junge, und das fein und schmuckvoll gestaltete Möbelstück, unter dem sich viele, von seinen exotischen Löwenfüßen und magischer Ausstrahlung bezauberte Kinder einfinden, ist Sinnbild des wirtschaftlichen Erfolgs, den Hinrich sich im „Land der unbegrenzten Möglichkeiten" erarbeitet. Er legt damit den Grundstein für die Zukunft der traditionsreichen Bremer Firma Beckröge.

Die Lust am Abenteuer und dem Tisch hat Mary Lange, Hinrichs geliebte Tochter, von ihrem Vater geerbt. In entgegengesetzter Richtung tritt sie in die Fußstapfen ihrer Mutter Maria und landet in Deutschland. Aber die Liebe trägt sie nach Bremen, das ihr zur zweiten Heimat wird, doch bleibt sie in ihrem Herzen und Wesen Amerikanerin. Heinrich Beckröge, ihr Mann, ist ihrem Vater ähnlich: Eigensinnig und klug gründet er in der Hansestadt eine Firma für den Vertrieb von Bier und anderen Getränken. Das mittelständische Unternehmen floriert, schafft Arbeit für die gesamte Familie, die sich Ansehen erwirbt und der es an nichts mangelt.

Weitblickend behalten Heinrich und seine Söhne Henry, Herbert und Willy die Interessen der Firma im Auge, die ihr Leben bestimmt und für die sie engagiert und unermüdlich wirken. Trotz aller wirtschaftlichen Schwierigkeiten und den Beschädigungen, die zwei Weltkriege mit sich bringen, halten sie geschickt an ihrem Erfolgskurs fest, und es gelingt ihnen, ihre Selbstständigkeit zu bewahren. Nicht einmal der Luftangriff, der 1944 die Gebäude zerstört, kann die Beckröges entmutigen. Schon bald sind sie in der Lage, die Geschäfte wieder aufzunehmen, indem sie Lieferungen von einem aus Molke erzeugten Bier organisieren.

Auch in ihrer Haltung zur Politik und zu den herrschenden Kreisen und Auffassungen vertraut die Familie auf ihr eigenes Urteilsvermögen. Sie lehnt Krieg, Militarismus und Diktatur ab, ergreift Partei, auch wenn dadurch Freundschaften zerbrechen, sie auf Abneigung stoßen oder Argwohn erregen. Besonders die Frauen bemühen sich, Angehörige vor der Grausamkeit und den Gefahren des Krieges zu schützen: Anna, Herberts Frau, bringt es sogar fertig, ihren Mann als „unabkömmlich" für die deutsche Wirtschaft erklären zu lassen und hilft ihrem Sohn Günter, die Teilnahme an Verabredungen der Hitlerjugend zu ersparen.

Zwar können die Frauen inmitten einer von Gewalt und Machtdenken geprägten Gesellschaft kaum etwas ausrichten, eines aber können und tun sie: ihre Söhne und Enkelkinder zur Liebe erziehen, zur Ehrfurcht vor der Natur und zur Menschenwürde, mag der Nächste auch Jude sein. Vielleicht ist das Schicksal ihnen wegen dieser Rechtschaffenheit gnädig: Niemand von ihnen muss auf dem Schlachtfeld sterben, was es ihnen nach dem Krieg erleichtert, schnell wieder Fuß zu fassen.

Bis 1988 bleibt die Leitung der Firma in den Händen der Familie, und wird von der einen Generation zur nächsten weitergegeben. Dennoch gilt bei ihr ein ungeschriebenes Gesetz: Keines von Heinrichs Enkelkindern soll in die Firma eintreten. Mit dem ältesten Sohn von Fritz Nordmann finden sie jemanden, der die Geschäfte mit Fairness fortführt. Seither gehört das Beckröge-Unternehmen der „Nordmann Gruppe", und obwohl kein Beckröge mehr dabei ist, besteht der Name weiter fort.

Günter Beckröge erzählt das alles in einem schlichten, flüssigen und gefälligen Stil, der sich mit einem leicht-zärtlichen, manchmal auch wehmütigen Ton paart, den nur ein Mensch haben kann, der trotz aller Widrigkeiten das Gute in sich und seinen Erinnerungen bewahrt. Mit seinem Buch ist es dem inzwischen betagten Enkel von Heinrich Beckröge gelungen, eine bislang wenig bekannte Seite deutscher und bremischer Zeit- und Wirtschaftsgeschichte aufzuschlagen. Insbesondere führt er uns die in mancher Hinsicht atypische Prägekraft seiner Eltern, Groß- und Urgroßeltern vor Augen. Zugleich gibt er uns Einblick in den Werdegang und das Wirken einer Bremer Kaufmannsfamilie, die dem altbremischen und vorbismarckschen Ideal, Patriot und Weltbürger zu sein, treu geblieben ist und bei allen Erfolgen nie vergessen hat, dass sie dem Menschen zu dienen haben. Ein Buch, von dem ich mir wünsche, dass es viele Leser findet.

Im September 2008

Jens Böhrnsen,
Bürgermeister der Freien
Hansestadt Bremen

Meinen Kindern und Enkelkindern,
damit sie wissen, woher sie kommen.
Erzählt, wie es mir erzählt worden ist
und mit meiner Fantasie ausgeschmückt.

In Erinnerung an meinen Vetter
Hans-Jürgen, der als letzter „Beckröge“
die Firma geführt hat und meinem
Vater sehr geholfen hat.

Vorwort

Dieses Buch habe ich aus dem Gedächtnis geschrieben und dabei all das, was mir meine Eltern, vor allem mein Vater und meine Großeltern, und hier besonders meine Großmutter, die „Amerikanerin“, die Mutter meines Vaters, erzählt haben, und das, was mir aus meiner Kinder-, Jugendzeit und als Familienvater in Erinnerung geblieben ist und was die Fantasie mir eingab. Das alles mag einer pedantischen Prüfung der Tatsachen, Daten und Abfolgen nicht immer standhalten, mir aber gibt es das Gefühl, mich an die hundert Jahre zu erinnern.

Ich habe alles aufgeschrieben – einmal für mich selber, da es irgendwie heraus musste, dann für meine Kinder und Enkelkinder, damit sie erfahren, was ihnen bislang unbekannt gewesen ist, vielleicht auch für Leser, die sich die Geschichte und den Werdegang einer Bremer Familie vor Augen führen möchten, die vor über hundert Jahren mit einer Auswanderung begann.

Der Auswanderer

Es ist Frühling. Die Bäume werden grün. Lerchen steigen trillernd zum Himmel empor, morgens und abends singen die Amseln, die Bauern bestellen die Felder. Eine schöne Zeit mit viel Sonne, die den Sommer ahnen lässt, und auch genügend Regengüssen, die für das Gedeihen der Saat so wichtig sind, die Natur schnell aufwecken und alles zum Blühen und Grünen bringen.

An einem dieser Tage macht sich der 21 Jahre alte Hinrich auf. Es soll kein gewöhnlicher Weg werden, sondern eine sehr weite Wanderung. Sein Entschluss, die Heimat zu verlassen, ist nicht von heute auf morgen geboren, sondern wohldurchdacht. Der Vater war zuerst entsetzt und nicht einverstanden. „Du bist mein Ältester", hielt er ihm entgegen, „du erbst den Hof, dein Lebensweg liegt hier im Dorfe, warum willst du weg?"

Hinrich antwortete: „Ja, ich erbe den Hof, und viele beneiden mich darum. Aber ich muss meine Geschwister auszahlen, und du weißt Vater, das ist nicht leicht. Aber das ist nicht der einzige Grund, warum ich gehen will. Wenn ich hier bleibe, muss ich nächstes Jahr zum Militär, und das will ich nicht. Ich habe meinen eigenen Kopf, ich kann mir nicht vorstellen, Befehlen gehorchen zu müssen, deren Sinn ich nicht verstehe. Nein, ich will nicht zu den Soldaten und bin nicht bereit, dem preußischen König zu dienen, einem König, der so weit weg ist von unserem Dorf. Ich will fort von hier, nach Amerika. Da brauche ich nicht zum Militär, und immer wieder wird erzählt, dass ein kluger und fleißiger Mensch dort schnell sein Glück machen kann und selbst bestimmt, was aus seinem Leben wird. Vater, gib mir bitte ein paar Mark als Abfindung für meinen Anspruch auf den Hof – und lass mich ziehen!"

Natürlich sagte der Vater nicht sofort ja. Aber immer wieder kam es zwischen den beiden zu ähnlichen Gesprächen. Schließlich gab der Vater nach: „Wenn du es denn unbedingt willst, so zieh mit Gott, und ich hoffe, dass du es nicht bereuen wirst."

Es ist noch früh, als Hinrich eine große, stabile Kiste auf den leichten Kutschwagen, der zu dem Hof gehört, lädt. Die Kiste enthält alle seine Habseligkeiten: Kleidung, Werkzeug, Bücher. Hinrich war stets ein guter Schüler und hat viel gelesen und gelernt. Auch einige Andenken an den Hof, an seine Kindheit, die Eltern und Geschwister nimmt er mit.

Der Wagen ist angespannt, und sein jüngerer Bruder bringt ihn zum nahen Verden. Die Mutter weint. „Bleib' nicht so lange weg", flüstert sie. Auch der Vater ist gerührt. Seine Stimme klingt seltsam rau, als er sagt: „Halt dich hart und komm' nicht unter die Räder!" Er wendet sich ab. Auch Hinrich ist traurig und gibt jedem seiner Geschwister die Hand. Er versucht sie zu trösten: „Wenn ich reich bin, lasse ich euch alle nachkommen." Doch niemand lacht, zum Scherzen ist keinem zumute.

Hinrich klettert auf den Kutschbock, und sogleich nimmt sein Bruder den Zügel auf. Ein lautes „Hüh", der junge Braune zieht kräftig an. Die Zurückbleibenden winken, Mutter weint, der Vater geht ins Bauernhaus.

Hinrich wird plötzlich ganz leicht zumute. Trauer und Abschiedsschmerz sind im Nu verflogen. Die Sonne steigt zum Himmel auf und verspricht einen warmen Frühlingstag. Er sieht das Grün der Bäume, hört das Lied der Lerche, verfolgt den kühnen Flug eines Falken und entdeckt bald vor sich zwischen den Bäumen – noch klein, aber gut sichtbar – das hohe Dach des Verdener Domes, der im ganzen Lande bekannten und berühmten Kirche. Er kann nicht mehr an sich halten, muss sein Glück, seine Hoffnung und seinen Mut herausschreien: „Amerika, ich komme! Hinrich hat sich auf den Weg gemacht, Hinrich aus Deutschland ist zu dir unterwegs!" Sein Bruder schaut ihn erstaunt von der Seite an und meint: „Du hast es gut, ziehst einem tollen Abenteuer entgegen." Aber Hinrich antwortet: „Du hast es doch auch gut, Amerika macht dich zum Erben."

Dem großen Abschied von der Familie, dem vertrauten Hof und gleich noch von dem Bruder ist gestern ein kleiner, aber sehr intensiver vorausgegangen: der von seiner Freundin. Das Mädchen ist ein Jahr jünger als Hinrich. Sie kennen sich, solange sie denken können. Ihre Kinderfreundschaft ist in den letzten Monaten zu einer starken Gemeinsamkeit geworden, die manch anderer „Liebe“ genannt hätte – ein bei den Bauern jedoch ungebräuchliches Wort. Es wird für etwas Großes, Heiliges angewandt und eher selten für die starken Gefühle, die Mann und Frau verbinden. Maria reagierte verwirrt, als Hinrich ihr erklärt hat: „Ich will nach Amerika.“ Und noch trauriger war sie gestern Abend, als die beiden sich erst zögernd und dann heftig küssten, so dass Hinrich ihr versprach: „Ich hole dich nach, ganz bestimmt! Wir heiraten in Amerika und werden glücklich und reich. Das will ich, und ich schaffe es!“ Maria sagte nur: „Ich warte auf Dich“, riss sich los und rannte weg. Er sollte nicht sehen, wie sehr sie weinte.

Das war gestern, aber jetzt ist Hinrich ein Auswanderer und in Verden mit einem Fuhrmann verabredet, der nach Bremen Waren aus Verden bringen will. Der Fuhrmann steht schon bereit. Hinrichs Kiste landet auf dem Frachtwagen. Schnell noch der Abschied vom Bruder, und Hinrich steigt heute zum zweiten Mal auf einen Kutschbock, diesmal um weiter zu reisen, der großen Stadt Bremen entgegen.

Die Fahrt schleppt sich hin. Mittags werden die Pferde ausgespannt, gefüttert und getränkt. Auch der Fuhrmann und Hinrich machen eine Pause. Doch schon bald geht es weiter. Am späten Nachmittag tauchen vor ihnen die vielen Türme der Hansestadt auf, und dann rollen sie auch schon an den ersten Häusern vorbei, poltern über Kopfsteinpflaster, sind in Bremen. Sie fahren in die Mitte der Stadt, zum Marktplatz am Dom, vorbei an dem prächtigen Rathaus und sagenumwobenen Roland, der, ein gewaltiges Schwert tragend, noch heute hier steht.

Hinrich, zum ersten Mal in Bremen, ist wie erschlagen. Bisher ist er nur in Verden gewesen, doch schon die Kleinstadt kam ihm, der aus einem Dorf mit nur wenigen Bauernhöfen stammt, gewaltig vor. Aber die Fahrt durch die alte Hansestadt versetzt ihn in grenzenloses Staunen. Das muss das Größte sein, das es auf der Welt gibt! Die vielen Häuser, Straßen und der enorme Verkehr! Neben, vor und hinter ihnen sind schwere Frachtwagen unterwegs, Ein- und Zweispänner-Kutschen sausen geradezu an ihnen vorbei. Überall sind Menschen, die gehen, rennen, reden, schreien, lachen, und einige auch, die weinen. Frauen, Kinder, Männer, große, dicke, kleine, dünne. Hinrich hat von der Stadt erzählen hören, aber er wusste nicht, dass sie so riesig ist und so voller Leben steckt, dass es überhaupt so viel Leben gibt.

Über den Marktplatz rollt ihr schweres, hochbeladenes Fuhrwerk in eine Straße, die ein wenig bergab führt, hinab zum Ufer eines breiten Flusses. Es ist nicht flach, grün oder sandig, sondern besteht aus hohem Mauerwerk, das den Lauf des Wassers einengt und begrenzt. An dem großen Bollwerk liegen viele Segelschiffe, schmale, schwankende Stege verbinden sie mit dem Ufer und den Straßen der Stadt. Ununterbrochen werden Bündel, Kisten, Körbe und Ballen auf die Schiffe getragen, Waren, die in den Packhäusern gelagert sind.

Auch auf der Weser, deren graues Wasser ruhig und stetig fließt, ist reger Betrieb. Flache Schuten bewegen sich flussaufwärts, von kleinen Schlepp-Dampfschiffen gezogen, die gewaltige Wasserwellen hinter sich schaufeln und aus dünnen, überlangen Schornsteinen dicke, schwarze Rauchwolken zu einem Himmel hinauf qualmen, der sich heute klar und sonnig über die Stadt wölbt. Es ist ein herrlicher Anblick, ein Bild voller Leben, Arbeit und geordnetem Durcheinander. Die Masten der vielen Schiffe an der Kaimauer wirken wie ein Wald aufragender Stämme, an denen Wimpel flattern, und am Heck der Schiffe tanzen bunte Fahnen mit Wappen und Zeichen im Wind, die anzeigen, woher die Schiffe kommen und wem sie gehören.

Hinrich ist ganz still geworden. Er weiß nicht, ob er sich freuen oder Angst haben soll. Das Unbekannte wirkt bedrohlich, doch die Neugier überwiegt, und so entscheidet er sich dafür, wie gut es doch ist, die erste Etappe seiner Reise geschafft zu haben und auf alles gespannt zu sein, was noch vor ihm liegt. Er kann nicht ahnen, wie viel das ist!

Der Fuhrmann hält vor einem großen Lagerhaus, wo er seine Ware abladen will, was aber erst am nächsten Tag geschehen soll. Erst einmal die Pferde abspannen, in einen Stall bringen und versorgen. Hinrich hilft dabei. Der Fuhrmann nimmt den jungen Mann mit zu der Herberge, in der auch er übernachten will. Lauter und lebhafter Betrieb empfängt sie. Aber auch für Hinrich findet sich noch ein Bett in einer Kammer, in der später noch einige junge Leute ihr Nachtlager aufschlagen.

Hinrich ist müde und hungrig. In der Gaststube isst er zu Abend und geht danach, obwohl es noch früh ist, zu Bett. Er ist der Erste in der Kammer, und kaum liegt er, ist er schon eingeschlafen. In der Nacht wacht er auf. Die Betten um ihn herum sind besetzt. Hinrich sieht nichts, aber er hört tiefes Atmen, wie sich einer im Bett herumwälzt und ein anderer zu schnarchen beginnt. Die Luft in der engen Kammer ist von den vielen Schläfern verbraucht. Hinrich hat nie allein in einem Zimmer die Nacht verbracht. Auf dem Bauernhof besaßen sie zwar ein großes Haus, aber der Wohnteil war begrenzt, der meiste Platz unter dem großen Strohdach stand dem Vieh und den Erntevorräten zur Verfügung. Hinrich hat darum immer wieder mit den Geschwistern zusammen in einer Kammer geschlafen, und wenn er nachts aufwachte, so hörte er auch deren Atem und Geschnarche. Aber das war anders als hier: vertraut, heimatlich und beschützend. Jetzt aber drängen sich Geräusche von Menschen an sein Ohr, die er weder kennt noch jemals gesehen hat. Er weiß nicht, ob sie jung oder alt, nett oder abweisend sind. Obwohl er nicht allein in dem Raum ist, fühlt er sich doch so allein, wie er es nie zuvor in seinem Leben gewesen ist.

In der ersten Nacht seiner langen Wanderung wird Hinrich bewusst, dass er ganz auf sich und seine eigene Kraft gestellt ist. Angst und dunkle Schatten türmen sich in ihm auf. Eine große Ungewissheit droht ihn zu lähmen. Es ist, als lauere ein Gespenst auf ihn und wolle ihn just in dem Moment anspringen, in dem er sich auf den Weg nach Amerika macht.

Hinrich setzt sich auf und sieht, wie sich vom kleinen Kammerfenster her ein schwacher, grauer Schimmer ins Innere drängt. Das muss der heraufdämmernde Tag sein! Dankbar hält sich Hinrich an dem Licht fest. Draußen singt eine Drossel den Frühlingsmorgen an. Wie weggeblasen ist alle Furcht, die Angst vor der Reise nach Amerika verflogen. Er lässt sich zurück in die Federn fallen und atmet tief durch. Ein seltenes Glücksgefühl überkommt ihn: „Du bist jung, stark und nicht dumm! Du wirst es schaffen!" sagt er zu sich selber. Er dreht sich auf die Seite, schließt die Augen und schläft wieder ein. Von den Geräuschen der Aufstehenden geweckt, springt er aus dem Bett und sieht jetzt, wen er gestern Abend nicht mehr kennen gelernt hat. Es sind ebenfalls junge Burschen. Nach einem fröhlichen „Guten Morgen alle zusammen!" ist er bald mit ihnen im Gespräch. Schnell stellt sich heraus, dass alle sehr umgänglich sind und keiner böse oder verschlagen wirkt.

In die Gaststube trifft Hinrich den Kutscher von gestern wieder, der die Nacht in einer nur für ihn bestimmten Schlafkammer verbracht hat. Nach ihrem gemeinsamen Frühstück gehen sie zum Packhaus, wo der Wagen des Fuhrmannes steht. Hinrich hilft beim Abladen und Transport der Güter in das große Packhaus. Auch Hinrichs schwere Auswandererkiste gehört dazu. Er will einige Tage in Bremen bleiben, um alles für die Überfahrt nach Amerika zu regeln, und er darf sein Gepäck so lange im Packhaus unterstellen.

Schließlich muss er sich von dem Verdener Fuhrherrn verabschieden und fragt: „Was habe ich für die Reise von Verden nach Bremen zu bezahlen?" Der Mann lächelt: „Du hast mir geholfen", sagt er, „das ist die Bezahlung. Hast noch Ausgaben genug, und da ist es gut, wenn der Anfang der Reise nicht zu teuer ist." Hinrich ist froh und dankbar und betrachtet das Entgegenkommen als ein gutes Omen für seine Reise. Doch als er vom Fuhrmann fortgeht, fühlt er, dass der letzte Faden zu seiner engeren Heimat durchgeschnitten ist und die große Fahrt nun wirklich beginnt.

Hinrich weiß von einem Büro für Auswanderer, welches im Zunfthaus der Kaufleute untergebracht sein soll. Er fragt sich durch und findet es gegenüber dem prächtigen Rathaus. Das Büro liegt im Keller, und die breiten Türen, die zu ihm hinunter führen, stehen weit offen.

Er gelangt in einen Vorraum voller Menschen. Schnell begreift der junge Mann, dass sie auswandern wollen. Sie kommen alle aus deutschen Landen. Das große Gewölbe ist von ihrem Sprachgewirr angefüllt, einem Stimmendurcheinander, dem Hinrich zum ersten Mal begegnet. Es ist ein Gemisch aus vielen Dialekten, die ihm zumeist kaum verständlich sind, das heimatliche Niederdeutsch ist fast gar nicht zu hören. Plötzlich ist die Fremde, sind unbekannte Völker für Hinrich Wirklichkeit geworden. Hinrich sieht viele junge Männer, die nicht viel älter sind als er, aber auch Familienväter, die die Überfahrt für ihre Familie organisieren wollen, und auch einige alte Leute, die vielleicht zu ihren Kindern reisen, die schon in Amerika sind.

Es dauert lange, bis Hinrich in ein Zimmer kommt, in das ihn ein Mann an einem Stehpult hineinwinkt. Seine Aufgabe ist es, den Auswanderern Auskunft zu geben, wie sie zu einer Passage in die neue Welt gelangen. Zuvor hat Hinrich schon mit einem Mann gesprochen, der nicht viel älter ist als er, aber auch nicht viel mehr über die Auswandererformalitäten weiß. Dennoch hat es gut getan, mit jemandem zu reden, der das gleiche Ziel ansteuert.

Als Hinrich dran ist, fragt er sogleich: „Wann kann ich eine Überfahrt bekommen und mit welchem Schiff? Wie viel kostet es? Wo muss ich die Passage bestellen und die Karten abholen?" Er erhält alle Auskünfte, die er braucht. Erst in der nächsten Woche läuft wieder ein Schiff aus, auf dem noch Plätze frei sind, er kennt den Preis und man hat ihm erklärt, wo er bezahlen muss. Alles sieht ganz einfach aus, und wenn die Seereise auch sehr teuer ist, so wird ihm doch noch eine ansehnliche Summe für den Start in Amerika bleiben.

Neue Welt, neuer Anfang! Die Worte dröhnen in Hinrichs Kopf, als er das Büro verlassen hat. Er steht auf dem Marktplatz, um ihn herum drängen und drängeln sich Menschen, die wie er aus dem Haus der Kaufmannszunft kommen, und andere, die auf der Straße vorbeilaufen, die es eilig haben, und hin und wieder auch mal einer, der einfach nur so dahin schlendert, alles beobachtet und offenbar nichts zu tun hat. Zeit hat Hinrich an diesem Tage auch, denn das Büro der Reederei, in dem er die Überfahrt bestellen und bezahlen muss, ist erst morgen wieder geöffnet. Er entschließt sich, ein wenig herumzuflanieren und sich in der schönen Stadt Bremen umzusehen.

Er kommt an den großen Steinhäusern vorbei, die den reichen Kaufleuten gehören und in denen Schreiber und Buchhalter sitzen und arbeiten. Fuhrwerke, die vor den Kaufmannshäusern stehen und von denen Waren ab- oder aufgeladen werden, stellen sich ihm in den Weg. Vornehm gekleidete Herren stolzieren vorbei; Hinrich vermutet, dass sie ihre Schiffe mit Handelsfracht über alle Meere schicken, auch nach Amerika in die Neue Welt.

Schließlich landet er wieder auf dem Marktplatz. Staunend betrachtet er den Roland, spaziert um das Rathaus herum und bleibt an der Treppe stehen, die in den Ratskeller führt, wo die Bremer Bürger Wein trinken und eine gute Mahlzeit zu sich nehmen. Hinrich spürt plötzlich, wie hungrig er ist. Seit dem Frühstück in der Herberge hat er nichts mehr gegessen. Aber in den Keller hinunter, das traut er sich nicht. Da geht es sicher sehr vornehm zu, und ein junger Bursche vom Lande, noch dazu auf der Durchreise nach Amerika, ist dort vielleicht nicht sehr willkommen. Außerdem dürften die Preise viel zu hoch für ihn sein, der sein bisschen Geld für den Anfang in der Neuen Welt zusammenhalten muss. Ganz in Gedanken versunken sagt Hinrich vor sich hin: „Eine gute Mahlzeit, ein Glas Wein – das wär' schon was!"

Da spricht ihn jemand von der Seite an: „Du hast wohl Hunger und kein Geld für ein gutes Essen?" Hinrich guckt erschrocken den Mann an, der lächelnd neben ihm steht. „Geld hätte ich schon", stammelt er und dann schon fester und sicherer: „Aber wahrscheinlich ist es da unten zu vornehm für mich, und ich darf auch nicht mein ganzes Geld für solche Kinkerlitzchen ausgeben, ich brauche es für Amerika."

„Amerika?" Der Herr horcht auf. „Du willst nach Amerika?"

„Ja, natürlich." Keine Frage, wer in Bremen auf der Durchreise ist, will in der Regel auswandern. Viele Menschen in der Hansestadt haben das gleiche Ziel und die gleiche Hoffnung: eine neue und bessere Welt. Der Herr weiß das auch und entgegnet: „Ich sehe dir schon die ganze Zeit zu, wie du hier stehst und so ganz in dich gekehrt warst, bis du dann sogar deinen Wunsch nach einer Mahlzeit und einem Glas Wein geäußert hast. Nun, du gefällst mir, wenn du willst, komm doch einfach mit in den Ratskeller, ich lade dich ein. Mein Freund, mit dem ich sonst hier speise, hat heute keine Zeit, und es wäre schön, wenn du mir Gesellschaft leisten würdest.“

Hinrich ist erfreut, aber auch erschrocken. Darf er die Einladung annehmen? Er kennt den Mann doch gar nicht. Was will er von ihm, hat er vielleicht schlechte Absichten? Aber der vornehm gekleidete Herr macht einen würdigen Eindruck. Der Fremde scheint die Gedanken von Hinrich zu lesen, lächelt und sagt: „Du brauchst keine Angst zu haben, ich will dich nicht ausrauben oder so etwas. Es macht mir Spaß, einem jungen Mann, der eine solch weite Reise vor sich hat, zu helfen und mich mit ihm zu unterhalten. Vielleicht kann ich dir ein paar gute Ratschläge geben, denn ich kenne Amerika und die Möglichkeiten, die man drüben hat.“

Das gibt den Ausschlag, vielleicht erfährt Hinrich Dinge, die für den Anfang in dem neuen Land wichtig sind. Freudig folgt er dem Herrn hinab in den Ratskeller. Zielsicher steuert der Mann einen Tisch an vor einem riesengroßen wunderschön geschnitzten Weinfass. Von allen Seiten grüßen ihn die Schankjungen, er ist hier unten ein gern gesehener Gast. Hinrich ist verlegen und nickt den Schankjungen zu, die ihn angrinsen.

Am Tisch deutet der Herr auf einen Stuhl: „Setz dich bitte dorthin!“ Hinrich folgt der Aufforderung gern; ihm ist in den Knien ein wenig weich geworden, vielleicht von der Aufregung, sich in dem vornehmen und berühmten Keller aufzuhalten, vielleicht aber auch von den Anstrengungen des gestrigen Tages und des heutigen Vormittags oder auch nur, weil er so hungrig ist.

Der Keller ist geräumig und seine Gewölbe sind hoch, ihre Zwickel verschwinden in dem dämmrigen Licht der vielen Kerzen, die auf den Tischen brennen, und der Petroleumlampen, die vereinzelt aus den Gewölben herabhängen. An der einen Längsseite des Kellers erkennt Hinrich viele große Fässer, die andere ist von einer langen, reich verzierten Holzwand mit vielen Türen eingenommen, hinter denen sich kleine Stuben mit einem Tisch und einer umlaufenden Bank befinden. Die Trinkstuben heißen – wie Hinrich später erfährt – „Priölken“ und sind dazu bestimmt, reichen Gästen Gelegenheit zum Speisen und Trinken sowie vor allem zu wichtigen Gesprächen zu geben, ganz ungestört, da man die Tür zu einer solchen Kammer schließen kann.

Hinrich schaut sich um und staunt. Ganz von weitem hört er die Stimme des Fremden: „Was möchtest du essen? Oder soll ich für dich mitbestellen?“ Hinrich nickt und antwortet leise: „Ja, tun Sie das bitte.“ Da steht auch schon ein Schankbursche am Tisch, und der Herr bestellt das Essen und eine Flasche Wein.

Nach einer Weile fragt er Hinrich: „Woher kommst du?“

„Aus einem kleinen Dorf bei Verden.“

„Bist du auf einem Bauernhof groß geworden?“

„Ja, meinem Vater gehört der Hof; ich hätte ihn erben sollen, da ich der älteste Sohn bin.“

Der Herr ist erstaunt: „Warum bist du dann von Zuhause weggegangen? Oder hat dein Vater dich weggejagt, weil du Dummheiten gemacht hast?“

„Nein, Vater wollte mich eigentlich gar nicht gehen lassen, und Mutter weint wahrscheinlich jetzt noch, weil ich auswandere.“

„Aber warum bist du dann weggegangen? Du hattest doch ein gemachtes Bett?“

„Ich weiß es nicht genau.“ Hinrich hat sich nie wirklich klar gemacht, warum es ihn in die Fremde zieht und fährt fort: „Mir war irgendwie alles zu eng, zu klein geworden, und immer dasselbe, jeden Tag aufs Feld, zu dem Vieh, zum Säen und Ernten und immer nur bei den paar Häusern in dem kleinen Dorf, das gefiel mir einfach nicht mehr. Dann die Erzählungen von Amerika, wo alles riesengroß und unendlich weit sein soll und wo ein junger Mann wie ich ungeahnte Möglichkeiten hat. Unser Lehrer in der Schule erzählte davon und hat mehrmals zu mir gesagt: ‚Hinrich, du bist klug, wenn du nach drüben gehst, kannst du schnell ein gemachter Mann und reich werden.’ Ich mochte meinen Lehrer und er mich wohl auch. Schließlich gestand er mir: ‚Ich würde es selber gern tun, aber ich bin zu alt, man muss jung und stark sein wie du, dann kann die Neue Welt ein Segen für arme Schlucker, wie wir es hier sind, werden.'"

Nach einem Augenblick des Nachdenkens fügt Hinrich noch hinzu: „Und das Militär. Im nächsten Jahr soll ich Soldat werden. Soldat für den preußischen König. Das will ich nicht. In Amerika brauche ich nicht in die Kaserne, sondern habe die Chance, ein freier Mann zu sein."

Der Herr versteht Hinrich sehr gut und ist besonders von dessen letzten Worten beeindruckt: „Wir Bremer sind auch nicht für Soldaten, Krieg und Militärdienst. Wir sind Kaufleute und Seefahrer, und überhaupt: Handel und Wandel gedeihen nur im Frieden."

Das Essen kommt. Es ist ein Gedicht, wie es serviert wird: Braten mit Sauce, Kartoffeln und Gemüse, dazu für jeden ein hübsches Weinglas. Der Herr schenkt Hinrich und sich selber ein. Dann hebt er das Glas: „Auf dein Wohl Hinrich und dass dir in Amerika alles gelingt, was du dir wünschst."

Beide prosten sich zu. Hinrich trinkt zum ersten Mal in seinem Leben Wein. Vorsichtig nimmt er einen Schluck. Der Wein ist kühl, schmeckt nicht süß, eher ein wenig sauer und nach Erde, nach steiniger Erde. Hinrich weiß nicht, ob er Wein mag. Dann darf er zugreifen, seinen Teller mit Fleisch, Kartoffeln und Gemüse füllen und endlich seinen Hunger stillen. Nie zuvor hat er so vornehm, gut und schmackhaft gegessen. Schon das eine Glas Wein steigt ihm zu Kopf, aber zugleich empfindet er ein wohliges Gefühl von Behaglichkeit und von Kraft. Bequem sitzt er auf dem steifen Ratskeller-Stuhl, und als er sein Mahl beendet hat, streckt er die Beine weit aus unter dem Tisch.

Der Herr hat ihn schmunzelnd beobachtet; endlich stellt er sich vor, nennt den Namen, den einer sehr bekannten Bremer Familie, und fügt erläuternd hinzu: „Ich bin, wie du dir sicher schon gedacht hast, Kaufmann. Wir treiben mit der ganzen Welt Handel, auch mit Amerika. Du willst also morgen deine Überfahrt nach New York buchen? Komm' doch morgen zu mir ins Büro, vielleicht kann ich dir ein paar gute Tipps geben. Denn eines musst du wissen, wenn einer gänzlich unvorbereitet, noch dazu ohne Verbindungen und mit nur wenig Geld in

Amerika landet, so ist er dort sehr allein. Die meisten werden nicht reich, sondern müssen die niedrigsten Arbeiten verrichten, verdienen fast nichts, und viele bleiben arm. Du hast ja sogar einiges Geld, und das ist natürlich viel wert, aber jemand, der nicht die wirklichen Verhältnisse und Schwierigkeiten in der Neuen Welt kennt, der kann sein Geld schnell verlieren und dem geht es genauso wie denen, die ohne Geld gekommen sind. Wie gesagt, du gefällst mir, und ich möchte dir gern helfen. Willst du mich morgen im Büro aufsuchen?"

Hinrich hat es eilig zu antworten: „Ja, ich treffe Sie gern wieder. Ich weiß ja kaum etwas von Amerika, und Sie waren heute so gut zu mir. Das Essen und der Wein haben wunderbar geschmeckt. Ich bin Ihnen sehr dankbar." Der Kaufmann lacht: „Das freut mich, also bis morgen. Mein Büro liegt in der Langenstraße, die vom Marktplatz aus abgeht. Unser Name steht groß über dem Eingang, aber das Haus ist ohnehin nicht zu übersehen. Du kannst mich leicht finden. So, und jetzt auf gutes Gedeihen unserer Verbindung." Beide heben das Glas, Hinrich ist feierlich zumute. Der Bauernjunge, der er ja noch immer ist, stößt mit dem reichen Bremer Kaufherrn an – und kommt sich in diesem Augenblick vor wie ein Glückspilz. Nach dem Abschied vor dem Rathaus wirft er noch einen langen Blick auf den steinernen Roland, der ihm zublinzelt, als wolle er sagen: Mach weiter so, Hinrich, du wirst es schaffen!

Er schlendert zurück zur Herberge, wo er den Fuhrmann trifft, der ihn von Verden nach Bremen mitgenommen hat. Überschwänglich erzählt er ihm das Erlebte. Der Fuhrmann schaut zunächst zweifelnd drein, als er aber den Namen des Herrn hört, sagt er: „Dem kannst du vertrauen, das ist ein ehrlicher Kaufmann, der ein bedeutendes Handelshaus führt und sehr reich ist." Hinrich ist erfreut und beruhigt zugleich; wenn auch noch jung und unerfahren, so weiß er doch, dass er vorsichtig sein muss, um nicht übers Ohr gehauen zu werden.

Am nächsten Tag findet er sich in der Langenstraße vor dem Hause des Bremer Kaufmannes ein, nachdem er zuvor bei der Reederei seine Überfahrt nach Amerika gebucht und bezahlt hat. Das Gebäude der Handelsfirma macht einen prachtvollen

Eindruck. Es hat links und rechts des großen Eingangstores zwei reich mit Steinmetzarbeiten verzierte begiebelte Erker. Auch die Sandsteinfassade, die in einem hohen Treppengiebel endet, ist mit Figuren und Fabelwesen geschmückt. Schon das Äußere lässt den Reichtum der Besitzer erkennen.

Zögernd tritt Hinrich durch die eine offen stehende Torhälfte ein. Er gelangt in eine Diele, die über zwei Stockwerke reicht und in der es dämmrig und kühl ist. Hinrich erkennt einen lang gestreckten Abschlag, der Fenster hat, hinter denen Lampen über Pulten brennen, an denen die Bürogehilfen des Handelshauses stehen und in Bücher schreiben oder Listen und Briefe verfassen. Hinrich klopft an der Tür, die in das Kontor führt. Er erhält weder eine Antwort noch eine Aufforderung einzutreten. Er versucht es noch einmal, aber wieder erfolgt keine Reaktion. Schließlich macht er beherzt die Tür auf und tritt in das Büro ein. Die schreibenden und rechnenden Kaufmannsgehilfen drehen sich um. Hinrich wird mulmig zumute. Doch in diesem Moment öffnet sich am Ende des langen Büroraumes eine Tür und der Chef des Hauses ruft: „Hallo Hinrich, da bist du ja endlich, komm doch bitte herein!“ Schnell senken die Gehilfen ihre Köpfe wieder und arbeiten eifrig weiter.

Hinrich schlängelt sich zwischen den Pulten hindurch. Der Kaufherr streckt ihm die Hand entgegen und führt ihn in sein Privatkontor. Der Raum ist groß und enthält außer einem riesigen Schrank voller Akten und Bücher einen ebenso mächtigen Schreibtisch, ein so genanntes Zylinderbüro, das einen Aufbau mit vielen kleinen Schubladen hat und mit einer hölzernen Jalousie verschließbar ist. Der Chef thront auf einem lederbezogenen Armstuhl, neben dem ein weiterer Lederstuhl steht, aber ohne Armlehnen. Darauf deutet er, und Hinrich nimmt Platz.

„Nun erzähl’ bitte, wie ist es dir heute ergangen?“

Hinrich berichtet, dass er die Überfahrt nach New York bezahlt hat und in der nächsten Woche die Dreimast-Bark „Theone“ nehmen will. Er muss in Bremerhaven an Bord gehen, weil das Schiff wegen seines Tiefganges nicht die Weser bis zur Stadt Bremen hinaufsegeln kann. Er hat einen Platz im Zwischendeck gebucht. Eine Kajüte auf dem Oberdeck ist viel zu teuer, ihm wäre dann nicht viel Geld für Amerika geblieben.

„Das hast du richtig gemacht“, lobt der Kaufmann, „es ist zwar nicht die bequemste Art zu reisen, aber du bist jung und wirst es überstehen. Die „Theone“ ist ein gutes Schiff, ich kenne den Reeder. Er arbeitet nur mit erfahrenen Kapitänen zusammen. Das ist sehr wichtig, denn sonst kann es passieren, dass man auf dem Meeresgrund oder in einem Hafen landet, in den man gar nicht will.“ Der würdige Kaufmann lacht schallend über seinen Witz. Doch schnell wird er wieder ernst, und Hinrich hört aufmerksam zu, als er fortfährt: „Ein Vorschlag zur Güte. Ich habe in New York einen sehr guten Geschäftsfreund. Er ist Amerikaner und besitzt in Brooklyn bei New York ein Stadthaus und irgendwo vor New York ein Landhaus. Er lebt und wohnt eigentlich so wie wir Bremer Kaufleute. Aber die Verhältnisse sind doch anders. Da ändert sich von einem Tag auf den anderen soviel wie bei uns in ein paar Jahren. Allein schon das Völkergemisch ist unüberschaubar. Das ist manchmal von Vorteil; viele verschiedene Menschen haben auch viele verschiedene Ideen. Manchmal ist es aber gefährlich, denn unter ihnen gibt es reichlich Spitzbuben, und manchmal weiß man nicht, ob die ehrlichen Leute überwiegen oder die Gauner. Du musst also aufpassen und auf der Hut sein, dass du nicht den Halunken in die Hände fällst. Damit du es leichter hast, nimmst du ein Empfehlungsschreiben von mir an meinen Geschäftsfreund mit; er soll versuchen, dir zu raten und zu helfen. Ich glaube bestimmt, dass er das tun wird. Außerdem gebe ich dir noch einen Brief für die Einwanderungsbehörde mit, die dich bei der Einreise prüfen wird. Darin steht, dass mein Freund sich um dich kümmert und deine Geldmittel ausreichen, um dir die erste Zeit zu erleichtern. Dass du gesund und kräftig bist, sieht man dir auch so an und werden die amerikanischen Beamten auch ohne Bestätigung erkennen. Noch etwas ist wichtig. Ich habe einen Brief für dich entworfen, der an meine Bank in New York gerichtet ist und dich empfiehlt. Wenn du angekommen bist, gehst du bitte sofort zur Bank, eröffnest ein Konto und zahlst alles Geld ein.

Denn was du auf der Bank hast, ist gesichert. Alles andere kannst du in New York schnell loswerden."

Hinrich nimmt strahlend die drei Briefe entgegen, und danach unterhalten sich die beiden noch lange über Amerika, die Neue Welt und New York. Der Bremer Kaufmann kann darüber viel erzählen, ist er doch längere Zeit geschäftlich in Amerika gewesen. „Ach, und noch etwas. Willst Du erfolgreich sein, dann such' dir auf keinen Fall eine Arbeit für die Hände, sondern strenge bitte deinen Kopf an. Du bist nicht dumm, darum ist es sicher das Beste, wenn du Kaufmann wirst. Denn nur durch kaufen und verkaufen kommt man zu Wohlstand und schneller zu Geld als durch noch so fleißige Handarbeit. Du stammst von einem Bauernhof, aber lass dir gesagt sein, wenn du in Amerika Grund und Boden erwirbst, um eine Farm aufzubauen, hast du selber nicht viel von deiner Arbeit. Du säst und pflanzt, aber Reichtum wirst du nicht ernten. Das werden erst deine Kinder oder Enkelkinder. Es ist zwar befriedigend, aber eigentlich nicht das, was man von einem Land erwartet, in das man auswandert." Nach der langen Rede wird Hinrich entlassen. Der Kaufmann schüttelt ihm die Hand, Hinrich dankt für alles und verspricht, sich von Amerika aus zu melden und Bericht zu erstatten. Er verlässt das Privatbüro des Handelsherrn, und als er hinaustritt auf die Langenstraße, atmet er tief durch: Amerika ist wieder ein Stück näher gerückt.

Nur noch ein paar Tage bis zu seiner Abreise am 24. März 1866. Sie vergehen ihm viel zu langsam. Inzwischen hat er alles Wichtige erledigt. Er schlendert in Bremen herum, entdeckt zwar viel Interessantes, aber in ihm breitet sich eine Unruhe aus, die ihm jede Geduld raubt. Er will endlich weg. Die Zeit bis zur Weiterfahrt nach Bremerhaven und bis zum Auslaufen „seines" Segelschiffes kommt ihm wie eine Ewigkeit vor. Endlich sitzt er im Zug. Zum ersten Mal fährt er mit der Eisenbahn. Die Sitzbänke im Abteil der Vierten Klasse sind hart, aber das stört ihn nicht. Es ist die billigste Möglichkeit, nach Bremerhaven zu kommen. In der Mitte ist Platz für das umfangreiche Gepäck der Vierten-Klasse-Reisenden, auch für Hinrichs schwere Reisekiste, die er mit Hilfe eines Laufburschen auf einem kleinen

Handwagen zum Bahnhof gefahren und ins Abteil getragen hat.

Hinrich guckt aus dem Fenster. Er wirkt gelassen, als führe er jeden Tag mit der Bahn. Aber in Wirklichkeit ist er sehr aufgeregt. Ein Pfiff ertönt, und die Sirene der Lokomotive kreischt einige Mal gellend. Einen Moment lang geschieht nichts, dann geht ein furchtbarer Ruck durch den Zug, der die Reisenden aus den Sitzen und gegeneinander schleudert. Gepäckstücke fallen um, die dampfende Lok zischt und zieht an. Erst langsam und schließlich so schnell, wie Hinrich es noch nie erlebt hat. Selbst die besten Pferde im Dorf kämen da nicht mit. Hinrich ist begeistert. Angst und Aufregung sind vergessen. Die Geschwindigkeit und das Geruckel, den Krach und das Dröhnen der Räder, das Stampfen der Lokomotive und Schreien der Reisenden empfindet er als herrlich! Für ihn ist es das Tempo der neuen Zeit und Amerikas, dem er nun so schnell wie möglich entgegenrast.

Schon bald haben sie die vielen Kilometer zurückgelegt, und draußen ertönt der Ruf: „Bremerhaven, Endstation, alles aussteigen!“ Bereits während der Fahrt hat Hinrich mit einem jungen Mann gesprochen und ihn gebeten, ihm beim Herausheben seiner schweren Reisekiste zu helfen. Jetzt steht er neben dem Zug, dessen Lokomotive noch immer Rauch ausstößt. Auf dem Bahnsteig ist ein Riesendurcheinander. Viele Reisende rufen nach Trägern, Karren und Wagen, um ihr Gepäck wegzuschaffen. Hinrich hat es nicht eilig, sein Schiff läuft erst morgen aus. Er kann jedoch, hat man ihm gesagt, schon heute an Bord gehen und sich dort einrichten. Also wartet er, bis das Getümmel vorbei ist. Hinrich wendet sich an einen alten Mann mit einer alten Karre: „Ich muss zu meinem Schiff, könnt ihr meine Kiste befördern?“

„Zu welchem?“ fragt der Mann zurück.

„Zur Theone.“

„Hm, die verlässt morgen den Hafen.“

„Das weiß ich, aber könnt ihr meinen Riesenkoffer hinbringen?“

„Ja, es kostet zwei Taler.“

„In Ordnung“, stimmt Hinrich zu. Der Preis ist zwar recht hoch, aber was soll er machen, er kann die Kiste schließlich nicht auf den Buckel nehmen. Mit der zweirädrigen Karre schieben sie los, weg vom Zug auf eine Straße, die nur locker von Steinhäusern gesäumt ist. Dazwischen sind große Baulücken, die Hafenstadt ist noch jung und im Aufbau.

Nach einem langen Marsch sieht Hinrich einen Wald von Masten vor sich. Viele von ihnen ragen hoch in den Himmel und gehören zu großen Segelschiffen, die ent- und beladen werden. Fahrzeuge, mit Kisten, Ballen, Körben und Fässern bepackt, sowie leichte Wagen mit vornehmen Damen und Herren suchen ihr Ziel. Dazu gesellen sich Hand- und Schiebekarren, mit Koffern und anderem Gepäck beladen und Fußgängern in ihrem Schlepptau. Die Menschen wollen zu den Schiffen, um ihre Überseereise anzutreten. Stolz reckt sich die „Theone“ aus dem Wasser, die für einige Wochen Hinrichs Zuhause sein soll und den Gewalten des Meeres trotzen muss, um die Menschen und ihre Habe sicher zu dem neuen Erdteil zu bringen. Auf dem Schiff ist es nicht gerade komfortabel, wie er schon bald feststellen wird.

Vor der Gangway, über die der Weg an Bord führt, wartet eine lange Schlange von Männern, Frauen und Kindern samt ihrem Gepäck. Alle wollen an Deck. Doch zuvor prüfen zwei Beamte ihre Papiere. Ein anderer Mann, der zu der Schiffsbesatzung gehört, kontrolliert die Berechtigungsscheine für die Überfahrt und lässt sich die Quittungen für die bezahlte Überfahrt zeigen.

Hinrich stellt sich hinten an. Der alte Mann mit der Karre und Kiste bleibt bei ihm. „Ich habe Zeit“, sagt er, „das Warten ist im Preis enthalten.“

Es dauert Stunden, bis sie ganz vorn in der Schlange stehen, um ihn herum die vielen anderen Auswanderer. Zum Glück scheint die Sonne und regnet es nicht. Alle sind aufgeregt, reden durcheinander, jeder mit jedem. Hinrich erfährt, dass die Leute wie er das Zwischendeck gewählt haben. Die Kajüt-Gäste, erzählt man sich, kommen erst später, kurz vor der Abfahrt des Schiffes und brauchen nicht so lange zu warten.

Endlich ist er an der Reihe. Papiere und Fahrschein sind in Ordnung. Hinrich verabschiedet sich von dem alten Mann. Ein Mitglied der Schiffsbesatzung ist Hinrich behilflich, die Kiste an Bord zu tragen, und bringt sie mit ihm zusammen unter Deck und dorthin, wo sich Hinrichs Quartier befindet: ein großer, niedriger Raum im Rumpf des Schiffes, ohne Fenster und Bullaugen, nur schwach beleuchtet, so dass man fast nichts sehen kann. „Das ist deine Koje", weist der Mann Hinrich an und deutet auf einen offenen Kasten zwischen den Spanten an der Schiffswand. In der Koje liegt nur eine Strohmatratze.

Es ist nicht nur dunkel, sondern auch stinkig und eng. Hinrich fühlt sich erdrückt. Er, der Bauernsohn und einstige Erbe eines Hofes, sieht sich plötzlich in einer erbärmlichen Lage. Um ihn herum entsteht ein immer größeres Gedränge. Mehr und mehr Zwischendeck-Reisende strömen herunter, werfen ihr Gepäck irgendwohin, fluchen, lachen, rufen, weinen und unterhalten sich in Dialekten, die Hinrich kaum versteht. Hat er in der Schlange noch mit Menschen seiner norddeutschen Heimat gesprochen, so kommt es ihm jetzt vor, als sei er nur noch von fremden Ländern umgeben. Er schiebt die Kiste vor seine Koje, setzt sich drauf und grübelt: Eben noch im schönen Bremen, mit der Eisenbahn unterwegs und in Bremerhaven mit dem imponierenden Mastenwald der Großsegler – und jetzt nichts als Enge, Mief, Fremde und die Erkenntnis, dass er die weite Seereise und ihre fürchterlichen Begleitumstände erst noch überstehen muss. Dabei hat Hinrich noch den Vorteil, dass er jung und stark ist. Viele der Mitreisenden sind es nicht oder nicht mehr, sogar alte Leute und viele Kinder und Frauen befinden sich unter den Auswanderern.

Doch so schnell verlässt das Glück den Jungen aus dem Dorf nicht. Neben ihm fallen Worte in heimatlicher Sprache, in Plattdeutsch. Die vertrauten Töne klingen wie Musik in seinen Ohren, und die Verzweiflung schlägt in Zuversicht um. Er blickt zur Seite und entdeckt einen jungen Mann, nicht älter als er selber, der sich mit einem Älteren, vermutlich seinem Vater, unterhält. Hinrich ruft ihnen ein freundliches „Moin, Moin!" zu. Die beiden grinsen ihn an und erwidern ebenfalls mit einem „Moin,

Moin!" Wenig später stellt sich heraus, dass die Männer wie Hinrich aus einem Dorf unweit von Verden stammen, der Ältere mit seiner ganzen Familie nach Amerika auswandert und der Jüngere sein Sohn ist. Die Frau und Tochter haben im Vorderteil des Decks Quartier in einem Schlafraum erhalten, während der männliche Teil gerade dabei ist, sich neben Hinrich einzurichten. Schnell ist von der Fremdheit für Hinrich viel verschwunden. Er schaut sich um und glaubt, schon seit Tagen in dem stickigen und finsteren Zwischendeck zu sein und sich trotz aller Missbill schon ein wenig eingelebt zu haben. Die lange Überfahrt, die ihm eben noch unerträglich und schrecklich erschien, kommt ihm nun nur noch halb so gefährlich und bedrückend vor.

Am Nachmittag geht Hinrich mit Johann, seinem neuen Nachbarn, noch einmal von Bord. Sie sehen sich erst im Hafen um und nehmen danach den Weg in die nahe Stadt, um noch einige Einkäufe zu erledigen. Gegen Abend wieder auf dem Schiff, kriechen sie schon früh in ihre Kojen. Der Tag mit seinen ungewöhnlichen Erlebnissen hat sie müde gemacht. Und außerdem herrscht unter Deck ein Getümmel und Hin- und Hergerenne, ein unentwirrbares Stimmendurcheinander, Auspacken von Reiseutensilien und Verstauen von Gepäck, dass es in dieser Unruhe keinen Spaß macht, zwischendrin herumzusitzen. Die Kraft ihrer Jugend sorgt dafür, dass die beiden Jungen bald eingeschlafen sind.

Schon früh am Morgen fängt das Zwischendeck wieder an zu leben. Als sich die Nachricht vom baldigen Auslaufen des Schiffes ausbreitet, begeben sich Hinrich und Johann an Deck. Am Heck des Schiffes ist ein kleiner Bereich für die Menschen vom Zwischendeck abgesperrt. Der übrige Teil ist den Kajütgästen vorbehalten. So drängeln sich bald unzählige viele Auswanderer dicht an dicht, während die „Kajüten" über sehr viel Platz verfügen. Sie wandern hin und her, plaudern miteinander, bleiben manchmal an der Reling stehen und blicken zum Kai hinüber, wo ihre Verwandten sie verabschieden wollen. Den hinten stehenden Menschen winken keine Freunde oder Verwandten zu; sie kommen alle von weit her, und ihre Angehörigen in der Heimat haben keine Möglichkeit, sich in Bremerhaven einzufinden.

Wie das Zwischendeck wartet nun auch das Oberdeck mit einem „Durcheinander“ auf. Aber nicht die Reisenden sind dafür verantwortlich, sondern die Besatzung ist es, die hin- und herflitzt, Segel vorbereitet, Seile und Trossen befestigt. Was sich wie ein Chaos darstellt, ist in Wirklichkeit sehr geordnet und folgt den prompt und gekonnt von Matrosen ausgeführten Befehlen der Offiziere. Jeder Griff muss sitzen. Einem längsseits schippernden und qualmenden Dampf-Schlepper wirft man starke Taue zu, löst andere am Ufer und schmeißt sie auf das Schiff. Der kleine Schlepper nimmt Fahrt auf, die Trossen ziehen stramm. Langsam löst sich der Segler vom Kai. Quer durch den Hafen geht es an vielen anderen Schiffen vorbei und durch die weit geöffneten Tore in das Schleusenbecken hinein. An Bord heftiges Gewinke. Die „Kajüten“ grüßen ihre am Ufer zurückgebliebenen Freunde und Verwandten. Doch selbst die gedrängt stehenden Passagiere machen mit, auch Hinrich und Johann nehmen auf diese Weise Abschied von der alten Welt und der Heimat.

Kaum sind die Schleusentore geschlossen, sinkt der Segler tiefer. Als er auf der Höhe des Außenwassers liegt, öffnen sich die vorderen Tore. Der Schlepper zieht ihn in die Außenweser, die Taue landen wieder auf dem Schiff, während sich der Schlepper mit Sirenengeheul verabschiedet.

Befehle an die Matrosen und Setzen der Segel, der Wind bläht das grau-weiße Tuch; das Schiff nimmt Fahrt auf und steuert dem Meer entgegen. Hinrich und Johann gehören zu den wenigen Zwischendeckgästen, die einen Platz direkt an der Reling ergattert haben. Von dort aus beobachten sie das Ablegen und das Durchschleusen und schließlich das Loslösen des starken Schleppers.

Die beiden stehen noch am Heck, während die meisten Auswanderer wieder hinunter in das Zwischendeck gegangen sind. Sie sehen den Hafen und die Stadt immer kleiner werden, wie zu beiden Seiten der Flussmündung die Ufer immer mehr zurücktreten, bis überhaupt kein Land mehr erkennbar ist. Sie wenden sich um, vor ihnen breiten sich nur Meer und Wasser aus. Darüber bauen sich große dunkle Wolken auf, durch die hin und wieder ein Sonnenstrahl bricht.

Der Segelschoner gleitet im Wind dahin, fängt sacht an zu schaukeln und schmiegt sich den Wellen an. Hinrich und Johann atmen tief durch. Beide sind zum ersten Mal der Unendlichkeit des Meeres ausgesetzt und ergriffen. Keiner sagt ein Wort. Abschied von der Heimat, Fahrt in die Zukunft, in die Ungewissheit, so empfinden sie es – und sind sprachlos.

Es tritt alles ein, was die meisten Auswanderer befürchtet haben. Ja, es kommt sogar noch schlimmer. Schon in der Nordsee fängt es an. Die Frühlingstage waren bereits beim Auslaufen schlechterem Wetter gewichen. Der Wind bläst sich zum Sturm auf, und dunkle Wolken bringen peitschenden Regen. Die „Theone" kämpft sich tapfer durch Wellen, Nässe und Dunkelheit. Noch kann ihr das nichts anhaben. Aber den Passagieren, sowohl denen in den teuren Kajüten als auch insbesondere denen im Zwischendeck macht die wogende See schwer zu schaffen. Tagelang sind sie dem Treiben ausgesetzt: den tiefhängenden Wolken, dem Dauerregen und dem verhangenen Himmel. Allen schlägt es aufs Gemüt, Angst vor dem Morgen breitet sich aus und fast jedem droht die Zuversicht verloren zu gehen. Das immer stärker werdende Geschaukel des Schiffes, das gefährliche Hin und Her von Back- und Steuerbord und das tief zur Seite Taumeln der turmhohen Masten macht den Reisenden derart zu schaffen, dass sie weder an Gestern noch Morgen, Vater oder Mutter, Bruder oder Freunde denken können. Sie fühlen sich nur noch todkrank und bereit zum Sterben. Fast jeder ist seekrank!

Während die Passagiere in den Kajüten auf Betten liegen und allein oder zu zweit still vor sich hin leiden, ist das Zwischendeck von Gestöhne und Angstschreien, von Gestank nach Erbrochenem, Urin und Kot angefüllt. Im Vorraum scheint die Hölle ausgebrochen zu sein. Auch Hinrich und Johann hat es gepackt, aber Hinrich ist nicht so stark betroffen. Nach gut einem Tag hat er das Schlimmste überstanden, und wenn im Zwischendeck nicht so schreckliche Verhältnisse herrschen, nicht überall Menschen herumtaumeln oder im Wege liegen und sich stöhnend in den Kojen wälzen würden, dann könnte er mit Johann schon Pläne für Amerika schmieden. Er versucht, so oft wie möglich die steile Treppe nach oben auf Deck zu kommen. Fast immer allein steht er am Heck des Schiffes, dem Platz für die Zwischendeck-Passagiere. Den tobenden Elementen ganz nah, klammert er sich an der Takelage fest, die sich an den Masten befindet. Sehnsuchtsvoll schaut er zu den Kajüten des Mittelschiffes hinüber, beobachtet die Matrosen, die trotz Sturm und Regen an den Masten empor klettern und die Segel bedienen, die, ganz stark gerafft, klein geworden sind. Er blickt auf die heranrollenden Wogen und verkriecht sich in einer Nische des Deckaufbaues, wenn ein besonders großer Brecher auf das Schiff zukommt und es trifft, mit Schaum und grünem Wasser über Deck zusammenbricht und wieder ins Meer zurück fällt, wenn das Schiff sich wieder aufgerichtet hat, um mit empor gerecktem Bug sich dem nächsten Wellenberg entgegen zu strecken.

Hinrich wird nass, manchmal ist ihm auch kalt. Er staunt, mit welchem Gleichmut und welcher Geschicklichkeit die Matrosen ihre gefährliche Arbeit verrichten, und als er ein paar Mal den Kapitän gesehen hat, der auf der Brücke neben dem von zwei Matrosen gehaltenen Steuerrad steht und dessen Erfahrung von dem Bremer Kaufmann so gespriesen worden ist, verliert Johann jede Angst und fängt an, Gefallen an dem Tosen der Naturgewalten zu finden. Er lacht, wenn eine riesige Welle über das Deck herein bricht und er etwas davon abbekommen hat.

Die „Theone“ lässt die Nordsee und den stärksten Sturm hinter sich. Nachdem sie drei Tage lang die buckelige Dünung des Atlantiks abgeritten hat, bessert sich das Wetter von Stunde zu Stunde. Der Wind geht zurück, die Wolken reißen auf und bald strahlt die Sonne am blauen Himmel. Auch unter Deck kehrt Ruhe ein. Die Seekranken klagen leiser, die gesund Gewordenen stellen fest, dass sie noch da sind und fangen an, wieder Gefallen am Leben zu finden. Bald ist Hinrich nicht mehr allein an Deck. Neben ihm steht sein Freund Johann, und die beiden jungen Männer können wieder in die Zukunft blicken. Bei einem solcher Gespräche sagt Hinrich: „Weißt Du was? Als der große Sturm war, habe ich mir geschworen, niemals wieder eine Überfahrt im Zwischendeck mitzumachen. Ich will so reich werden, dass ich auf dem Kajütdeck fahren kann, oder ich überquere nie wieder den Ozean."

„Dann musst du vielleicht für immer in Amerika bleiben!?"

„Na wenn schon, das ist mir egal!"

Amerika! Da waren sie wieder bei dem Land ihrer Träume, das sie schon bald betreten würden!

Nach vierzig Tagen endlich der Ruf: „Land in Sicht!" Darauf haben alle gewartet, die Mannschaft und die Passagiere. Schon am Morgen war angekündigt worden, heute kommt die Küste in Sicht. Der Jubel, der losbricht, als der Matrose die erlösenden drei Worte vom Mastkorb herabbrüllt, ist unbeschreiblich. Erleichterter und begeisterter dürfte selbst die Mannschaft von Columbus nicht gewesen sein, als sie, ohne es zu wissen, auf die neue Welt stieß. Alle Qualen sind plötzlich vergessen. Männer und Frauen fallen sich in die Arme, Kinder tanzen herum, und Hinrich und Johann strahlen sich an. Sie können es kaum fassen, dass sie bald das neue Land, ihre neue Heimat betreten sollen. Viele aber stehen mit Tränen in den Augen da, einige weinen schluchzend, andere sind unruhig, und etliche befällt Angst. Es ist die Angst vor dem Unbekannten, vor der Ungewissheit, die vor allen liegt.

Es dauert noch fast bis zum Abend, bis die Küste deutlich erkennbar vor ihnen liegt: die großen Städte New York und Brooklyn, die sich an den Ufern der Flussmündung des Hudsons ausbreiten. Doch der Segler bleibt vor der Küste. Die Anker rasseln herab und geben dem Schiff Halt. Der Kapitän will erst am nächsten Morgen in den Hafen von New York einlaufen. Die Dunkelheit ist schon angebrochen, aber noch immer stehen viele Auswanderer an Deck, blicken hinüber nach Amerika, das greifbar nahe vor ihnen liegt, und staunen die Lichter am Ufer an, Lichter, die ihnen sagen, dass dort Menschen leben und arbeiten, hoffen und wirken, glücklich oder verzweifelt sind. Ringsum auf dem Wasser sieht man die Positionslichter weiterer großer Segelschiffe, die sich ebenfalls auf Reede befinden. Auch auf ihnen stehen, schauen und reden viele Menschen, fiebern dem nächsten Tag entgegen. Spät nachts schaukelt die Dünung des Ozeans Hinrich in seiner Koje in den Schlaf. Die letzte Nacht an Bord eines Schiffes, das ihm trotz aller Unbill in den vergangenen vierzig Tagen sehr vertraut geworden ist.

Als der Tag angebrochen ist, entsteht ein grandioses Durcheinander. Die Auswanderer drängen nach oben, blicken hinüber auf die bereits sonnendurchflutete Stadt. Sie sehen den Hudson, der dem Meer und ihnen entgegenströmt, ebenso den East-River, der eigentlich nur ein Arm des Hudsons ist. Am anderen Ufer des Hudsons wächst Brooklyn. Zwischen den Flüssen sticht eine Insel ins Auge, das Ziel vieler Schiffe: New York! Schließlich drängen alle wieder zurück, hinab in die Dämmerung der Zwischendecks zu den Koffern, Kisten und Angehörigen und fragen: „Wann dürfen wir endlich an Land?“

Ein bulliger Schlepper qualmt heran und dreht vor dem Segelschiff ab. Leinen werden hinunter geworfen, dicke, schwarze Rauchwolken drängen aus einem langen, dünnen Schornstein gen Himmel. Die Trossen, Schlepper und Schiff verbindend, tauchen triefend aus dem Wasser auf. Straff gezogen, geht ein sanfter Ruck durch das Segelschiff, das sich mit Hilfe des Schleppers langsam und stetig in Richtung Hafen in Bewegung setzt.

Sie laufen in den Hudson ein. Viele Fährdampfer kreuzen ihren Kurs. Vor und neben ihnen werden andere Segelschiffe den Hafenpiers entgegen gezogen. Ein unglaubliches Leben und Treiben spielt sich vor ihren Augen ab und gibt manchem eine Vorahnung von dem Leben und vorwärts drängenden Treiben, das sie in Amerika erwartet. Hinrich freut sich und ist bereit mitzumachen.

Der Segler wird an einen Pier manövriert. Es dauert lange, und die Ungeduld der Auswanderer wächst. Einige haben sich resigniert unter Deck zurückgezogen; sie glauben, sowieso die Letzten zu sein und ohnehin zu spät zu kommen. Hinrich gehört nicht zu ihnen. Aber auch er wird auf eine arge Probe gestellt. Zunächst dürfen nur die Kajüt-Passagiere von Bord gehen. Mit grimmigem Gesicht denkt er, dass es für ihn das letzte Mal gewesen ist.

Schubweise verlassen die „Zwischendecker" das Schiff. In Trupps von zwanzig bis dreißig Personen eingeteilt, gehen sie, bepackt mit ihren Habseligkeiten, über die Gangway an Land. Von Polizisten oder Soldaten begleitet, führt man sie an Schuppen und Hafengebäuden vorbei zu einem weiten Platz, der den Hudson vom East River trennt und dessen Spitze in den Atlantik hinausweist. Es ist der Südzipfel der Insel, auf der sich die neue Stadt New York erhebt. Manch einer blickt zurück auf den Ozean, über den sie eben noch hoffnungsvoll der neuen Welt entgegengesegelt sind, und bekommt feuchte Augen. Es ist kein beschwingter Weg, den sie nun gehen müssen. Jeder hat schwer zu schleppen. Wohl stehen Fuhrwerke da, und manchem wird geholfen, aber die Aufregung und die Furcht, etwas zu verlieren, machen das Tragen des Gepäcks nicht leichter.

Fast an der Spitze des Platzes erhebt sich ein massiges rundes Bauwerk: die Festung „Castle Clinton". Einst zum Schutz des Hafens erbaut, dient es jetzt dazu, die Einwanderer abzufertigen. Hinrich schießt es durch den Kopf: „Da bin ich vor dem Militär in Deutschland weggelaufen, und hier empfängt mich ein militärisches Bauwerk!" Sie gelangen in kasemattenartige dunkle und feuchte Räume, müssen sich anstellen und warten. Schließlich führt man sie den Beamten der Einwandererbehörde vor, verhört und untersucht sie, prüft die Papiere. Das alles geschieht gleich mehrere Male, und keiner weiß warum und wofür. Manche werden nicht weitergeleitet, sondern verschwinden in dunklen Nebenräumen. Hinrich, Johann und dessen Familie bleiben davon verschont. Sie waren bei einem der ersten Trupps, die von Bord durften, und da ihre Papiere in Ordnung sind und keiner von ihnen krank ist, erfolgt ihre Abfertigung ohne Zwischenfälle. Natürlich dauerte sie doch einige Stunden – aber schon am Mittag sind sie „durch" und dürfen die graue Festung verlassen.

Wieder im Freien! Vor ihnen ragen Schuppen und Häuser in den Himmel. Alle sind unsicher. Wohin? Was soll werden? Bange Fragen, auf der langen Überfahrt oft gestellt und verdrängt, die nun zu beantworten sind. Natürlich, jeder muss sich ein Quartier für die Nacht suchen, eine Herberge, die möglichst billig sein soll. War die Enge im Atlantikseglers auch bedrückend, quälend und kräftezehrend, so bot sie doch immerhin einen Schutz. Nun sind sie hinein geworfen in ein Leben voller Möglichkeiten, Tücken und Unbestimmtheiten.

Viele Pferdewagen stehen vor den Ausgängen des Hafengeländes. Die Kutscher warten auf Fahrgäste, um sie in die Stadt zu den Hotels und Herbergen zu bringen. Zahllose Agenten und Schlepper stürzen sich auf die Einwanderer, reden auf sie ein, machen Angebote, versprechen alles Mögliche und geben Ratschläge, von denen man nicht weiß, ob sie gut oder schlecht sind. Einige werden von Freunden oder Anverwandten begrüßt und abgeholt. Sie haben es gut, ihnen wird gleich geholfen. Aber die meisten müssen sich selber durchschlagen.

Die Beauftragten der Hotels, Gasthöfe, Firmen und Geschäfte heißen die Ankömmlinge in allen Sprachen willkommen und babbeln auf sie ein. Hinrich und die Familie von Johann werden schon bald in Deutsch angesprochen. Die Leute sind clever und erkennen schnell, mit welcher Nationalität sie es zu tun haben und lassen nichts unversucht, ihr Vertrauen zu gewinnen. Ein junger Bengel erklärt Hinrich: „Ich bin Angestellter eines Gasthofes. Wir haben unseren Wagen hier, ihr könnt bei uns wohnen, gut und billig, und wir haben deutsche Küche." Hinrich ist überrascht, so gezielt angesprochen zu werden und ein solch verlockendes und offenbar günstiges Angebot zu erhalten. Er überlegt nicht lange und fragt: „Wo steht der Wagen?"

„Da drüben", erhält er zur Antwort, und ehe er sich versieht, ist seine große Kiste auf dem Wagen verladen. Hinrich läuft zurück zu Johann. „Fahrt ihr mit?" fragt er den Freund. „Ich weiß nicht, meine Leute verhandeln mit einem Mann, der uns Arbeit verspricht", entgegnet Johann. Doch der Gasthof-Vertreter drängt: „Wir sind voll und wollen abfahren." Hinrich kann dem Freund nur noch schnell die Hand schütteln und eilt zum inzwischen mit Einwanderern voll besetzten Pferdewagen. Er wird Johann und dessen Familie nie wiedersehen.

Hinrich steigt auf ein Lastfuhrwerk mit einer flachen Ladefläche, vorne gibt es einen Kutscherbock, aber sonst keinen Sitz für Mitfahrende. Gezogen wird der mit Koffern, Kisten und Bündeln hoch bepackte Wagen von zwei kräftigen Gäulen. Männer, Frauen und Kinder haben es sich auf dem Hab und Gut bequem gemacht. Hinrich will sich weiter oben auf seiner Kiste einen Platz suchen, doch der Kutscher bedeutet ihm, dass er neben ihn auf den Kutschbock kommen soll. Zum ersten Mal hat er Glück in der Neuen Welt. Stolz, erwartungsvoll und aufgeregt nimmt Hinrich Platz neben dem Kutscher, der die Peitsche schwingt. Ein Ruck geht durch den Wagen und die Ladung schwankt, die Menschen ebenfalls, und die Fahrt in die Stadt beginnt.

Schon bald erreicht der schwere Wagen die ersten Häuser. Das Treiben an den Straßen und der Verkehr sind überwältigend. So viele Fahrzeuge, so viele Menschen! Menschen aus allen Nationen, weiße, schwarze, gelbe, braune. Überall sieht Hinrich Farbige; sie scheinen hier nichts Besonderes zu sein. Hinrich staunt, blickt nach links zu den mit Ziegelsteinen gemauerten Hausfronten, die die Straße säumen, Gebäude, in denen sich Fabriken und Werkstätten befinden oder Menschen wohnen. Die Straße ist breit, aber sie wirkt, als führe sie durch eine Schlucht, so hoch recken sich die Häuser links und rechts dem Himmel entgegen, und sie ist von Fahrzeugen und Menschen so überfüllt, dass man kaum etwas vom Pflaster erkennt. Hinrich ist überrascht: „Ich dachte immer, Bremen ist eine große Stadt, aber New York ist noch viel größer und gewaltiger!“

Laut geht es zu. Die Wagen rattern und knarren, die Kutscher brüllen, und die Fußgänger reden und schreien durcheinander. Das alles weitet sich zu einem eindrucksvollen Getöse aus, das von den Häuserwänden zurückschallt.

Der Kutscher biegt ab, und es wird ruhiger. Er steuert den Gasthof an, passiert ein Tor und hält auf dem Hinterhof. Andere Fuhrwerke, schwer beladen, aber auch leichte, vornehme Kutschen stehen herum. Die Gebäude, die den Hof nach hinten begrenzen, beherbergen Stallungen und Wohnungen für die

Angestellten des Hotels. Hinrich klettert vom Kutschbock, die anderen gruppieren sich um den Wagen und wirken verwirrt. Doch ist alles gut organisiert und läuft wie am Schnürchen. Männer laden das Gepäck ab. Angestellte kommen und kümmern sich um die Einwanderer. Jeder wird gefragt, wie lange er bleiben will. Hinrich ist vorsichtig und antwortet: „Drei Tage." Dann muss man sein Geld zücken. Doch die meisten und auch Hinrich haben nur Taler ihrer alten Heimat bei sich. Aber das ist kein Problem, die Angestellten kennen den Wert zum Dollar in Amerika, und die Ankömmlinge können mit ihrer Währung bezahlen.

Die ersten Ausgaben im neuen Land! Der Gasthof ist nicht billig, jedenfalls scheint es Hinrich und den anderen so. Auf dem Weg zu ihren Zimmern müssen sie viele Treppen steigen. Die Räume sind klein, nur Kammern, aber Hinrich staunt: Außer dem Bett, Schrank und Stuhl gibt es ein Waschbecken mit einem Wasserhahn – das Zimmer hat fließend Wasser! Das kennt er von zu Hause nicht, wo es nur eine Pumpe auf dem Hof gibt, und so ist es auch in der Herberge in Bremen, wo man sich ebenfalls auf dem Hof waschen musste.

Im übrigen hat Hinrich wieder einmal Glück gehabt. Denn der Gasthof ist sauber, ohne Ungeziefer, und die Inhaber sind nicht auf Betrug aus. Selbst reiche Leute wohnen hier, in den unteren Etagen. Darum auch die leichten Kutschen auf dem Hof.

Als alle Formalitäten erledigt sind, die große Kiste in einem Lagerraum untergebracht und er die Tür seiner Kammer hinter sich zugemacht und abgeschlossen hat, setzt Hinrich sich auf den Stuhl, atmet tief durch und hat das Gefühl: „Jetzt bin ich da, jetzt fängt alles an."

Am nächsten Tag. Früh wacht er auf und fühlt sich kräftig und zu allen Taten bereit. Beim Waschen freut er sich erneut an dem Luxus des fließenden Wassers im Zimmer. Im Gasthof herrscht bereits lebhafter Betrieb. Überall klappen Türen, Stimmen sind zu hören, viele der Einwanderer sind schon auf; sie sind ungeduldig, wollen sich in ihr neues Leben stürzen und sich neuen Aufgaben stellen. Aber viele sind auch unsicher und wissen nicht, wie sie es anfangen sollen.

Hinrich weiß genau, was er heute zu tun hat. Nach dem Frühstück geht er noch einmal auf sein Zimmer, wäscht und kämmt sich. Er zieht seinen besten Anzug an, steckt die Briefe des Bremer Kaufmanns ein, den an die Bank und den an den New Yorker Geschäftsmann. Mit einiger Mühe klappt er die Matratze hoch und holt den schweren Beutel hervor, den er gestern dort versteckt hat und der sein ganzes Vermögen enthält: Goldstücke und Taler. Er weiß schon, wo die Bank ist, die der Bremer Freund ihm empfohlen hat. Sie liegt ganz in der Nähe, und in den Morgen hinein macht Hinrich sich auf den Weg; mit ihm eilen viele New Yorker ihrem Tagwerk entgegen.

Auf der Bank ist alles ganz einfach. Als er den Brief gezeigt und gesagt hat, dass er sein Geld einzahlen möchte, wird er freundlich in ein kleines Büro geführt, wo ihn ein vornehm gekleideter Herr empfängt. Papiere werden ausgefüllt, er nennt die Summe, der Banker blickt auf, schaut Hinrich an und sagt auf Englisch: „Ein hübscher Batzen Geld, damit könnt Ihr einen guten Anfang machen." Natürlich hat Hinrich seine ersten Schwierigkeiten mit der Sprache schon hinter sich. Er selber kann ein paar Brocken Englisch von seinem Lehrer, aber das reicht längst nicht, um sich zu unterhalten. Allerdings stellt Hinrich bald fest, dass die englische Sprache dem heimatlichen Plattdeutsch ähnelt, und wenn er viele Worte auch nicht sofort versteht, so kann er ihre Bedeutung doch leicht erraten. So spielt sich auch das Gespräch mit dem Bankbeamten ab: Vieles ist mehrfach zu wiederholen, sowohl Hinrichs Fragen als auch die Antworten seines Gegenüber, aber schließlich weiß jeder, was gemeint ist. Immerhin ist man in New York und es gewohnt, dass täglich Menschen eintreffen, die alle möglichen Sprachen sprechen.

Hinrich zeigt dann noch den Brief an den New Yorker Geschäftsmann und fragt nach dessen Büro. Der Beamte ist erstaunt: „Das wird ja immer besser, die Firma ist ein guter Kunde von uns, ein sehr gutes Geschäft. Das Büro ist nicht weit von hier." Er beschreibt Hinrich den Weg. Mit ein paar Dollar in der Tasche, die er gleich von seinem neuen Konto abgehoben hat, macht sich der Junge auf zu seinem zweiten wichtigen Ziel.

Ob er weiter Glück haben wird? Er fühlt sich stark und ist zuversichtlich, aber als er in das große Haus mit dem Büro der Handelsfirma tritt, stockt ihm doch ein wenig der Atem. Ein vornehmer Treppenaufgang empfängt ihn. Gleich hinter der Eingangstür sind viele Tafeln angebracht, auf denen die Namen der Büros verzeichnet sind. So viele Firmen! Seine nimmt das ganze zweite Stockwerk ein. Man kann nicht einfach hineingehen, sondern muss durch ein kleines Fenster sprechen und sagen, was man will. Natürlich in Englisch. Eine Frau taxiert ihn, nicht unfreundlich, aber streng und ein wenig ungeduldig. Sie versteht ihn nicht gleich. Als Hinrich ihr das Schreiben des Bremer Kaufmannshauses zeigt, lächelt sie und nickt: „A moment, please!" Eine Tür öffnet sich, und die Frau winkt ihn hinein. Hinrich folgt ihr mit festem Schritt durch verschiedene Büros, und wenig später sitzt er vor dem großen Schreibtisch, hinter dem der Chef seinen Platz hat.

Er spricht Deutsch und lässt sich den Brief seines Bremer Geschäftsfreundes geben. Nach dem Lesen sieht er Hinrich genau an. Ohne große Worte zu machen, kommt er gleich zur Sache: „Ich kann Sie gebrauchen", erklärt er, „wenn Sie Lust haben, können Sie in meiner Firma anfangen. Ich handele mit landwirtschaftlichen Maschinen und Geräten. Meine Kundschaft lebt im näheren und weiteren Umfeld von New York: alles Bauern oder Farmer, wie wir hier sagen. Ich schlage vor, dass Sie erst einmal ein paar Wochen bei uns im Büro arbeiten, damit Sie die Firma kennen lernen. Wenn Sie sich bewähren, schicke ich Sie auf Reisen zu unserer Kundschaft. Es sind viele Bauern aus Deutschland darunter, mit denen Sie in Ihrer Sprache gut verhandeln können." Der Chef nennt das Anfangsgehalt, das Hinrich hoch vorkommt. Er soll bald merken, dass er damit in New York keine großen Sprünge machen kann, da alles sehr teuer ist. Der Chef sagt auch gleich: „Suchen Sie sich ein billiges Zimmer. Das können Sie heute tun, und morgen fangen Sie an. Wir beginnen pünktlich um acht Uhr."

Alles geht so schnell, dass Hinrich es kaum fassen kann. Schon nach kurzer Zeit geht er wieder zurück durch den langen Flur, vorbei an der Dame hinter dem Guckfenster, die ihm freundlich zunickt, und hinaus auf die Straße. Er hält einen Augenblick inne. Menschen eilen an ihm vorbei, auf der Straße donnern schwere Lastfuhrwerke, leicht bespannte Kutschen und vornehme Kaleschen flitzen vorüber, jeder hat es eilig, nur Hinrich nicht. Er muss einen Augenblick verschnaufen, um zu begreifen, was geschehen ist!

So viel Glück kann eigentlich nicht sein, und es beschleicht ihn ein wenig Furcht. Alles hat bislang gut geklappt, wird das immer so weitergehen? Hinrich weiß plötzlich: Nur nicht das Glück herausfordern, und dankbar sein für das, was er erhalten hat: die Überfahrt, Ankunft und angenehme Herberge, das erfolgreiche Gespräch mit seinem neuen Chef und als Folge davon ein Arbeitsplatz in New York!

Alles um ihn herum ist in schneller Bewegung: die Menschen und die Fahrzeuge. Hinrich jedoch schlendert mehr durch das Gedränge. Er sieht sich um, betrachtet sinnend seine neue Umgebung und Heimat. Seit seiner Ankunft war er nur in Trapp, jetzt will er sich ausruhen und genießen, dass er hier ist. Fast alles ist ihm noch fremd und muss ihm erst vertraut werden, wenn er hier leben und Erfolg haben will.

Hinrich lässt die Suche nach einem Zimmer für heute auf sich beruhen und beschließt, noch einige Tage im Gasthof zu bleiben. Er will sich auf seine Arbeit konzentrieren, um ganz zu begreifen, dass er nun in der Neuen Welt ist. Das kostet ihn zwar einige Dollar, aber er ist nicht mehr allein auf sein mitgebrachtes kleines Vermögen angewiesen, er verdient ja ab morgen Geld hinzu.

Zurück in seinem Zimmer, kramt er aus seinem Gepäck Papier und Schreibzeug hervor. Er setzt sich auf den Stuhl, nimmt die Bibel, die am Kopfende seines Bettes liegt, nicht aber um in ihr zu lesen, sondern um sie als Schreibunterlage zu benutzen. Der erste Brief ist an seine Eltern gerichtet, und er berichtet ihnen, was ihm bislang widerfahren ist. Der zweite soll an Maria, seine Freundin, gehen. Auch sie informiert er über seine Erlebnisse und sein Glück. Am Schluss fügt er hinzu: „Ich hoffe, dass ich bald gut verdiene, du nach Amerika kommst und wir heiraten. Maria, es wird wunderschön, mit dir zusammen hier ein ganz neues Leben anzufangen. Und wenn wir dann ein Kind bekommen, freue ich mich darüber riesig. Sollte es ein Mädchen sein, so ist es fortan unsere Prinzessin und ich baue dir und unserer Tochter ein richtiges Schloss, in dem wir wohnen und glücklich sein werden.

Liebe Maria, vielleicht denkst du jetzt, dein Hinrich ist nun ganz übergeschnappt. Aber das ist nicht so. Ich fühle mich stark und habe schon erkannt, dass man in diesem Land schnell reich werden kann, wenn man tüchtig ist, viel arbeitet und das Glück mitspielt. Liebe Maria, ich werde arbeiten, und Glück ist mir ja schon in den ersten Stunden in New York reichlich begegnet. Ich kann es kaum erwarten, Dich hier zu haben, und sende dir viele Küsse. Denkst du noch an die Küsse, die wir uns beim Abschied gaben? Dein Hinrich."

Niemals hätte Hinrich so mit dem Mädchen gesprochen, wenn sie vor ihm stehen würde, schon gar nicht in dem kleinen Dorf, in dem sie aufgewachsen sind. Aber schreiben konnte er ihr solche Worte!

Nach einigem Nachdenken formuliert er noch einen dritten Brief an den Bremer Kaufmann, der ihn so freundlich eingeladen und ihm geholfen hat. Er bedankt sich noch einmal herzlich und teilt dem Bremer Kaufmann mit, wie es ihm ergangen ist: „Vielleicht muss ich Ihnen ja bald wichtige Geschäftsbriefe schreiben. Wie gern ich das täte, und es würde mir gewiss viel Freude machen!"

Amerika

Hinrich, von dem ich erzähle, ist mein Urgroßvater Hinrich Lange, genauer der Vater meiner Großmutter väterlicherseits. Sieben Jahre, nachdem die drei Briefe an die Eltern, die Freundin und den Bremer Kaufmann gegangen sind, steht er am Kai des New Yorker Hafens. Inmitten eines großen Gedränges von Männern, Frauen und Kindern erwartet er seine Verlobte Maria. Rufe werden laut. Wer seine Angehörigen entdeckt, winkt und macht auf sich aufmerksam. Hinrich guckt und guckt, aber er kann Maria nicht finden. Endlich sieht er das Mädchen. Es steht auf dem Kajütdeck, blickt suchend hinunter. Schnell reißt er seine Hände hoch und brüllt: „Maria, Maria, hier bin ich!" Sie entdeckt ihn und ruft etwas, aber Hinrich kann sie nicht verstehen.

Die junge Frau hat die Überfahrt nicht auf einem Segelschiff zurückgelegt, sondern auf einem der neuen, modernen Dampfschiffe. Sie musste nicht im engen Zwischendeck reisen, sondern verfügte auf dem Kajütdeck über eine zwar kleine und enge, aber komfortable Kabine.

Was hat sich in den sieben Jahren alles geändert!? Aus Hinrich, dem Jungen vom Dorfe, ist ein selbstbewusster Mann geworden, der seine Lehre in der neuen Heimat erfolgreich abgeschlossen hat. Mehr noch. Er besitzt inzwischen eine eigene Firma, in der ein paar Angestellte für ihn arbeiten. Eine geräumige Wohnung in New York gehört dazu, und er verdient jeden Tag mehr Geld.

Hinrich ist das Glück immer treu geblieben. Seine leichte Auffassungsgabe hat ihm dabei geholfen. Er lernte alle Aspekte des Handelsgeschäftes kennen. Gleichzeitig machte er in Englisch Fortschritte – bei der Arbeit und durch die Arbeit, da die meisten seiner Kollegen nur Englisch sprechen. Und in den Abendstunden nahm er Unterricht bei einem Lehrer, der ihm von seinem Chef empfohlen worden war. Außerdem besuchte er jeden Sonntag eine englische Kirche. Aus seiner Heimat ist er es gewohnt, zum Gottesdienst zu gehen. In New York gibt es zwar Kirchen, in denen in deutscher Sprache gepredigt wird. Aber Hinrich wusste, er kann nur etwas erreichen, wenn er die Landessprache beherrscht.

Sein Chef erkannte vom ersten Augenblick an, dass ein kluger und leistungsfähiger Mitarbeiter vor ihm stand. Nach seiner Ausbildung schickte er Hinrich zu den Farmern in der näheren und weiteren Umgebung von New York, denen er Landwirtschaftsmaschinen anbieten und verkaufen sollte. Viele von ihnen waren ausgewanderte deutsche Bauern. Das Reisen und Reden mit den Leuten gefiel dem jungen Mann. Er fuhr gute Erfolge ein und lernte im wahrsten Sinne des Wortes Land und Leute kennen.

Irgendwann kam ihm eine glänzende Idee; er kündigte seine Stellung und machte sich selbständig. Sein Chef bedauerte den Verlust, aber er war Amerikaner genug, um zu sagen: „Okay. Ich hätte Sie gern behalten, Sie haben gute Leistungen erbracht. Aber ich verstehe auch, dass Sie auf eigenen Füßen stehen wollen, um die Früchte Ihrer Arbeit selbst zu ernten, und wünsche Ihnen alles Gute!"

Ideen und Glück, das braucht man, um Erfolg zu haben. Hinrichs Vorstellung lief darauf hinaus, den Farmern, mit denen er im Laufe der Zeit in Kontakt gekommen war, ihre Ernteerzeugnisse abzukaufen, um diese an Lebensmittelgeschäfte, Hotels und Restaurants zu liefern. Denn New York wächst und wächst, und jeden Tag kommen neue Menschen, die Arbeit und eine Bleibe finden, die jeden Tag essen und trinken müssen, um zu leben.

Hinrich nimmt das von Europa mitgebrachte Geld, tut das neue, in Amerika Angesparte hinzu, mietet sich in der Stadt ein kleines Büro und fragt in Geschäften und Restaurants: „Was könnt ihr gebrauchen?" Dann reist er zu den Farmern und kauft von ihnen, wonach man in New York verlangt. Er begreift rasch, dass es darauf ankommt, möglichst billig ein- und möglichst teuer zu verkaufen. Seine korrekte und freundliche Art, sein vertrauensvolles Zusammenarbeiten sowohl mit den Bauern als auch mit den Abnehmern in der Stadt zeitigt schnell Erfolg. Er zieht in ein größeres Büro und stellt Hilfskräfte ein, die er bei den neu eintreffenden Einwanderern findet.

Endlich, nach sieben Jahren, ist es so weit, dass er Maria schreiben kann: „Wenn du noch willst, und Du glaubst gar nicht, wie sehr ich es mir erhoffe, reise bitte nach New York und wir heiraten. Eine hübsch ausgestattete Wohnung wartet auf dich. Ich bin inzwischen mein eigener Herr und verdiene genug, um eine Familie zu gründen. Aber ich werde noch viel mehr verdienen. Das Leben kann so schön sein, viel besser als wir es uns je in Deutschland erträumt haben. Bitte Maria, komm zu mir! Die Überfahrt ist bereits bezahlt, du brauchst bei der Bremer Reederei nur noch das Schiff zu bestimmen, das du nehmen willst."

Maria zögert keine Sekunde. Sie freut sich, dass ihr langes und geduldiges Warten zu Ende geht, auch wenn sie nicht mehr so jung ist, wie Hinrich sie vielleicht in Erinnerung hat. Sie reist nach Bremen, bucht die Überfahrt und schreibt Hinrich, mit welchem Schiff und wann sie eintreffen wird.

Jetzt ist sie da! Als sie die Gangway herunter kommt und auf die Absperrung, hinter der die Wartenden stehen, zueilt, kann Hinrich sie die ganze Zeit beobachten. Sie ist immer noch das Mädchen, das er verlassen hat, aber gleichzeitig sieht er, dass aus ihr eine gereifte Frau geworden ist. Es wird ihm ein wenig beklommen zumute.

Das ändert sich sofort, als die beiden sich in die Arme fliegen und Hinrichs Augen feucht werden. Sieben Jahre lang allein und einsam – und fortan soll das nicht mehr so sein? Er kann es kaum glauben. Maria aber lacht und ihre ersten Worte sind: „Jetzt hast du mich, jetzt hast du mich ganz und gar – und das soll auch so bleiben!"

Stolz fährt Hinrich mit seiner Braut in einer Kutsche nach New York. Er zeigt ihr die Straßenschluchten, nennt die Namen der hohen Häuser, auch von Firmen, von Menschen, die hier wohnen und die er kennt oder die von Bedeutung sind. Maria staunt über alles, aber Hinrich macht es ihr leicht, die neue Welt zu begreifen, er sitzt neben ihr, hält ihre Hand, erzählt und erklärt. Und er bittet sie in die neue Stadtwohnung, die sich in einem Haus befindet, in dem noch viele andere Wohnungen sind. Er trägt sie über die Türschwelle, führt sie in das Wohn- und Schlafzimmer, beide komplett eingerichtet, danach in das Kinderzimmer, das noch leer ist. Hinrich wirkt verlegen, Maria aber lacht ungezwungen: „Das wird nicht so bleiben, dafür werden wir beide schon sorgen, nicht wahr?" Maria, die 27 Jahre alt ist, fühlt sich nach der glücklichen Ankunft und Besichtigung der neuen Wohnung, ihres künftigen Reiches, froh und stark wie ein junges, unbeschwertes Mädchen.

Hinrich zeigt ihr die größte Neuerung und Errungenschaft: das Badezimmer. Er dreht die Hähne über der Badewanne auf, das Wasser läuft heraus, und er öffnet den Hahn über dem Waschbecken, aus dem ebenfalls Wasser kommt. Dann zieht er am Wasserkasten des WC's, rauschend ergießt sich die Flut in das Becken. Überall läuft Wasser, aber es läuft auch ab, verschwindet durch Abflussrohre in den Kanal. Maria ist begeistert und bewundert Hinrich, als hätte er das alles erfunden. Sie hat zwar davon gehört, aber vom Dorfe her kennt sie nur die Pumpe auf dem Hof und das Plumps-Klosett daneben mit dem Herzen in der Tür – ohne Wasserspülung und ohne Kanalanschluss, heiß im Sommer, kalt im Winter.

Maria wird nicht viel Zeit gelassen, sich einzuleben. Hinrich ist den ganzen Tag in seinem Büro oder auf Reisen und besucht die Lieferanten auf dem Lande. So ist Maria vom ersten Tage an viel auf sich allein gestellt. Sie muss den Haushalt versorgen, lernt Mitbewohner im Hause kennen, von denen einige auch aus Deutschland sind, geht einkaufen und erledigt vieles andere mehr. Schon bald werden die beiden ein Ehepaar. Hinrich hat alles vorbereitet und die Formalitäten erledigt, und so folgt der amtlichen Trauung in englischer Sprache auch eine kirchliche Trauung in deutscher Sprache in einer kleinen lutherischen Kirche. Alles an einem Tage und fast nebenbei, denn die beiden jungen Leute haben wenig Zeit. Aber Hinrich versichert seiner Frau: „Wir werden Kinder haben und ganz gewiss eine Tochter. Ich möchte gern eine Tochter. Sie soll unsere Prinzessin sein, und wir werden uns ein Schloss bauen, damit die Prinzessin darin aufwachsen kann." Lachend erwidert Maria: „Erst einmal muss das Kind da sein, ob Mädchen oder Junge, und dann müssen wir das Kinderzimmer einrichten, den Raum dafür haben wir ja schon."

Maria kommt vom Lande – aus der alten Welt. New York ist für sie so fremd, dass man eigentlich annehmen müsste, sie wäre erst einmal verängstigt und auf Hilfe angewiesen. Dem aber ist ganz und gar nicht so. Die neu getraute Misses Lange zeigt sich gleich als eine selbstbewusste, energische junge Frau. Ihr etwas grobes, aber recht hübsches Gesicht hat unter der breiten Nase einen kleinen geraden Mund, der Entschlossenheit vermuten lässt. Ihr Blick geht dem Betrachter gerade und mutig entgegen. Sie hat ja auch schon bewiesen, dass sie über eine gute Menschenkenntnis und ein realistisches Urteilsvermögen verfügt, denn sie ließ ihren Verlobten fortziehen und vertraute ihm. Jetzt, wo sie hier ist, empfindet sie nicht, in die Fremde gezogen zu sein. Im Gegenteil. Sie weiß, sie ist dort angekommen, wohin sie wollte, an den Ort, auf den sie jahrelang gehofft hat. Das war ihr Ziel, und warum soll sie sich in ihrer neuen Heimat fremd fühlen?

Ihrem Mann, Hinrich Lange, ist es ähnlich ergangen. Auch dadurch, dass er vom ersten Tage an in New York Arbeit und Erfolg hatte. Längst betrachtet er Amerika als seine neue Heimat. Und vielen Einwanderern geht es ähnlich, jedenfalls all denen, die hier ein neues, freies Leben beginnen wollen, und das sind nicht wenige.

So macht sich Maria nach dem Tage ihrer Trauung als erstes daran, für die Wohnung ein neues Hausschild zu besorgen. Es ist aus Messing, leicht zu putzen und glänzt. Auf dem Schild steht: Mr. und Mrs. Lange. Maria selber schraubt es neben der Eingangstür an. Als Hinrich am Abend nach Hause kommt, sieht er sofort, was Maria getan hat und schließt sie in die Arme.

Von Monat zu Monat gehen Hinrichs Geschäfte besser. Neue Stadtviertel entstehen in New York und auf der anderen Seite des East Rivers, immer mehr Menschen leben dort. Lebensmittelgeschäfte eröffnen, die Firma H. Lange gewinnt weitere Kunden, und Hinrich muss bei den Farmern mehr Waren einkaufen. Längst hat er nicht nur mit deutschen Bauern zu tun, sondern auch mit Holländern, Engländern, Irländern und Menschen aus vielen anderen Ländern des alten Europa. Mit allen verhandelt der junge Kaufmann zumeist nur noch in der Landessprache, in Englisch. So schnell wird sie ihm zu einem selbstverständlichen Kommunikationsmittel, wie er es nie geahnt und gehofft hat.

Maria hält mit. Auch für sie stellt es bald kein Problem mehr dar, in englischer Sprache einzukaufen oder mit den Nachbarn zu plaudern. Nach einem Jahr ziehen sie um. Hinrich erhält inzwischen häufiger Besuch von Geschäftsfreunden, die er zu sich nach Hause einlädt. Maria bewirtet sie gern und reichlich mit der deftigen Kochkunst, die sie bei ihrer Mutter auf dem Dorf gelernt hat. Den Geschäftsfreunden schmeckt es, sie fühlen sich wohl, und das wiederum erleichtert es Hinrich, seine geschäftlichen Abschlüsse zu tätigen.

Aber die Wohnung wird zu klein. So mietet Hinrich in Brooklyn eine Etage, die viel geräumiger ist als die alte. Außer Wohn-, Schlaf- und Kinderzimmer hat sie noch einen Salon und ein Esszimmer sowie eine Mädchenkammer im Dachgeschoss. Denn Maria bekommt nun eine Haushaltshilfe, Dienstmädchen sagt man dazu in Deutschland, hier heißt sie „maid“. Es ist ein polnisches Mädchen, und Maria muss sich auf Englisch mit ihr verständigen.

Die prächtige Wohnung in Brooklyn bringt es mit sich, dass Hinrich jeden Tag über den East River mit der Fähre nach New York in sein Büro fahren muss. Dafür liegt sie in einer ruhigen Gegend, Bäume säumen die Straße und spenden Schatten; außerdem sind die Mieten in Brooklyn viel günstiger als in New York.

Nach zwei Jahren ist Maria schwanger – und Hinrich glücklich. „Unsere Tochter“, sagt er, „soll es gut haben.“ Nach wie vor ist er fest davon überzeugt, dass es ein Mädchen wird. Er weiß selber nicht genau, warum er sich eine Tochter als erstes Kind wünscht und nicht einen Sohn, wie es sonst in Deutschland und besonders auf dem Dorf üblich ist, wo doch der erstgeborene Sohn immer der Erbe und darum besonders wichtig ist. Aber vielleicht wünscht er sich gerade darum eine Tochter, weil er einen ganz anderen als den gewohnten Weg eingeschlagen hat: Weg vom Hof und der dörflichen Enge, weg von einem Dasein in der Einöde und hin zu einem Land, in dem die Menschen frei sind von traditionellen Zwängen und nicht in die Kasernen müssen. Einen Stammhalter braucht er nicht, ist sich allein genug und verfügt über die Kraft, alle Sorgen von seiner Familie fernzuhalten und seiner Tochter ein wunderbares Leben zu bieten. Darauf freut er sich, das möchte er gern.

Sein erstes Kind, tatsächlich ein Mädchen, kommt in Brooklyn zur Welt und erhält in der neuen Wohnung ein prächtig eingerichtetes Kinderzimmer. Sie taufen es auf den Namen seiner Frau, nur entsprechend seiner neuen Heimat in englischer Sprache „Mary“ – eine echte Amerikanerin!

Die Erfolge Hinrichs nehmen weiter zu. New York dehnt sich aus. Es gibt mehr Arbeit und Geschäfte in der Stadt als je zuvor, und in ganz Amerika ist es nicht anders. Überall herrscht Wachstum. Die Firma H. Lange floriert und das Einkommen seines Inhabers steigt.

Bei seinen Farmer-Lieferanten hält Hinrich Ausschau nach einem geeigneten Grundstück für ein Sommerhaus auf dem Lande, für das Schloss von „Prinzessin Mary“. Die Reisen führen ihn meist auf die andere Seite des Hudsons, in das Hinterland der ebenfalls wachsenden Stadt New Jersey. Die Landschaft erinnert ihn an seine bäuerliche Heimat in Deutschland. Sie ist sanft gewellt und geprägt von einem Laubwald mit Buchen, Ahorn und Eichen. Nicht die sogenannte deutsche Eiche, aber eine Spezies, die ihr ähnlich ist. Gleiches gilt für die Dörfer und kleinen Städte, die dem landwirtschaftlichen Gepräge Norddeutschlands entsprechen und in denen reich gewordene New Yorker ihre Sommersitze eingerichtet haben.

Hinrich benutzt die neue Eisenbahnlinie, statt mit einem Einspänner selber zu den Lieferanten zu kutschieren. Eine Zwischenstation ist Spring Valley, Kleinstadt und etwa anderthalb Bahnstunden von New Jersey entfernt. Hier gibt es ein Sägewerk, bei dem Hinrich hin und wieder Holz für Abnehmer in New York kauft. Spring Valley – zu Deutsch Frühlingstal – ist ein hübsches kleines Tal, durch das sich ein Fluss windet, von

Wiesen begleitet, die sanft zu den umgebenden Hügeln empor führen und am Rand der Wälder, die das Tal weiträumig säumen, enden. Der Ort selber besteht im Wesentlichen aus der Mainstreet, der Hauptstraße. Geschäfte, Kneipen und Wohnhäuser reihen sich aneinander, weiter weg, an der Bahnstrecke, bieten zwei Wartehäuschen mit einem viel zu großen „Spring Valley"-Schild Schutz gegen Wind und Wetter, die zwei Kirchen daneben, eine lutherische und eine methodistische, machen einen stattlichen Eindruck, und nicht weit weg ist das Sägewerk, bei dem Hinrich Holz einkauft. Am Ende der Wiesen und in den Wald hinein haben sich einige New Yorker prächtige Häuser gebaut, zweistöckig, aus Holz und mit umlaufenden Veranden. Die Villen liegen in gepflegten Parks. Auch Hinrich will sich hier ansiedeln und hat bereits ein Grundstück erworben.

Er ist jetzt oft in dem kleinen Ort, setzt mit der Fähre über den Hudson, besteigt in New Jersey die funkelnagelneuen Bahnwaggons, die von einer Lokomotive mit langem, dünnem Schornstein puffend und qualmend nach Spring Valley gezogen werden. Dort verhandelt er mit Bauleuten, Handwerkern und Behördenvertretern. Die Pläne liegen bald vor, es kann mit dem Schlösschen vorangehen, und nach dem Winter ist es so weit. Inzwischen ist Maria wieder schwanger. Hinrich freut sich auf sein zweites Kind, aber längst nicht so wie vor zwei Jahren bei seiner Prinzessin. Ihm ist es auch ziemlich egal, ob es ein Mädchen oder ein Junge wird. Sicher, ein Junge wäre nicht schlecht, der könnte einmal das Geschäft übernehmen. Aber Hinrich schiebt den Gedanken schnell beiseite. So stark, erfolgreich und glücklich er mit seinen beiden Frauen ist – warum soll er jetzt schon an später denken?!

Im Frühjahr erfolgt der Umzug. Eigentlich ist es mehr ein Einzug, denn die Familie behält ihre geräumige Stadtwohnung in Brooklyn, da sie nur im Sommerhalbjahr in Spring Valley wohnen will – wie es sich für die Familie eines anerkannten Kaufmannes gehört. Als Hinrich, Maria und Mary mit dem Zug eintreffen, zeigen sich das Städtchen und die Umgebung von der besten Seite. Die Sonne lacht, in den Gärten und Parks blühen die Blumen, die vielen Bäume in den Anlagen und nahen

Wäldern prunken mit frischem Grün, und das Flüsschen schlängelt sein klares Wasser durch das „Frühlingstal“. Vor der Villa wartet schon das Lastfuhrwerk mit den vielen Kisten und Koffern, die alles enthalten, was in New York eingekauft worden und für das sommerliche Leben auf dem Lande bestimmt ist.

Mary, inzwischen zwei Jahre alt, quicklebendig, gesund und fröhlich, reißt sich von der Hand ihrer Mutter los und rennt ins Haus, durch alle Zimmer mit den neuen Möbeln, hinauf zum ersten Stock, in dem die Schlafräume liegen und in dem auch ihr Kinderzimmer, groß und hell, ist mit ihrem Bett und einigen Spielsachen. Aber nicht lange hält es das Mädchen im Haus. Sie saust die Treppe hinab, an den glücklichen Eltern vorbei in den Park, der sich sanft der Straße entgegen streckt. Alte Bäume erheben sich über und neben dem Rasen und blühenden Rabatten – vor und hinter der Villa.

Mary wirft sich in das Gras, rollt den Abhang hinunter und bleibt ruhig auf dem Rücken liegen. Sie blickt empor und sieht, eingerahmt von grünem Laub, den hellen Frühlingshimmel über sich, und wenn sie es auch mit ihren zwei Jahren nicht ausdrücken kann, ist es ihr, als sei sie gerade – schwuppdiwupp – vom Himmel gefallen, mitten in ein Paradies hinein, eines, das ihr gehört, ihr ganz allein. Sie wälzt sich, macht es sich auf dem Bauch bequem und lugt hinüber zum Haus, zu der Villa, die Papa immer „das Schloss meiner kleinen Prinzessin“ nennt. Damit ist sie gemeint – und das Schloss gehört ihr.

Wenig später kommt der Bruder zur Welt. Er wird auf den Namen „Jonny“ getauft. Die Mutter ist froh und stolz, dass es ein Junge ist. Der Vater schenkt der Geburt des Sohnes weniger Beachtung. Er ist erleichtert, dass seine Frau die Geburt gut überstanden hat, und als ihm sein Sohn zum ersten Mal gezeigt wird, sagt er nur: „Na ja, ganz niedlich.“ Schnell geht er wieder zu seiner Tochter und wendet sich ihr zu, um mit ihr zu spielen.

Für Mary folgen wunderbare Jahre. Die Familie zieht jedes Jahr im Frühjahr hinaus und bleibt bis zum späten Herbst. Nur im Winter leben sie in Brooklyn. Spring Valley aber ist ihre Heimat: die Villa, der fantastische Park, die Nachbarn und deren

Kinder, mit denen Mary spielt, die ebenfalls deutschstämmig sind und Schulze, Schmidt und Wagner heißen.

Jonny wächst genauso auf: Frühjahr, Sommer und Herbst im bezaubernden Spring Valley mit dem herrlichen Park, der Villa, den fröhlichen Nachbarskindern und der ungewöhnlichen Schwester. Doch fehlt ihm die Liebe des Vaters. Nicht, dass Hinrich Lange seinen Sohn nicht mag oder gar ablehnt. Nein, er nimmt ihn eigentlich nicht wahr. Es ist ganz einfach so, dass Hinrich alles seiner „Prinzessin" zukommen lässt. Alle weitere Kraft braucht er für sein Geschäft und seinen Erfolg. Da bleibt für Jonny und Maria nur so viel übrig, dass sie gut versorgt sind und einen geordneten Alltag haben. Die „Prinzessin" ist glücklich, die Ehefrau als vernünftige und folgsame Bauerntochter zufrieden, dem Jungen hingegen fehlt vom ersten Tag die Aufmerksamkeit, die Zuneigung und das Verständnis des Vaters. Jonny wächst als stilles Kind heran, das im Hintergrund bleibt, nicht viel fragt und sagt, aber sich schon früh eigene Gedanken macht. Weder die Mutter noch die Schwester und erst recht der Vater merken etwas davon. Oft heißt es: Jonny ist zurückgeblieben, ein wenig schwerfällig und dumm. Das hört der Knabe nicht gern, aber er versteht – und es trifft ihn hart.

Hinrich hat für den Salon einen besonderen Tisch bestellt und dem Handwerker erklärt: „Aus Mahagoni-Holz muss er sein. Quadratisch und mit glänzend polierter Platte, unter der sich, von kunstvoll gedrechselten Beinen getragen, ein großer Zwischenboden befindet, den vier metallene Löwenköpfe halten. Aus dem gleichen Material sollen die krallenartigen Tatzen am Ende der Füße sein. Jede von ihnen umfasst eine glänzende Holzkugel."

Der Tischler steckt seine ganze Kunstfertigkeit in den Auftrag. Alles wird so, wie Hinrich es sich vorgestellt hat. Ein Schmuckstück, elegant und vornehm. Die Arbeit ist so gut gelungen, dass jeder, der den Salon zum ersten Mal betritt, gleich sagt: „Wie herrlich!" Hinrich ist begeistert und verspricht seiner Tochter: „Den Tisch bekommst du, wenn du heiratest und ein eigenes Heim haben wirst." Aber kaum hat er es gesagt, fügt er kaum hörbar hinzu: „Vielleicht bleibst du ja immer bei mir und damit auch der Tisch."

Gerade zwei Jahre alt, nimmt Jonny den Tisch für sich in Beschlag. Keiner merkt etwas. Laufen geht noch nicht, dafür krabbelt er um so besser. Oft kriecht er zu den Tatzen und Löwenmähnen hin, die sein Ein und Alles werden. Später rollt er sich unter der Platte auf dem Zwischenboden zusammen wie in einem sicheren Versteck. Dort träumt er sich in ferne Ländern, große Reisen und tapfere Taten.

Mary tobt unterdessen durch das Haus und den Park, hinüber zu den Nachbarn und in das Städtchen. Alle kennen die Kleine und freuen sich über das freudestrahlende, hübsche und beschwingte Mädchen. „Langes Mary" hat viele Freundinnen, ist bei allen Nachbarn und Geschäftsleuten beliebt. Auch die Lehrerinnen der Privatschule, die sie besucht, mögen und loben sie, obgleich ihre Leistungen eher mittelmäßig sind. Als sie alt genug ist, kauft der Vater ihr ein Pferd, das einen zweirädrigen Wagen zieht. Mary kutschiert das Gespann stolz und couragiert über die Straßen von Spring Valley. Mit den Nachbarkindern fährt sie durch Wälder und Wiesen, über Hügel und durch Täler. Niemals nimmt Jonny an solchen Ausflügen teil. Nicht, weil Mary das nicht zulässt, sondern weil er nie fragt: „Darf ich mitkommen?"

Mary behandelt den Bruder nicht schlecht. Sie nimmt ihn charmant in die Arme und drückt ihn, obgleich Jonny sich jedes Mal verlegen und wortlos wehrt und von ihr wegdrängt. Jonny ist der kleine, zurück gebliebene Bruder, mit dem sie nicht viel anfangen kann, für den sie sich aber, wenn es darauf ankommt, verantwortlich fühlt. Sie wird böse, wenn ein anderes Kind sich über Jonny lustig macht, und sie verteidigt ihn, wo und wann immer er angegriffen wird. Doch verstehen kann sie ihn nicht. Zu sehr ist sie die „Prinzessin" ihres Vaters.

Inzwischen ist Mary in Spring Valley sehr beliebt, nicht nur bei den Nachbarkindern, die aus gut situierten Familien stammen, deren Väter wie Heinrich in New York ihre Büros haben. Eine ihrer Freundinnen, Helen, versetzt Mary und die anderen einmal in Angst und Schrecken. Das Mädchen, von allen mit

Liebe und Rücksicht behandelt, hat einen Herzfehler, und die Erwachsenen mahnen die Kinder: „Sie darf sich nicht aufregen! Bitte achtet darauf!"

Auch Helen besitzt eine Kutsche. Trotz ihres Leidens fährt sie damit gern und oft in der Gegend herum. Dass sie mit Pferden umzugehen versteht, hat sie längst unter Beweis gestellt. Aber das schützt sie nicht vor einem Unglück. Sie steigt gerade auf den Bock, als der Wind Papier hochwirbelt. Das Pferd erschrickt und geht durch. Helen versucht, es wieder in ihre Gewalt zu bekommen. Vergeblich. In der ersten Kurve kippt der Wagen um, Deichsel und Schwengel reißen ab und das Tier galoppiert weiter.

Die Kutsche und das Kind liegen auf der Straße. Mary und ihre Freundinnen sind entsetzt, stehen wie angewurzelt da und starren auf den umgestürzten Wagen. Keiner sagt etwas. Die Räder drehen sich noch, bis sie, eines nach dem anderen, aufhören, sich zu bewegen. Es ist still, bis Mary fragt: „Ob ihr was passiert ist?" Und: „Ob sie tot ist?" Einige fangen an zu weinen. Mary sagt: „Wir müssen nachsehen!" Aber keine wagt es, sie haben Angst, Helen tot zu sehen. Plötzlich hören sie, wie sich unter dem Wagen etwas bewegt. Mary nähert sich dem demolierten Gefährt, bückt sich und ruft: „Sie bewegt sich, sie bewegt sich!" Alle fassen an. Vereint gelingt es ihnen, den eleganten leichten Wagen hoch zu hieven und auf die Räder zu stellen. Helens Kleid ist dreckig und zerrissen. Mit einem Ruck springt sie auf, schaut sich um und krächzt: „Das wurde aber auch Zeit, dass ihr mir helft und mich herausholt. Oder sollte ich hier vielleicht verhungern?"

Die Winter empfindet Mary als trist. Die Familie zieht nach Brooklyn in die voluminöse Wohnung. Dem Kind erscheint alles dunkel und drohend. Erst recht, wenn Schneesturm durch die Straßenschluchten Brooklyns und New Yorks tobt und der Frost ins Gesicht schneidet. Um so mehr bieten die Besuche von Maria und Mary in den Warenhäusern eine willkommene Abwechslung. Wie alle wohlhabenden Ehefrauen verfügt auch Maria über eine Kreditkarte, die es ihr ermöglicht, nach Herzenslust einzukaufen. Ihr Mann kann es sich leisten, dass seine Frau

Geld ausgibt. Es schadet ihm nicht, die Geschäfte gehen ausgezeichnet. Reicher und größer wird auch New York. Ebenso schreitet der Fortschritt in den Nachbarstädten voran. Mary ist elf Jahre alt, als man die gewaltige Brooklyn-Bridge über den East River nach New York-Manhattan in Betrieb nimmt. Die Familie ist jetzt nicht mehr auf die Fähre über den East River angewiesen, sondern fährt mit der Straßenbahn, der „Elektrischen", über die Brücke.

Der Sommer bleibt nach wie vor Spring Valley-Zeit. Zwar siedelt sich immer mehr modernes Leben an – Wasserleitungen und Abwasserkanäle entstehen, die Villen erhalten elektrisches Licht, viele Straßen sind nachts vornehm erleuchtet -, doch das kleinstädtische, ja fast dörfliche Flair geht nicht verloren: ein Leben in der Nähe von Nachbarn, aber dank der Parkanlagen ohne Beeinträchtigungen und Gefahren und längst nicht so dicht wie in den Ballungszentren.

Auch Jonny liebt Spring Valley, wenn auch auf eine andere Art als seine Schwester. Hinter der Villa hat der Vater einen Hühnerhof angelegt. „Das gehört einfach dazu", sagt Hinrich, der irgendwie wohl immer noch „Bauer" ist. Die Pflege der wachsenden Hühnerschar übernimmt Jonny. Er füttert sie, säubert den Stall und sorgt für Ordnung. Später, fast schon ein junger Mann, schlachtet er die Hühner. Kein anderer will das tun, nur er ist dazu bereit. Er fängt die schlachtreifen Exemplare und schlägt ihnen mit einem Beil die Köpfe ab, wirft das blutende Tier schnell hinter sich, sodass es noch ein Stück durch die Luft flattert. Alle sagen: „Der Jonny kann das, ich könnte das nicht." Doch niemand weiß oder ahnt, wie schwer ihm das blutige Handwerk fällt. Er liebt seine Hühner, aber wie hätte er dagestanden: ein Hühnerzüchter, der die Tiere nicht schlachten kann, obgleich er eigentlich gar keinen Mut zum Töten hat!?

Auch Mary bemerkt seine Qualen nicht, viel mehr bewundert sie ihn, wenn auch mit einem kleinen, nicht zu bezähmenden Ekel. Alles in allem ist es kein Wunder, wenn ihr das Leben auf dem Lande später wie ein Aufenthalt im Paradies erscheint. Das „sehr viel später" bahnt sich auf einer Reise nach Europa und Bremen an, die die junge Amerikanerin allein unternimmt. Eines Tages erklärt sie ihrem Vater: „Ich will nach Deutschland reisen und das Land kennen lernen, in dem du und Mutter geboren seid." Hinrich ist erschrocken. Wie gern würde er mit ihr zusammen in die alte Heimat fahren, aber die Geschäfte lassen ihn nicht los. Längst ist er ein erfolgreicher amerikanischer Geschäftsmann! Andererseits ist er stolz auf den Mut seiner Tochter, die er so sehr liebt. Und warum soll sie nicht das schaffen, was ihm unter viel schwereren und gefährlicheren Umständen gelungen ist? Also willigt er ein und schreibt einen Brief an den Schwager seiner Frau Hermann Hinrich Beckröge, der in einem alten Bremer Patrizierhaus eines der vornehmsten Restaurants betreibt. Er kündigt an, seine Tochter Mary auf die Reise zu schicken und bittet, dass sie bei ihm wohnen darf und er ihr die Stadt und das Land ihrer Eltern zeigt. Hermann Hinrich antwortet postwendend: „Mary ist jederzeit willkommen, teile uns Schiff und Ankunft in Bremerhaven mit, wir holen sie ab!"

Vater Lange ist beruhigt, Mary jubelt, die Mutter ist traurig. Überfahrt und Abfahrtstermin werden gebucht, Schiffsnamen und voraussichtliche Ankunft den Bremer Verwandten mitgeteilt. Der Abschied in den Docks von New York ist rührend und aufregend. Natürlich geht es per Dampfschiff und in einer modernen Einbett-Kabine über den großen Teich. Vater und Mutter gehen mit an Bord, begleiten ihre Tochter bis in die kleine Kajüte. Hinrich gibt bis zur letzten Minute gute Ratschläge, wie Mary sich verhalten und was sie den Verwandten bestellen soll. Maria macht aus ihrer Angst keinen Hehl: Das Kind könnte über Bord fallen, sich in Bremen verlaufen oder, was noch das Schlimmste wäre, in schlechte Gesellschaft geraten. Sie springt auf, dreht den Wasserhahn an dem kleinen Waschbecken auf und sagt zufrieden: „Very good, the water ist running." Sie schaut aus dem kleinen Fenster und kommentiert, diesmal in Deutsch: „Nur Schuppen, kein Meer." Endlich: die Stewardessen laufen durch die Gänge und rufen: „Wer nicht gebucht hat, bitte das Schiff verlassen!" Zum Abschied Umarmungen, die es bei Langes sonst nicht gibt. Ein letzter Händedruck, Vater und Mutter schließen die Kabine hinter sich und gehen von Bord.

Mary atmet ein paar Mal kräftig durch, steigt nach oben aufs Deck und blickt von der Reling auf die vielen Köpfe. Als sie Mutter und Vater entdeckt, winkt sie ihnen zu, und die beiden wedeln mit ihren Taschentüchern zurück. Plötzlich tutet der Dampfer dreimal kräftig und laut, die Bordkapelle beginnt „Muss i denn, muss i denn" zu spielen, und im Inneren des Schiffes fangen die Maschinen an zu rumpeln. Langsam löst sich der Koloss vom Kai, die Reisenden werfen den Zurückbleibenden Papierschlangen zu. Als das Schiff vom Pier ablegt, zerreißen die letzten Bindungen an die Neue Welt.

Die Überfahrt gestaltet sich nicht gerade erfreulich. Der erste Tag ist noch einigermaßen, Mary erforscht die neue Umgebung und nimmt gern die Fürsorge des Personals in Anspruch. Aber als Wind aufkommt und der riesige Dampfer zu schaukeln beginnt, wird sie seekrank und erholt sich die ganze Zeit über nicht richtig. Das gute Essen, morgens, mittags und abends aufgetragen, reizt sie nur wenig. Viele Stunden bringt sie liegend in ihrer kleinen Kajüte zu.

Aber als das Schiff sich der deutschen Küste nähert, das Meer sich von seiner harmlosen Art zeigt und fast spiegelglatt ist, lebt das Mädchen wieder auf: „Ein amerikanisches Fräulein kommt zu euch, und ihr werdet es kennen und, wie sich bald zeigen soll, lieben lernen." „Ihr" – das sind ihr Onkel und ihre Tante und deren Sohn in Bremen. Sie kennt die drei noch gar nicht, weiß nicht einmal etwas von dem Sohn, aber sie freut sich auf die Menschen, die eng mit Vater und Mutter und mit ihr verwandt sind.

Hermann Hinrich und seine Frau warten in Bremerhaven an der Kaimauer, wo die kleinen Pendel-Dampfer anlegen, die die Passagiere von den auf Reede liegenden Riesen an Land bringen. Ihr Sohn, als Angestellter in einem Kaufmannsbüro unabkömmlich, ist nicht dabei. Etwas unsicher balanciert die Nichte über die Gangway, bleibt am Kai stehen und versucht, Onkel und Tante zu entdecken. Sie kennt die beiden nicht, denen es genau so geht. Aber Hermann Hinrich hält ein Foto von Mary in der Hand, das ihm sein Schwager geschickt hat. „Das muss sie sein", ruft er und setzt sich sofort in Bewegung. Seine kleine

Frau aber ist schneller und kommt als erste bei Mary an. „Bist du Mary?“ fragt sie, wartet gar nicht auf Antwort und drückt das Mädchen ganz fest an sich. Schon vom ersten Moment an fühlt Mary sich so herzlich aufgenommen, dass sie sich in der alten Welt gleich heimisch fühlt. Das soll ihr ganzes späteres Leben begleiten: In Deutschland zu Hause und verwurzelt in der Neuen Welt!

Die Einreiseformalitäten, Pass- und Gepäckkontrolle verlaufen für Touristen der Kabinenklasse bevorzugt und einfach. Onkel und Tante fahren mit der neuen Nichte zum Bahnhof und wenig später dampfen die drei der alten Hansestadt entgegen, wo auf Mary eine Überraschung wartet, deren Größe sie erst später erkennen soll: Heinrich Beckröge, genannt Heini, der Sohn von Onkel und Tante! Als die drei durch das gut besetzte Speiselokal, in dem der Gastwirt und seine Frau nach allen Seiten hin die Stammgäste begrüßen, schreiten und das Treppenhaus erreichen, das hinauf zur Wohnung führt, ist Mary erschöpft. Die Eindrücke der vergangenen Woche machen sich bemerkbar. So wird sie, als sie oben in die Wohnung treten, des schmalen, recht großen jungen Mannes nicht gleich gewahr, der am Fenster des Zimmers steht und sich gerade umgewandt hat. Sie entdeckt ihn erst, als der Onkel sagt: „Und das ist Heini, unser Sohn!“

Sie schaut ihn an, und er erwidert fest und gerade ihren Blick. Gerade will Mary „Guten Tag“ wünschen, da begrüßt sie ein „How do you do?“ Verblüfft antwortet sie: „How do you do!?“ Und dann lachend: „Guten Tag Heini.“ Und ebenfalls lachend kommt es zurück: „Auch guten Tag Mary.“ Wie schon bei der Ankunft in Bremerhaven ist auch hier sofort das Eis gebrochen.

Heini begleitet sie, als sie einen Bummel durch Bremen macht. Der junge Mann zeigt und erklärt unermüdlich. Mary wundert sich über die engen Straßen, deren reger Verkehr nicht zu vergleichen ist mit dem riesigen in Manhattan. Sie bestaunt die alten Patrizierhäuser und die Straßenzüge, die, dicht von Fachwerkhäusern und Häuschen gesäumt, viele hundert Jahre alt sind. Das gibt es in Amerika nicht! Und sie versteht nicht, dass Bremen gleich zwei Theater und ein Konzerthaus hat. Natürlich ist sie beeindruckt von dem steinernen Roland auf dem Marktplatz und dem altehrwürdigen Rathaus. Sie spaziert an Packhäusern vorbei und erfährt von Heini, dass er in ihnen wie in den dazugehörigen Büros ein- und ausgeht; er ist gelernter Kaufmann und als Kommis in einer Handelsfirma tätig. Er nennt die Namen von Firmen und betont, dass viele von ihnen Kunden in Amerika haben. Oder: „Sie beziehen Ware von euch, die über New York an die Weser kommt."

Sie stehen auf der Brücke, sehen den Fluss träge unter sich dahinfließen, das lebhafte Hin- und Her von Kähnen, Frachtschiffen und qualmenden Schleppern. Alles ist sehr viel kleiner und enger als in Manhattan am Ufer des Hudsons.

Gar manches ist Mary fremd, erscheint ihr alt und unmodern in Europa. Erschrocken ist sie über die Plumps-Klosetts, die in den Häusern und oft auch draußen auf den engen Höfen über stinkenden Kübeln errichtet sind. Einmal in der Woche wird die übel riechende Last von Pferdewagen abgeholt und irgendwo hingebracht. Es gibt keine Kanalisation. Mit viel Glück findet man im innerstädtischen Bereich Wasseranschlüsse und auf den Straßen Gasbeleuchtung. In den vornehmen Vorstädten ist fließendes Wasser selbstverständlich, aber ohne Klobehälter kommt man auch hier nicht aus.

Die Verständigung klappt prima. Von ihren Eltern hat Mary so viel Deutsch gelernt, dass sie es fließend, wenn auch grammatikalisch nicht immer richtig, spricht. Und Heini findet sich im Englischen einigermaßen zurecht, so dass jeder dem anderen nicht geläufige Worte erklären kann.

Mary fühlt sich schnell der Familie gehörig. Leider kann sie nicht jeden Tag mit Heini bummeln. Er muss ins Büro und hat seine Pflichten zu erfüllen. Tante und Onkel zeigen ihr Haus und Hof, sie lernt Nachbarn und Gäste des Restaurants kennen. Mutter Beckröge ist für die Küche und ihr Mann für das Lokal zuständig. Die Arbeitsteilung hat aus der Firma ein gesundes Unternehmen gemacht. In dem Restaurant verkehren die Honoratioren der Stadt. Mary lernt sie peu à peu kennen und begegnet ihnen mit ihrer ganzen amerikanischen Unbekümmertheit, so dass manchmal Worte fallen wie: „Welch frisches und selbstbewusstes Mädchen!" Oder: „Ist sie nicht hübsch!?" Ja, hübsch ist sie wirklich.

An den Sonntagen steht ihr Heini ganz zur Verfügung. Sie trifft seine Freunde und unternimmt mit ihm Bahn- und Kutschfahrten nach Holtum und Walle in der Nähe der Bischofsstadt Verden, von wo die Beckröges und auch die Langes kommen. Bei solchen Verwandtschaftsbesuchen muss sie unermüdlich Fragen über Amerika, den Wilden Westen oder New York beantworten, was sie geduldig und höflich tut. Später hört man oft sagen: „Also diese Amerikanerin, welch nettes Mädchen, hätte nicht gedacht, dass die so sympathisch sind." Und manchmal beeilt sich ein Verwandter hinzuzufügen: „Kein Wunder, sie gehört doch zur Familie."

Mary selbst empfindet sich von den Beckröges in Bremen und Umgebung angenommen. Heini führt sie überall ein. Sie bewundert ihn von Tag zu Tag mehr. Wie klug er spricht über die Geschichte und den Freiheitskampf der Völker, über die Dichter und ganz besonders über Goethe, dessen Namen Mary nur einige Male von ganz fern gehört hat. Und was er alles weiß über Kunst und Malerei! Er malt sogar selber und besser als sie, denn auch sie hat in Spring Valley Unterricht gehabt.

Sie führen viele ernsthafte Gespräche. Heini versucht ihr Bremen, Deutschland, Europa zu erklären, und Mary erzählt von Amerika, von jenem Teil, den sie kennt. Das sind vor allem ihr Sommerparadies Spring Valley und die wachsenden Großstädte Brooklyn und Manhattan. Nach Amerika fragt Heini oft. Irgendwann fügt er hinzu: „Ich möchte auch nach drüben, arbeiten und Geld verdienen, viel Geld." Je länger die beiden zusammen sind, desto besser verstehen sie sich.

Mary lernt in der alten Welt Vieles schätzen. Manches sieht sie sogar mit neuen Augen. Wirkten die engen Straßen und Gassen Bremens auf sie zunächst altmodisch und beengt, so empfindet sie diese schon bald als anheimelnd, gemütlich, beschützend. Ja, sie gewöhnt sich sogar an die primitiven Hygieneeinrichtungen und vermisst das komfortable Badezimmer kaum noch. Allein die Plumps-Klosetts findet sie nach wie vor unerträglich.

Auch die Landschaft um die Stadt herum wird ihr vertrauter: Flach, von Flüssen und Fleeten durchzogen, mit weiten Wiesen und belebt von Kühen und Schafen. Wenn sie mit Heini zu den Beckröges und Langes auf die Dörfer fährt, erlebt sie einen anderen Wald als den zwischen New York und Spring Valley, wo sich Eichen und Buchen dem Himmel entgegen strecken. Hier sind Kiefern und Föhren verbreitet, nur um die Höfe der Dörfer herum wachsen mächtige Eichen. Mary vergleicht die Landschaft mit ihrer Heimat und findet schließlich beide reizvoll und zu ihr gehörig.

Bei ihren Gesprächen fällt irgend wann die Frage: „Warum willst du unbedingt auch nach Amerika?“ Und vielleicht hofft sie, dass er bekennt: „Ganz einfach, weil du dort wohnst.“ Aber sie lässt es dazu erst gar nicht kommen und will wissen: „Nur um Geld zu verdienen oder gibt es noch andere Gründe?“

Heini denkt nach und erklärt: „Bremen ist eine Stadt, die mit der ganzen Welt Handel treibt. Das erlebe ich jeden Tag in meiner Firma. Besonders sind wir mit Amerika verbunden. Es ist doch natürlich, dass ich mehr von Amerika wissen möchte, oder? Besonders jetzt, wo ich eine Amerikanerin wie dich kennen gelernt habe.“ Mary wird rot und ist sehr glücklich.

Unbeirrt fährt Heini fort: „Ich hoffe, dass bei euch ein freieres Leben möglich ist, anders als in der Enge unserer Welt. Die Bremer sind zwar weltoffen, aber ihren angestammten Sitten und Gebräuchen verhaftet. Das ist schon in Ordnung, manchmal aber hinderlich. Um so mehr muss man als Bremer Kaufmann hinaus. Hier muss ich zwar nicht Soldat werden oder meine ‚Dienstpflicht' abgelten, aber sonst ist es fast überall in Deutschland so. In Amerika aber braucht nur der Soldat sein, der es will. Das finde ich besser, viel besser.“

Und so fragt Mary in einem ihrer Briefe nach drüben an: „Könnte Heini in Vaters Firma arbeiten?“ Die Antwort: „Ja, sehr gern!“ Sofort teilt sie die Zusage Heini mit, der seinem Chef sogleich eröffnet, sein Arbeitsverhältnis kurzfristig kündigen zu wollen, weil er nach Amerika möchte. Der Chef überlegt und sagt: „Du bist ein guter und zuverlässiger Mitarbeiter, aber ich bin einverstanden. Es ist gut, wenn junge

Leute ins Ausland gehen. Wenn du zurück bist, fängst du wieder bei mir an."

Auch das Gespräch mit seinem Vater verläuft problemlos. Heini weiß, was er will: „Ich fahre mit Mary nach Amerika!" Festgelegt wird weiter, dass er als Tourist fährt, um den schwierigen Einwanderungsformalitäten zu entgehen, und jederzeit zurück kann, falls es ihm drüben nicht gefällt. Heini kann sich das allerdings überhaupt nicht vorstellen.

Der Termin wird bestimmt und die Überfahrt auf dem „SS Trave" gebucht. Der Abschied rückt näher. Alle sind irgendwie bedrückt, auf der anderen Seite aber auch von dem Gefühl beseelt: „Wir sehen uns wieder und bleiben eine Familie!" Einige Tränen rinnen dann doch, aber sie gehen im Abschiedswinken von der Reling zur Kaimauer unter.

Die Überfahrt nach Amerika ist für Mary bedeutend angenehmer als die Hinreise. Die See ist zunächst friedlich, zum anderen ist ein Mensch bei ihr, der sich rührend um sie kümmert. Die Seekrankheit macht ihr nur wenig zu schaffen, und die Vorzüge des luxuriösen Bordlebens sorgen für weiteres Wohlbefinden.

Die beiden landen glücklich in New York. Von Maria und Hinrich überschwänglich empfangen, wird Heini herzlich von den Langes aufgenommen. Er kann sofort in der Firma seines Onkels anfangen, der sich als neuer Chef auf den Jungen aus Deutschland vorbereitet und für ihn gesorgt hat. Heini lernt das amerikanische Tempo kennen und genießen. Schon bald mischt er kräftig mit, zeigt den Amerikanern, was ein gut ausgebildeter Bremer Kaufmann kann und dass er genauso schnell, wenn nicht gar schneller ist als die amerikanischen Geschäftsleute.

Jetzt ist es an Mary, ihrem Vetter New York, Brooklyn und vor allem Spring Valley zu zeigen, und das führt wieder dazu, dass die beiden sich häufig sehen und zusammen allein sind. Bald weiß das Mädchen: Ich liebe Heini! Und er denkt genau so: Das ist Liebe, was ich für Mary empfinde. Zwischen jungen Menschen spricht man damals nicht gleich von „Liebe", aber die beiden sind so frei, dass sie vertraut zusammen sitzen und sich auch schon einen zaghaften Kuss geben. Der Familie gegenüber verheimlichen sie nichts, halten sich oft an den Händen, wenn sie bei Ausflügen zusammen gehen.

In der Firma schlägt Heini gut ein. Er findet sich schnell zurecht und beherrscht die Sprache in wenigen Wochen. Im Geschäft macht er bald eigene Vorschläge. Von seinem ersten Verdienst kauft er sich eine goldene Deckel-Taschenuhr, die er sein ganzes Leben über behalten soll, vom ersten Tage in der kleinen Tasche seiner Weste trägt und deren goldene Kette aus ihr herauspendelt.

Auch im Familienleben gehört er bald dazu. Mit Jonny, dem Bruder Marys, kann er nicht viel anfangen, aber manchmal unterhält er sich schon mit dem Jungen. Einige Male hat Jonny ihm von seinen Plänen vorgeschwärmt, später als angesehener Mann viel zu reisen. Doch das imponiert Heini nicht, es muss schon ein Grund damit verbunden sein, wie etwa jetzt seine Reise nach Amerika, deren Zweck es ist, die Neue Welt kennen zu lernen, bei Mary zu sein und Geld zu verdienen. So hat sich die Familie Lange von vier auf fünf Personen erweitert, und selbstverständlich verbringt Heini im Sommer seine Freizeit in Spring Valley.

Da Mary dort als „höhere Tochter" aufgewachsen ist, bekommt er noch die letzten Ausläufer ihrer vornehmen Erziehung mit. Sie erhält Musikunterricht, obgleich sie nicht musikalisch ist. So lernt sie nur ein einziges Musikstück richtig zu spielen, den „Yankee-Doodle", den sie begeistert auf dem teuren, extra für sie angeschafften Klavier herunterhämmert, was sie ihr ganzes Leben lang tun wird, stets ausgiebig von den Zuhörern beklatscht, auch von Heini, der sie darob ein wenig belächelt, ist ihm doch von Bremen her gute Musik geläufig. Das Stück wird natürlich später von Marys Kindern und Enkeln gehört und bewundert.

Auch Malunterricht erhält Mary. Da Heini seine kleine Staffelei mitgebracht hat, fängt er in Spring Valley wieder an zu malen. Obgleich er nie Unterricht hatte, ist er, wie Mary schon aus Bremen weiß, viel begabter als sie. Ihre Malkünste sind hingegen beschränkt, nur einmal bringt sie ein großes Ölgemälde mit nach Hause. Als Heini das hübsche Blumenmotiv erstaunt betrachtet, erklärt er schließlich: „Hm, wirklich gut gelungen, aber ich glaube, die meisten Pinselstriche sind von deinem Mal-Lehrer." Mary lacht und gibt ohne weiteres zu: „Ja, das ist richtig. Aber hübsch ist das Bild doch, und das ist schließlich die Hauptsache." Wichtig ist ebenfalls, dass die beiden sich einig sind, was zum großen Teil daran liegt, dass Mary sich Heini unterordnet, sie ihm in Allem was er sagt, oder doch fast in Allem, beipflichtet. Trotz ihres Selbstbewusstseins und ihrer Selbständigkeit, die ihr ermöglicht hat, schon in jungem Alter allein nach Europa zu reisen, ist sie bereit, sich dem Manne, den sie liebt, ohne Wenn und ohne Aber unterzuordnen. Das ist in jener Zeit sicherlich üblich, aber bei ihr doch ein recht bewusster Schritt.

Heini schwärmt manchmal, wenn er malt und Mary ihm zuguckt: „Ich möchte in meinem Leben etwas schaffen, was bleibt, wenn ich sterbe. Vielleicht werde ich Künstler, Maler oder Dichter. Ach, wenn meine Begabung dazu vielleicht nicht ausreicht, bin ich eben weiter Kaufmann und gründe eine Firma, wie es dein und mein Vater getan haben – allerdings viel größer. Ich kaufe Fahrzeuge, stelle Leute ein und baue Häuser. Später gehört das einmal meinen Kindern." Heini unterbricht seine Rede, hört auf zu malen, schaut Mary tief in die Augen und fährt fort: „Unseren Kindern, die mein Werk weiter führen können." Mary hat den Blick nicht gesenkt, sie lächelt ein wenig und ist glücklich, aber sie wird nicht einmal rot.

Irgendwie ist es ganz selbstverständlich, dass Heini und Mary ein Ehepaar werden – vielleicht von Vater Lange sogar geplant, als er die Tochter allein nach Bremen fahren ließ? Er wusste, dass bei seinem Schwager ein junger, hoffnungsvoller Sohn lebte, erzählte seiner Tochter aber nichts davon. Vielleicht war die Heirat der beiden auf brieflichem Wege bereits verabredet. Jedenfalls hat es zwischen Mary und Heini gefunkt, und Vater und Mutter Lange freuen sich darüber; sie sind mit dem Lauf der Dinge durchaus einverstanden.

Das alles wird von dem Bruder gesehen und beobachtet. Jonny liebt seine Mutter, hat seine Schwester sehr gern und blickt zu seinem Vater auf. Aber dieser reagiert darauf nicht, lässt seinen Sohn eher links liegen. Das schmerzt den Jungen, der sich eine Fantasiewelt erfindet, die nur ihm zugänglich ist und in die er sich zurückziehen kann. Der Eingang dazu ist auch jetzt noch, nachdem er schon zu einem schlaksigen Bengel herangewachsen ist, der prachtvolle Mahagonitisch. Natürlich kann er nicht mehr einfach auf den Zwischenboden des Tisches krabbeln und sich dort aufrollen, um zu träumen und sich wohl zu fühlen. Dazu ist er zu groß geworden. Aber sich in der Ecke verstecken, wo der Tisch steht, und seinen Kopf und den Oberkörper auf den Zwischenboden zu schieben, das geht noch. Er macht sich unsichtbar, hängt seinen Träumen nach, fantasiert sich in Abenteuer hinein. Als erfolgreicher, reicher Mann kehrt er von seinen Reisen zurück, tritt vor seinen Vater und erzählt ihm, was er alles erlebt und erreicht hat. Überrascht von seinem Sohn, beginnt der Vater, ihn zu bewundern.

Von alldem merkt Mary nichts. Keineswegs ist es so, dass sie ihren Bruder, wie ihr Vater, übersieht oder ihn nicht mag. Aber er bleibt für sie stets der Kleine. Und es ändert sich nicht, dass sie ihn als den „dummen Kleinen" betrachtet, den sie beschützen muss und den sie Handreichungen lehrt, die zu ihrem Vorteil sind. Und jetzt, wo Heini aus Deutschland da ist, gerät Jonny noch mehr in den Hintergrund. Denn in der Woche, wenn Heini sich in New York bei der Arbeit aufhält, denkt Mary viel an ihn, und am Wochenende, wenn alle vereint sind, ist sie natürlich mit Leib und Seele bei ihm.

Für Mary ist es eine herrliche Zeit! Sie hat alles, was sich ein Mädchen in ihrem Alter wünschen kann: Ein starker Vater, ein harmonisches Zuhause, ein eigenes Pferd mit einer leichten Kutsche, eine Scheckkarte, um in den in New York aus dem Boden gestampften Warenhäusern nach Herzenslust einkaufen zu können, die liebliche Landschaft rund um Spring Valley, Personal, das ihr und ihrer Mutter alle grobe Arbeit abnimmt, und jetzt auch noch die Liebe zu einem jungen Mann, der wie ein Märchenprinz auf stolzem Schiff aus dem alten Europa mit ihr herübergekommen ist, um, wie sie glauben muss, alles noch weiter zu verschönen.

Natürlich ist auch der „Ernst des Lebens" da. In der Schule gab es z.B. einige Probleme, keine sehr ernsten, aber doch so, dass Tränen flossen. Selbstverständlich lernt ihre energische und tüchtige Mutter sie jetzt im Haushalt an, unter tatkräftiger Assistenz des angestellten Hauspersonals. Und dies alles, das Wirtschaften in Haus und Garten und vor allem das Kochen macht ihr viel Vergnügen. Eigentlich kann sie tun und lassen, was sie will. Da sie im Grunde bescheiden ist, hält sie von sich aus Maß und verlangt nie zu viel. So wächst Mary als ein moderndes Mädchen des ausgehenden Jahrhunderts heran, als Mitglied des sich neu und stark entwickelnden Amerikanertums, dem sie sich ein ganzes Leben lang verpflichtet fühlt. Mary Lange ist als freie Amerikanerin geboren und bekennt sich stets dazu, selbst wenn es gefährlich werden sollte, und das gilt auch für ihre Zeit als gereifte Frau, die unter ganz anderen Umständen leben muss. Wenn denn die Heirat zwischen Heini und Mary eine beschlossene Sache zwischen den beiden Elternpaaren ist, so merken doch die beiden jungen Leute nichts davon. Sie finden wie selbstverständlich zueinander, und ihr Gefühl ist: Der Himmel hat uns zusammengeführt! So dauert es gar nicht lange, bis Heini entschlossen zu seinem Onkel geht und unumwunden erklärt: „Mary und ich, wir möchten heiraten! Ich bitte dich um dein Einverständnis!" Ist die Hochzeit von den Eltern geplant, kann es Vater Hinrich nicht schwer fallen, seine Zustimmung zu geben. Aber auch ohne Absprachen kann er seine Tochter trotzdem dem Jungen aus Deutschland anvertrauen, denn er möchte sie ganz nah bei sich behalten, was die Hochzeit möglich zu machen scheint. Hinrich ist überzeugt, sein Neffe wird in New York und Spring Valley bleiben, weiter im Geschäft arbeiten und mit der neuen Familie hier wohnen und leben, so dass er Mary immer sehen, sprechen und lieben kann.

Schon bald heiraten Heini, 21 Jahre alt, und Mary, 19 Jahre alt, in Spring Valley. Die Trauung findet in der „United Church" statt. Fast die gesamte Gemeinde nimmt teil, denn Mary und ihre Eltern sind fleißige Kirchgänger. Ihre Mutter ist ehrenamtlich in der Gemeinde tätig und die Familie in Spring Valley außerordentlich angesehen, was nicht zum Wenigsten mit dem stetig wachsenden Reichtum von Hinrich zusammenhängt.

Hand in Hand stehen Heini und Mary vor dem neugotischen Altar der neu erbauten Backsteinkirche. Heini müsste sich eigentlich sehr wundern, dass alles so schnell gegangen ist; eben noch im alten Europa, jetzt im modernen Amerika und dazu mit einem Mädchen, das er ganz schnell lieb gewonnen hat. Aber er ist nicht erstaunt, ihm kommt alles ganz selbstverständlich vor. So lauschen die beiden den Worten des Pastors, der zuerst von ihren Eltern spricht; von denen im fernen Deutschland, die ein renommiertes Restaurant besitzen und angesehene Bürger der freien Hansestadt Bremen sind, und denen von Mary in dem aufstrebenden Amerika, die hart und klug gearbeitet haben, dass sie jetzt schon zu den erfolgreichsten und wohlhabendsten Bürgern von Spring Valley zählen. „Wenn ihr bisher als gute Christenkinder folgsam auf eure Eltern gehört habt", sagt der Pastor, „so gründet ihr nun eine eigene Familie, stellt euch auf eigene Füße und geht fortan zusammen durchs Leben, auf einem gemeinsamen Weg zu zweit. Und wenn du, Mary, bisher deinen Eltern gefolgt bist, so wirst du ab heute immer und jeden Tag auf deinen Ehemann Heini hören." Da eine solche Betrachtungsweise der Ehe dem damaligen Brauch entspricht, nimmt sie die Forderung gelassen hin und erfüllt sie ein Leben lang, auch wenn das manchmal nicht einfach ist.

Doch kurz bevor die beiden sich vor den Eltern Marys – Vater und Mutter Beckröge konnten nicht nach Amerika kommen – und der versammelten Hochzeitsgemeinde ihr Ja-Wort geben, dringt von draußen das gellende Pfeifen des heran nahenden Personenzuges herein, gefolgt von dem munteren Gebimmel der Glocke auf der Lokomotive. Schnaufend, keuchend, krachend kommt er am kleinen Bahnhof von Spring Valley, unmittelbar neben der neuen Kirche, zum Halten. Der Pastor unterbricht seine Predigt und wartet, bis der gellende Pfiff des Stationsvorstehers ertönt und bis mit Geschnaufe, Gekrache und Gebimmel sich der Zug wieder in Bewegung setzt und das Gerumpel der Räder leiser wird und schließlich ganz verstummt.

Erst jetzt spricht der Pastor weiter, aber nicht mehr nach seinem Konzept, sondern frei: „So wie eben der Zug von unserem Bahnhof weitergefahren ist, der großen Stadt New York entgegen, so soll auch euer gemeinsames Leben sein: Schön und neu und von der gleichen Kraft und dem gleichen Mut, den unser modernes Amerika jeden Tag zeigt und beweist. Das wünsche ich euch, und wenn ich euch so vor mir sehe, so bin ich guten Mutes, dass ihr euer gemeinsames Leben ganz in diesem Sinne meistern werdet."

Die Eltern, die Gemeinde und das Paar sind ergriffen. Endlich ist es so weit: Die Brautleute geben sich ihr Ja-Wort, tauschen die Ringe, dürfen sich vor allen Leuten küssen und schreiten hinter den blumenstreuenden Kindern durch den Mittelgang der Kirche, begleitet von dem gewaltigen Brausen der neuen Orgel. Draußen werden die frisch Vermählten von einer kleinen Menschenmenge empfangen und ihnen von allen Seiten gratuliert. Glücklich und strahlend schauen sie, vor dem Kirchenportal inne haltend, in die wärmende Sonne, die über dem Tal Spring Valleys von einem wolkenlosen Himmel auf sie herabscheint. Ein Tag, den man nicht vergisst und der mit einem herrlichen Fest in Hinrichs Villa und dem Park davor, zusammen mit vielen Nachbarn und Freunden gefeiert wird.

Die ersten Ehejahre des Paares verlaufen für die junge Frau in der gewohnten Umgebung ihrer Kinder- und Jungmädchenzeit, den größten Teil des Jahres im dörflichen Spring Valley und im Winter im recht ungemütlichen Brooklyn – weiter unter der schützenden Hand des Vaters und dem stärker werdenden Einfluss ihres Ehemannes. Heini muss die überragende Autorität seines Schwiegervaters ertragen lernen, sowohl bei der Arbeit im New Yorker Büro als auch im Familienleben. Hinrich Lange hat seiner Tochter und ihrem Mann in der ersten Etage seiner Villa zwei große Zimmer eingeräumt, das eine zum Wohnen und das andere, das ehemalige Mädchenzimmer von Mary, zum Schlafen. Gegessen wird zusammen mit den Eltern im großen Esszimmer im Parterre. In Brooklyn hat Hinrich für das junge Paar im selben Hause, in dem auch seine Wohnung liegt, ein Appartement gemietet, so dass die beiden dort wirklich ihr eigenes Reich haben.

Henry, der erste Sohn, erblickt in Spring Valley das Licht der Welt. Schnell reichen die beiden Zimmer im ersten Stock nicht mehr aus. Der Großvater richtet einen dritten Raum für das Kind ein. Mary ist glücklich und vom ersten Tage an eine gute Mutter, die hingebungsvoll für ihr Kind sorgt und zum ersten Mal spürt, dass da etwas ist, das sie von ihrem geliebten Vater trennt und sich als eigenes Dasein entwickelt. Heini ist ein stolzer Vater und als Folge der neuen Verantwortung setzt er sich noch aktiver und engagierter für die Arbeit in der Firma von Hinrich ein, um seiner Familie jetzt und in Zukunft zu einem standesgemäßen und sorgenfreien Leben zu verhelfen.

Nach anderthalb Jahren wird im trüben November in der Stadtwohnung der zweite Sohn geboren. Nachdem der Erstling gemäß der Familientradition die englische Form des Namens Heinrich, nämlich Henry, bekommen hat, wird der Zweite Herbert genannt, so wie Mary es sich gewünscht hat. Sowohl die Mietwohnung in Brooklyn als auch die von Großvater Hinrich frei gemachten drei Zimmer in Spring Valley sind auf Dauer für die wachsende Familie zu eng. Das empfinden Mary und Heini zuerst nicht bewusst, es zeigt sich jedoch nach einiger Zeit mehr und mehr dadurch, dass Heini, von der Arbeit zu Hause eingetroffen, oft gereizt reagiert und sich nirgendwo hin zurückziehen kann, und dass im Sommer Großvater Hinrich sich manchmal über das Geplärre in der ersten Etage der Villa beschwert und Mary die Kinder energisch gegen seine Vorwürfe verteidigen muss. Widerworte gegen ihren Vater fallen, die früher ganz unmöglich gewesen wären.

Auch Jonny leidet unter den Spannungen. Er fühlt sich noch mehr in den Hintergrund gedrängt, als es ohnehin schon der Fall ist. Seine Sorge ist, dass er die Schwester nun ganz verloren hat, nicht des Mannes wegen, sondern durch die Kinder, die sie so in Anspruch nehmen. Und sein Vater lässt ihn weiter unbeachtet, da er seine übergroße Liebe zu seiner Prinzessinnen-Tochter immer mehr gegen deren eigene kleine Familie verteidigen muss. Hinzu kommt, dass der junge Ehemann oft darüber nachdenkt, wie sein berufliches Leben weitergehen soll, weil der Erfolg wichtig für seine Familie geworden ist. Er verdient bei seinem Schwiegervater zwar ganz ordentlich, die Arbeit in der Firma macht ihm Spaß und sein Einsatz und seine Fähigkeiten gelten als wertvoll. Aber alle wichtigen Entscheidungen trifft der „Chef", alle Weisungen kommen von ihm, und so schlägt der Erfolg von Heinis Arbeit letzten Endes immer nur für den Schwiegervater zu Buche. Hinrich Lange sieht das natürlich anders, da er seinen Vorteil auch für einen Erfolg der Familie seiner Tochter hält.

In dieser Lage erreicht Heini ein Brief von seinem Vater aus Deutschland. Hermann-Hinrich Beckröge, wohlhabender und weithin geschätzter Bürger Bremens, bewirtet in seinem Restaurant die Söhne aus den angesehenen Familien der Stadt. Am Stammtisch bei Beckröge trinken sie regelmäßig ihr Bier. Frauen sieht man im Lokal kaum. Nur zu besonderen Anlässen oder Feiertagen führt man sie in die Katharinenstraße, wo man gut und angenehm zu speisen versteht. In der Gaststätte gibt es Biere, die nicht aus heimischen Brauereien stammen, sondern die der Wirt von weit her, aus dem Bierland Bayern, importiert. Es schmeckt der Prominenz mehr als gut und dadurch wird das Lokal noch beliebter.

„Ich habe begonnen", schreibt Heinis Vater, „das bayerische Bier auf Siphons abzufüllen und den Gästen ins Haus zu liefern. Sie wollen es auch im Kreis der Familie anbieten und genießen. Vor allem die Frauen, die nur selten ins Restaurant kommen, möchten das gute Bier trinken. Aber der neue Handel, so gut er auch angelaufen ist, macht mir zu viel Arbeit. Vor allem auf Dauer, und ich will kein fremdes Personal einstellen. Du weißt, Mutter und ich sind mit ganzem Herzen im Restaurant tätig, aber keine Kaufleute. Du aber bist als Kaufmann ausgebildet und bei deinem Schwiegervater erfolgreich. Willst du nicht mit deiner Familie zurück nach Bremen kommen, um den Bierhandel zu übernehmen und eine eigene Firma aufzubauen? Ich bin überzeugt, dass du es schaffen wirst. Dass jemand Bier direkt ins Haus liefert, hat es noch nie gegeben! Bestimmt werden sich viele Kunden gewinnen lassen! Was meinst Du?"

Heini ist überrascht: Zweifellos ist es seinem Vater gelungen, eine Marktlücke zu entdecken. Er liest den Brief nochmals. Die Idee ist grandios, aber er kann sich nicht vorstellen, dass Mary nach Deutschland gehen und Amerika verlassen würde. Und so hält er das Angebot seines Vaters für zu fantastisch. Auf der anderen Seite: Ein eigenes Geschäft, das zwar anfangs noch sehr klein ist, aber alle Voraussetzungen mit sich bringt, um zu wachsen und zu gedeihen, eine solche Firma aufzubauen, das klingt mehr als verlockend und wär' schon was! Und nach Bremen zurück, würde auch bedeuten, dass er sich und seine Familie von dem übermächtigen Einfluss seines Schwiegervaters befreit.

Nach einigem Überlegen teilt Heini seinen Entschluss erst seiner Frau, dann seinem Schwiegervater mit. Mary ist betroffen und weiß eigentlich gar nicht, was sie sagen soll. Sie ist es gewohnt, dass ihr Vater entscheidet und seit einiger Zeit auch ihr Mann. Hinrich Lange dagegen drückt sich deutlich aus: „Quatsch, was willst du in Deutschland? In Amerika ist der Fortschritt zu Hause, hier in New York kannst du Geschäfte machen, nicht in Bremen. Was soll das? Und meine Tochter, will sie soweit wegziehen, dass der ganze Atlantik zwischen mir und ihr liegt?" Nein, der Schwiegervater ist nicht einverstanden. Doch wenn er glaubt, seine Meinung genügte, um Heini umzustimmen, so hat sich Hinrich Lange getäuscht; auch sein Schwiegersohn hat einen recht sturen Kopf. Eines Tages eröffnet er ihm: „Ich bin fest entschlossen, das Geschäft in Bremen zu übernehmen und werde es zu einem bedeutenden Bierhandel ausbauen. Ich möchte meine eigene Firma in Bremen besitzen. Auch in Europa, Deutschland und in Bremen gibt es Fortschritt und Geld zu verdienen. Lieber Schwiegervater, es tut mir leid für Dich. Mary ist einverstanden, wir siedeln noch in diesem Jahr nach Bremen über."

Heini bringt seine Ausführungen so klar und selbstbewusst vor, dass Vater Lange erst einmal schweigt, nachdenkt und nickt. Irgendwie imponiert ihm der Mut und das Zutrauen seines Schwiegersohnes. Aber furchtbar betroffen macht ihn natürlich der Gedanke, dass ihm seine Tochter, seine „Prinzessin", verloren geht, dass sie fort von Spring Valley nach Europa ziehen wird. Aber er ist klug genug, um zu erkennen, dass er nicht das Glück seiner Tochter und deren beider Söhne zerstören darf, denn eines sieht er jeden Tag: Mary ist glücklich mit Henry, Herbert und ihrem Mann. Also erklärt Hinrich schließlich: „Wenn du es so willst und meinst, dass es für dich und für euch das Beste ist, dann ziehe mit deiner Familie und meiner Tochter nach Bremen."

Schon bald werden die Vorbereitungen getroffen. Heini teilt seinem Vater die freudige Nachricht mit, während Hinrich und Maria Lange sich anschicken, das Beste aus der Situation zu machen. Hinrich findet, dass er wie bisher für seine Tochter sorgt und bestimmt, was alles mit nach Deutschland gesandt werden soll, damit Mary in dem „zurückgebliebenen" Land ein menschenwürdiges Leben führen kann. Möbel, eine ganze Aussteuer will er dem Schiff mit auf die Reise geben. Heini ist zunächst entsetzt: „Das können wir doch alles drüben kaufen", meint er. Aber sein Schwiegervater ist anderer Ansicht: „Nein, etwas Vertrautes muss Mary schon mitnehmen, wenigstens die Möbel, die sie kennt, die guten amerikanischen, die du in Europa niemals kaufen kannst."

Große, runddecklige Reisekisten werden mit Hausrat, Wäsche und Küchengeräten voll gepackt. Wohnzimmermöbel, Schaukelstühle und der Mahagonitisch verschwinden aus dem Salon und landen in Verschlägen, um sicher nach Deutschland zu gelangen. Jonny verliert seinen Lieblingsplatz, den Zwischenboden des prachtvollen Tisches. All die Abenteuer, Reisen, Heldentaten und Träume nimmt der Tisch mit.

Der Zeitpunkt der Überfahrt kommt schnell, viel zu schnell für den Vater, der leidet; und auch für Mary, die sich von Freundinnen und Freunden, von Eltern und Bruder, von Spring Valley, der Villa, dem Park, der Landschaft, dem kleinen Fluss verabschieden muss – vielleicht für ihr ganzes Leben. Ihre letzte Nacht in Amerika verbringen die Ausreisenden in der Stadtwohnung. Am frühen Morgen geht es per Kutsche über die berühmte riesige Brooklyn Bridge nach Manhattan. Von der Brücke aus kann man die Übersee-Piers mit den großen Passagierdampfern, Frachtern und Seglern sehen. Auch ihr Schiff liegt dort, dampft aus vier Schornsteinen, ragt über Pier und Schuppen hinaus, bereit nach Deutschland auszulaufen. Die vielen Kisten mit Hausrat und Möbeln sind schon verladen, jetzt muss die Familie an Bord und die Kabinen beziehen.

Riesengedränge, großes Durcheinander am Pier neben dem Dampfer. Die Kutsche mit Heini, Mary, Henry und Herbert bahnt sich ihren Weg, gefolgt von dem Wagen der Eltern und Bruder Jonny. In der ersten Kutsche fährt erwartungsfreudige Spannung mit, in der zweiten Wehmut und Sorge. Zunächst begeben sich alle auf das Schiff. Vater Lange hat zwei Kabinen erster Klasse gebucht. Henry untersucht die Betten, die Möbel, den Waschraum. Der kleine Herbert, der noch nicht laufen kann, wird auf ein Bett gelegt, kreischt fröhlich und zappelt mit den Beinen.

„Welch eine Pracht, dieses Schiff", denkt Hinrich. Er ist noch im Zwischendeck auf einem Segler herübergekommen, seine Tochter reist mit einem schwimmenden Palast, der prachtvolle Säle, ein weites Promenadendeck, riesige Frachträume, Küchen, Lebensmittellager, bullenstarke Maschinen, haushohe Kessel mit lodernden Feuern darunter und Kohlehalden davor beherbergt und bequeme Kabinen für die Passagiere. Was alles sich in der Welt in den letzten drei Jahrzehnten geändert hat! Was hat er, der Bauernjunge aus Deutschland, in Amerika erreicht und geschaffen! Fast ist es so, als wenn Hinrich nicht nur seine Firma gegründet und groß gemacht, sondern auch das Schiff gebaut, ja die ganze Reederei mit den vielen anderen Schiffen gegründet und betrieben hat.

Es ist so weit: Glocken schrillen durch die Gänge: Die Besucher, die ihre Angehörigen verabschieden, müssen gehen. Umarmungen, letzte Worte, Tränen und noch mal Tränen. Mary weint, als könne sie gar nicht wieder aufhören, ihre Mutter steht ihr nicht nach und auch die beiden Kinder, Herbert und Henry, heulen mit. Selbst die beiden Männer haben feuchte Augen, und nur mit Mühe kann Hinrich noch zu seinem Schwiegersohn sagen: „Kommt gut an, behüte meine Tochter gut!" Die beiden Alten und Jonny eilen über Deck und Gangway an Land auf den Pier. Die kleine Familie begibt sich an Deck. Sie winken und rufen ihren Verwandten zu, die aber nichts verstehen und wissen, dass ihr gemeinsames Leben mit Mary zu Ende gegangen ist.

Die Gangway wird eingeholt und die Dampfsirenen des Schiffes brüllen dreimal, sodass alle zusammenschrecken, die

Kinder wieder zu weinen anfangen und jeder Bescheid weiß: Jetzt geht es los! Die Kapelle auf dem Promenadendeck spielt „Muss i denn, muss i denn zum Städtele hinaus." Und wie immer regnet es Hunderte von Papierschlangen zum Pier hinunter, die von den Angehörigen aufgefangen werden. Rauchwolken wabern aus den Schornsteinen, schwarz und drohend. Das Schiff erbebt, die Maschinen springen an, die beiden Schrauben am Heck wirbeln Wassermassen auf, das Schiff bekommt langsam Fahrt.

Winken, Rufen, Lachen und Weinen. Die Papierschlangen zerreißen. Der Bug des Schiffes dreht sich seinem fernen Ziel, dem alten Europa, entgegen – vorbei an der Einwanderungsinsel Elly Island und der Freiheitsstatue, dem Wahrzeichen für Amerika, für eine neue Welt.

Die Familie geht in ihre Kabinen zurück. Alle sind müde. Heini ist nicht traurig, er freut sich auf die Heimat und auf die Aufgaben, die auf ihn warten. Mary lächelt. Der Abschied ist ihr schwer geworden, aber auch sie setzt ihre Hoffnung auf die Zukunft, und sie hat Vertrauen zu ihrem Mann.

Zurück in Europa

Eine angenehme Überfahrt. Das Wetter ist einigermaßen, und nachdem Mary die Seekrankheit der ersten Tage überwunden hat, fühlt sie sich auf dem riesigen Schiff wohl. Über den Luxus wundert sie sich eigentlich nicht. Sie ist ihn gewohnt. Ihr Mann jedoch staunt immer noch darüber. Ist er in Bremen auch in verhältnismäßig wohlhabenden Verhältnissen aufgewachsen, so ging es doch ziemlich einfach zu. Er kannte kein Wasserklosett, kein elektrisches Licht, und es gab kaum fließendes Wasser. Erst in New York und in Spring Valley hat er die modernen Errungenschaften schätzen gelernt, aber zur Selbstverständlichkeit sind sie noch nicht geworden.

Henry und Herbert haben ein Paradies entdeckt. Auf dem Restaurant-Deck sind für alle Kinder zwei riesige Spielräume eingerichtet. Es ist alles vorhanden, was ein Kinderherz höher schlagen lässt: jede Menge Spielzeug, Roller, Schaukelpferde, eine Rutschbahn und Puppen mit Wagen. Hier ist tagsüber immer etwas los. Auch Henry tobt und schreit kräftig mit, während Herbert, der gerade erst krabbeln kann, zumeist still in einer Ecke sitzt und den vielen anderen Kindern zuschaut. Obgleich noch so klein, hat er die Seekrankheit seiner Mutter mit empfunden und sich die ersten zwei Tage lang schlecht gefühlt. Die frühe Erfahrung soll ihn sein ganzes Leben lang begleiten und bewirkt, dass er nur sehr ungern mit einem Schiff fährt und, wenn es sich einmal doch nicht vermeiden lässt, stets darauf wartet, seekrank zu werden, es aber nie wird.

Mitten auf dem Atlantischen Ozean entscheidet sich, ob die Familie in Amerika oder in Deutschland ihre Zelte aufschlägt. Heini erhält ein Telegramm seines Schwiegervaters: „Kann dir in New York sehr gut dotierte Stellung als Warenhaus-Direktor beschaffen, nimmst du an?" Das Ehepaar setzt sich zusammen und berät die Lage. In Mary keimt ein wenig die Hoffnung, vielleicht mit Mann und Kindern nach Amerika zurückzukehren und weiter in gewohnter Umgebung zu leben. Aber

Heini ist unentschlossen und kabelt zurück: „Erhalte ich den Posten wegen meiner Fähigkeiten oder wegen deiner Verbindungen?“ Der Schwiegervater, selbstbewusst wie er ist, kann sich nicht vorstellen, dass irgend welche Bedenken gegen seine erstklassigen geschäftlichen Kontakte bestehen könnten; er glaubt nicht, dass jemand so dumm oder stur ist, seine Fürsprache nicht in Anspruch zu nehmen. Schließlich hat er alles in Bewegung gesetzt, um Heini die Stelle zu beschaffen und seine Tochter nach Amerika zurückzuholen. Also schickt er ein drittes Telegramm zu dem Überseeschiff: „Natürlich durch meine guten Verbindungen!“ Hinrich rechnet nicht damit, dass sein Schwiegersohn einen ähnlich sturen Kopf hat wie er. Und so ist er überrascht, als dieser ihm antwortet: „Ich nehme die Stellung nicht an!“

Mary lässt ihren Mann gewähren. Sie vertraut ihm und seiner Entscheidung. Wenn ihre Familie und später auch sie die deutsche Staatsbürgerschaft annimmt, im Grunde ihres Herzens bleibt sie eine Amerikanerin. Selbst als es aus politischen Gründen schon gefährlich geworden ist, ist sie nicht davon abzubringen. Hinrich in New York zeigt sich dagegen aufgebracht und sagt zu seiner Maria: „Der Junge ist blöd, und unsere Mary sind wir los.“ Doch das soll nicht das letzte Wort in dieser Sache sein; denn auf Dauer kann er nicht ohne seine Tochter, ohne seine „Prinzessin“ sein!

In Bremerhaven ist es Überseedampfern nicht möglich, in den Hafen einlaufen; sie ankern in der Wesermündung. Tenderschiffe qualmen heran, um die Passagiere und das Gepäck an Land zu bringen. Auch die Familie von Heini gelangt so hinüber. Vom Kai geht es zum Bahnhof und mit dem Zug nach Bremen, wo das Gastwirtehepaar Beckröge bereits auf sie wartet. „Oma Bremen“ steht ungeduldig in der Halle und freut sich auf ihre Enkelkinder, die sie noch nie gesehen hat. Natürlich haben Heinis Eltern alles bestens vorbereit und ein geräumiges, modernes Haus in der Feldstraße gemietet. Der Anfang im alten Europa soll für ihren Sohn und dessen Familie nicht ärmlich, sondern „standesgemäß“ sein, was in der Hansestadt Bremen sehr wichtig ist.

Im Parterre gibt es ein geräumiges Wohnzimmer, dahinter ein Esszimmer und dann einen modernen und prachtvollen Wintergarten mit Ausgang nach draußen. In der ersten Etage befinden sich drei Schlafzimmer, eines für die Eltern, die anderen für die Buben. Ganz oben im Dachgeschoss sind noch zwei Kammern für die Hausmädchen, die eingestellt werden sollen. Die Küche liegt im Kellergeschoss, in Bremen vornehm „Souterrain“ genannt. Hier ist auch das Badezimmer mit einer großen Wanne und mit Kohle beheiztem Wasserboiler untergebracht. Ein prächtiges Haus, ein echtes „Bremer Haus“ für nur eine Familie! Es verfügt über fließendes Wasser, Gas-Beleuchtung und einen Gasherd in der Küche. Zwar hat es zwei Toiletten, doch Schmutzwasserkanäle sind nicht vorhanden. Die Familie muss sich mit Plumpsklosetts und großen Fäkalientonnen unter den Becken abfinden. Die Behälter werden, wie Mary schon bald erfährt, von weithin stinkenden Fäkalienwagen abgeholt und später geleert. Es soll noch lange dauern, bis die Stadt ein Kanalsystem hat, während Mary sich an die übel riechende Zugabe niemals ganz gewöhnen kann.

Der Einzug gestaltet sich erfreulich und harmonisch. Heinis Mutter, eine robuste und unkomplizierte kleine Dame, schließt ihre Schwiegertochter gleich fest in die Arme und verkündet: „Wenn du Probleme hast, dann komm einfach zu mir!“ Sie stört sich auch nicht an dem recht verdrehten Deutsch und starken Akzent. Zwei Eigenarten, die Mary bis zu ihrem Tode nicht ablegen kann und die in der wachsenden Familie immer für viel Heiterkeit sorgen, was ihr selber aber nie peinlich ist.

Das Haus ist spärlich eingerichtet. Es sind nur so viel Möbel darin, dass Heinis Familie die ersten Tage behelfsmäßig wohnen kann. Erst als die großen Kisten mit dem umfangreichen Hausrat auf einem schweren, pferdebespannten Wagen in der Feldstraße eintreffen, ist das Haus komplett, und es herrscht in ihm eine gemütliche Atmosphäre. Im „Salon“ stehen die Wohnzimmermöbel aus Amerika. Auch der wunderbare Mahagonitisch und das prächtige Klavier gehören dazu, auf dem Mary ihren „Yankee-Doodle“ spielen kann. In der ersten Etage ist das amerikanische Ehe-Schlafzimmer mit seinen messingkugel-verzierten Metallbetten aufgestellt; sie bleiben Heini und Mary ihr Leben lang treu. Für Mary zieht in der Feldstraße amerikanische Kindheits-Umgebung mit ein, und zusammen mit der Herzlichkeit ihrer Schwiegermutter macht das ihren Anfang in Bremen leichter.

Aber letzten Endes geht es ihr in Deutschland wie einstmals ihrer Mutter Maria in New York; sie muss sich in der fremden Welt erst zurecht finden. Dank ihrer Jugend und der Hilfe ihres Mannes gelingt ihr das verhältnismäßig schnell. Dazu tragen sicher auch ihre Pflichten bei, wovon ihre Kinder, Heini und der Haushalt profitieren. Es ist viel zu tun, wenn sie auch vom ersten Tage an ein Dienstmädchen hat. Eine junge Frau vom Lande, der sie zunächst jede Anweisung zweimal sagen muss und die das recht eigenwillige Deutsch Marys nicht gleich versteht und überdies im Haushalt auch noch viel lernen muss. Ernste Schwierigkeiten gibt es damit aber nicht. Im Gegenteil. Die Missverständnisse sind oft Anlass zu humorvoller Vergnügtheit. Nach einiger Zeit stellt Mary etwas Erstaunliches fest: In Spring Valley war sie trotz ihrer Heirat, ihrem Mann und den Kindern immer noch eine „Lange“, in Bremen aber ist sie ganz einwandfrei und selbstverständlich – sowohl für ihre gesamte Umgebung als auch bald für sich selber – eine „Beckröge“.

Alle Probleme der Überfahrt – die neue Umgebung, die Menschen und die Firma des Vaters – bekommen die Kinder natürlich mit. Sie sind noch klein, und so ist es für sie wichtig, dass Mutter und Vater sich ihnen widmen und um sie kümmern. Und das tun die beiden, insbesondere Mary. Heini hat vom ersten Tag an in Bremen intensiv mit der Firma zu tun, dem kleinen Anfang, den er von seinem Vater übernimmt und den er entschlossen ist, zu Großartigem zu führen. Ein Kundenstamm, regelmäßig mit selbst abgefüllten Biersiphons beliefert, ist schon vorhanden. Den baut Heinrich rasch aus. In Amerika hat er gelernt, wie wichtig Reklame ist. So ist denn schon bald in der Bremer Zeitung zu lesen: „Bayrisches Bier ins Haus geliefert durch die Firma H. Beckröge, Bierverlag.“ Stolz weist Heini seine Frau auf die Anzeige hin und setzt hinzu: „Du wirst es nicht glauben, aber ich erhalte jeden Tag neue Bestellungen.“

Die Siphons, von einem Jungen mit einem Handwagen zu den Kunden gebracht, sind auf diese Weise bald nicht mehr zustellbar. Zu viele Anfragen liegen vor. Heini kauft Pferd und Wagen, und ein Kutscher übernimmt die Tour. Auch die Siphons füllt Heini nicht mehr selber ab, er wirbt dafür eine Hilfskraft an.

Wie die Firma, so gedeiht auch die Familie. Mary ist wieder schwanger und nach kaum einem Jahr erblickt der dritte Junge, Willy, das Licht der Welt. In den Wochen vor und nach der Niederkunft sind Henry und Herbert oft bei den Großeltern im Restaurant-Haus in der Katharinenstraße. „Oma Bremen", auch „kleine Oma" genannt, kümmert sich um sie. Sie dirigiert nicht nur die gesamte Küche, sondern auch ihren Ehemann, der wegen seiner ruhigen und korrekten Art bei den Gästen zwar beliebt, aber nicht der Mann ist, um einen hektischen Betrieb in Gang zu halten. Oft ist die Gaststätte voller hungriger Gäste, die schnell und gut bedient sein wollen. Dafür ist seine Frau zuständig, die vom ersten Tag an zeigt, wie sie zu ihren Enkelkindern steht. Der kleine Herbert erkennt das schnell und schließt sich ganz der „kleinen Oma" an, vertraut ihr wie seiner Mutter. Das Verhältnis entwickelt sich noch inniger, nachdem Mary mit den drei Kindern noch einmal zu Besuch nach Spring Valley gefahren und wieder zurück ist.

Die Reise nach Amerika: Henry, Herbert und Willy leiden an Keuchhusten. Eine Krankheit, die sich lange hinzieht und recht gefährlich ist. Kindern und Eltern mutet sie viele schwere Wochen zu. Die besorgte Mutter informiert natürlich auch ihren Vater in Amerika, der sofort ein Telegramm schickt: „Bei Keuchhusten Luftwechsel erforderlich. Kommt sofort. Passage bereits bezahlt!" Was bleibt der jungen Frau übrig, als mit den erkrankten Jungen den nächsten Dampfer nach New York zu nehmen? Heinrich aber muss bleiben, er darf seine neue Firma nicht im Stich lassen. Aber Mary zögert keine Sekunde, sich allein mit den Kindern auf den Weg zu machen. Nach drei Jahren will sie natürlich ihre Heimat und die Eltern wiedersehen.

Schon auf dem Schiff verschwindet der Keuchhusten. Die Annehmlichkeiten der gepflegten Überfahrt tragen zur weiteren Erholung bei. Von New York aus reisen sie weiter nach Spring Valley, wo sie herrliche und luxuriöse Wochen verbringen: einen ganzen Sommer lang Spielen mit den Nachbarkindern, Ausfahrten mit der Kutsche, Gartenfeste und alle möglichen Besuche. Für Mary wird die Jugendzeit wieder lebendig, und die Kinder lassen sich von ihren amerikanischen Großeltern verwöhnen. Aber sie lernen auch eine Welt kennen, die ganz anders ist als die in Bremen. Sie fahren in die riesige Stadt New York, pilgern durch den Central Park, stöbern in Warenhäusern herum, die schon mit Rolltreppen und Fahrzügen ausgestattet sind, benutzen die elektrische Straßenbahn. In ihr geschieht etwas Seltsames: Herbert starrt einen ihm gegenüber sitzenden Farbigen so lange an, bis der ihn freundlich anlächelt. Der Junge fragt seine Mutter, ob er ihn mal anfassen darf, doch bevor sie antworten kann, hat er bereits zugelangt, nimmt seine Hände und prüft, ob sie auch schwarz sind. Mary ist das peinlich; entschuldigend erklärt sie dem Betroffenen, dass das Kind aus Deutschland kommt und noch nie einen schwarzhäutigen Menschen gesehen hat. Der Herr ist verständnisvoll und spricht Herbert freundlich an: „All men in all the world are the same!" Und die Mutter übersetzt: „Der dunkle Mann sagt, alle Menschen auf der Welt sind gleich, er meint, die Hautfarbe spielt keine Rolle." Der Junge fasst den Schwarzen noch einmal an, ganz vorsichtig und ernsthaft, der lächelt ihn an, greift in seine Tasche und schenkt dem weißen Jungen einen Penny. Das vergisst Herbert sein Leben lang nicht, vielleicht auch deshalb nicht, weil seine Mutter es immer wieder Freunden und Bekannten erzählt.

Die aufregende Zeit in Amerika geht viel zu schnell vorüber. Bei dem Ablegen des Dampfers in New York gibt es bei allen, den Großeltern, Mary und den Kindern noch mehr Tränen als bei der ersten Überfahrt der Familie nach Deutschland. Vielleicht ahnen sie schon, dass Mary und ihre Kinder niemals wieder nach Amerika kommen werden.

Wieder in Bremen, schließt Herbert sich eng an seine Großmutter an, ist oft in der Katharinenstraße 93 und verbringt dort ganze Tage. Er bestaunt das geordnete Durcheinander in der Hotelküche, lernt, zwischen den herumfuchtelnden Küchenhilfen zu seiner Oma durchzuflitzen, die ihn niemals fortjagt, wenn sie auch noch so beschäftigt ist. Immer hat sie ein gutes Wort für ihn, arbeitet dabei weiter und erklärt ihm, was und warum sie es tut. Herbert trifft hier auch auf das Bremer Faktotum Heini Holtenbeen. Der leicht verkommene alte Stadt-Herumtreiber humpelt fast jeden Tag auf den Hinterhof des Restaurants, wo er einen großen Teller Essen erhält, den ihm „Oma Bremen" selber bringt. Herbert steht daneben, darf aber den interessanten Mann nicht anfassen. Oma erklärt schmunzelnd: „Der ist einfach zu dreckig!" Umso mehr spricht der Junge mit ihm und lässt sich die wirren Geschichten erzählen, die Heini Holtenbeen auf Lager hat.

Dessen Besuche finden allerdings ein jähes Ende. Der Schnorrer nimmt wie üblich sein Mittagessen in Empfang. Es besteht aus einem großen Teller Suppe, einer guten Suppe, wie „Oma Bremen" meint. Heini Holtenbeen sieht das aber anders, ihm schmeckt sie aus irgend einem Grund nicht. Ärgerlich kippt er den vollen Teller in den neben der Tür stehenden Regenschirm vom Chef des Hauses. Dann stellt er den leeren Teller in das Küchenfenster, murmelt irgend etwas Unverständliches und macht sich davon. Wenig später tritt „Opa Bremen" aus der Hintertür. Er schaut hinauf zum grauen Bremer Himmel, aus dem gerade die ersten Tropfen fallen. Hastig greift er zum Regenschirm, reißt ihn hoch, spannt ihn gleichzeitig auf und wird im selben Moment von oben bis unten mit fettiger, immer noch warmer Suppe bekleckert. Der Wirt des angesehenen Restaurants ist als gutmütiger Mensch bekannt, aber das ist selbst ihm zu viel! Niemals wieder bekommt Heini Holtenbeen ein Mittagessen, sehr zum Bedauern von Herbert, der die Plaudereien mit dem Alten vermisst.

In der Katharinenstraße fühlt er sich wirklich „zu Hause". Er kennt das Lokal und alle Wirtschaftsräume, ebenso die geräumige Wohnung der Großeltern in der ersten Etage und ganz besonders gut die drei Speicherböden darüber, die bis in den spitzen Giebel des alten Hauses hinaufgebaut sind. Hier weiß Herbert besser Bescheid als alle anderen, sogar als Opa und Oma. Denn das ist sein ureigenes Reich. Alles mögliche steht hier herum: alte Möbel, Kisten, Koffer und Gerümpel, herrliche Dinge, um damit zu spielen. Herbert baut sich Höhlen, richtet sich Zimmer ein, stellt alte Stühle hintereinander zu langen Eisenbahnzügen auf, findet Schatztruhen voller Kleider, Decken und altem Hausrat. Stundenlang schwelgt der fantasievolle Junge in Abenteuern, und wenn er schließlich wieder hinabsteigt in das Reich der Erwachsenen, erzählt er Opa oder Oma von seinen Mutproben, Reisen auf wundersamen Vögeln in ferne und wunderbare Länder und von seinen Rettungs- und Befreiungsaktionen.

Indessen wird die Biergroßhandlung „H. Beckröge", wie die Firma jetzt heißt, in Bremen immer bekannter. Obgleich es auch in der Hansestadt viele Brauereien gibt, die gutes Bier produzieren, wächst das von Werbemaßnahmen und Empfehlungen geweckte Verlangen der Einwohner, auswärtiges Gerstenbräu zu probieren. Als Folge davon blüht das Geschäft, und oft stellt Heinrich erfreut fest, dass er auf das richtige Pferd gesetzt hat. Schon bald zieht er aus dem behelfsmäßigen Schuppen hinter dem Haus in der Katharinenstraße aus, in dem schon sein Vater die ersten Siphons gefüllt hatte. Von seinem in Amerika gesparten Geld kauft er am „Wegesende", nicht weit von der Katharinenstraße entfernt, ein Haus, das im Parterre ausreichend Platz für ein Büro, Lager und Abfüllräume bietet. In den drei Etagen darüber befinden sich Wohnungen, die vermietet sind, sodass das Grundstück vom ersten Tage an Einnahmen bringt. Bald reicht das Gespann zur Belieferung der Kundschaft nicht mehr aus, ein zweites muss her, und so fügt man dem neuen Gebäude einen Stall hinzu. Der Laden läuft und bringt reichlich Geld ein. Die Wirtschaft in Deutschland boomt, wie in Europa und Amerika. Auch Heini Beckröge profitiert von der rasch fortschreitenden Industrialisierung und dem immer größer werdenden Binnen- und Welthandel.

Schon bald fasst er den Entschluss, das Domizil in der Feldstraße zu verlassen, um im eigenen Haus zu wohnen. Heinrich geht auf Grundstückssuche. Da die Stadt sich weiter ausdehnt, neue Straßen, ja ganz neue Viertel entstehen, ist es nicht schwer.

Wer etwas auf sich hält und es bezahlen kann, zieht aus der Stadt hinaus in die vornehmen Gegenden. Heinrich Beckröge ist von sich überzeugt, und Geld hat er genug. Er findet eine prachtvolle Heimstatt, weit draußen vor den Toren des alten Bremen, am Ende der im Bau befindlichen Wachmannstraße. Es ist ein großes Doppelhaus, das zur Zeit noch einsam inmitten von Wiesen und von Bauplätzen steht. Die Säulen vor dem Eingang tragen einen Balkon, mit einer Terrasse darunter, und geben ihm ein herrschaftliches, stolzes Gepräge. Ein Anwesen wie ein Schloss, mit großen Wohnräumen im Parterre, Schlafzimmern für Eltern und Kinder sowie mit einem feudalen Badezimmer in der ersten und Mädchenkammern in der zweiten Etage. Eine Villa, fix und fertig. Als Heinrich sie besichtigt, ist er sofort entschlossen: diese oder keine!

Der zweite Umzug gestaltet sich natürlich nicht so aufwendig wie die Übersiedlung von Amerika. Aber der Haushalt hat sich vergrößert, sodass viele Wagenladungen von der Feld- zur Wachmannstraße gehen. Der so wertvolle Mahagonitisch aus Spring Valley erhält im „Salon“ einen bevorzugten Platz, wo er bestens zur Geltung kommt und dem großen Raum eine geschmackvolle und vornehme Atmosphäre verleiht. Die Kinder sind im ersten Stock untergebracht: Henry als der Älteste hat ein Zimmer für sich allein, Herbert und Willy schlafen zusammen in einem etwas größeren Raum. Herbert findet das nicht so gut, er hätte auch gern ein Zimmer für sich allein, aber alle Wünsche kann die Villa dann doch nicht erfüllen.

Zu dem Dienstmädchen gesellt sich ein zweites. Die Arbeit hat zugenommen. Außerdem ist ein stattlicher Garten hinter dem Haus zu bestellen – ein Zwischending von kleinem Park und wirtschaftlichem Gelände. Obstbäume werden gepflanzt, ein Stall für Hühner gebaut.

Die Beckröges führen das Leben gut situierter Kaufleute. Ihre Kinder wachsen ganz selbstverständlich in das bürgerliche Dasein hinein und wissen wenig darüber, dass sich in Bremen und in Deutschland Hunderttausende Familien in Armut befinden und die schnell wachsende Industrialisierung den unternehmenden Kreisen und Familien zwar Reichtum, dem viel größeren Teil der Bevölkerung aber nur harte Arbeit gegen sehr geringen Lohn bringt. Solche Sorgen lernen Herbert und seine Brüder nicht kennen.

Ihre Mutter, „Prinzessin“ und Amerikanerin aus New York und Spring Valley, entwickelt sich in dem aufgeräumten und expandierenden Bremen zu einer besorgten und weitsichtigen Hausfrau, die ihrem unermüdlich schaffenden Ehemann stets zur Seite steht und ihm eine ergebene Gattin ist. Anfangs denkt sie noch oft an ihre Freundinnen in Spring Valley. Zuerst gehen auch einige Briefe hin und her. Aber der Alltag, die Familie und die vielen Pflichten lassen ihr wenig Zeit und ihre Verbindungen zu den amerikanischen Freundinnen schließlich einschlafen.

Herbert liebt seine Mutter über alles. Vor dem Vater hat er viel Respekt, aber lieben kann er ihn nicht. Im allgemeinen sehen ihn die Kinder in der Woche nur mittags, wenn er zum Essen erscheint. Danach ruht er sich eine halbe Stunde aus und eilt ins Büro seiner Firma zurück. Erst spät am Abend ist er wieder zu Hause, wenn alle Angestellten längst gegangen sind, er mit einem Schwung das dicke Hauptbuch zugeklappt hat und es in den leeren Büroräumen einen dumpfen Knall gibt.

Am wohlsten fühlt sich Herbert bei den Großeltern. Wenn er, müde vom Herumtoben und den vielen Abenteuern, auf den Dachböden in die Wachmannstraße zurückgekehrt ist, kriecht er zumeist unter den ehrwürdigen Mahagonitisch im „Salon“, liegt auf dessen von Löwenköpfen getragener Zwischenplatte und sinniert vor sich hin. Irgendwann fangen der Tisch und die Löwen an, ihm Geschichten zu erzählen. Er sieht viele farbige Männer, die, mit schweren Ketten aneinandergefesselt, auf einem Feld arbeiten. Es sind Sklaven und ihre schwarzen Gesichter schmerzverzogen. Aber sie singen getragene, traurige Lieder wie „All my trials, Lord, soon be over“ oder „Swing low, sweet chariot“. Weiße Aufseher bewachen sie mit Peitschen. Schuften die Gefangenen nicht schnell genug, treiben die Wächter sie an, schlagen sie auf den Rücken und suchen die Beine zu treffen. Aber nicht alle von ihnen sind schlecht. Nicht jeder hält die Farbigen für gefährliche Bestien, sondern für Menschen. Einer hat von Sklavenbefreiung und von der Würde aller Menschen gehört. Er fordert die Gedemütigten auf: „Werft eure Ketten weg! Wenn ihr zusammen haltet, seid ihr stark, viel stärker als die paar Wächter.“

„Wie sollen wir uns befreien? Wir haben keine Schlüssel!“

„Kein Problem“, ruft der Aufseher, „ich öffne eure Schlösser!“ Und das tut er, während die Sklaven ihre ganze Kraft einsetzen und an den schweren Ketten zerren. Die Muskeln schwellen kraftvoll an, Schweiß lässt ihre Haut glänzen, und dann rasseln die Ketten klirrend zu Boden, geben die Ausgebeuteten frei. Unbeschreiblicher Jubel bricht aus, Augen blitzen triumphierend, blendend weiße Zähne leuchten in schwarzen Gesichtern. Die Sklaven sind keine Gefangenen, keine Ware und kein Besitz mehr, sondern Menschen, die sich fortan selber zu helfen wissen. Sie stürzen sich auf die Aufseher, die davon laufen. Die Farbigen wenden sich ihrem Helfer zu: „Warum hast du das getan?“ fragen sie, und er antwortet: „Der Herrgott hat es mir befohlen.“

„Dann kannst du uns auch sagen, was wir jetzt zu tun haben“, bitten sie ihn. Und er führt die Männer zu den schwarzen Frauen, die bei und in den Häusern der Sklavenhalter leben und all die Arbeit machen müssen, die den weißen Frauen zu schwer ist und für die sie sich zu vornehm dünken. „Holt euch eure Frauen!“ Kaum sind die Worte ausgesprochen, sind auch die Frauen befreit, die mit ihren Männern und Kindern davon ziehen, um ein neues Leben zu beginnen, ein Leben in Freiheit und Würde.

Herbert sieht alle vor sich, große, gut gewachsene Menschen mit freundlichen und pechschwarzen Gesichtern. Aber die Geschichte geht nicht gut aus. Der „Verräter“ wird von den Weißen ergriffen, verprügelt und beschimpft, durch das ganze Dorf geschleift und mit einem Strick an einem Baum erhängt. Mehr ist vom „Tisch“ nicht zu erfahren. Aber da sind ja noch die „Löwen“. Und so erträumt Herbert sich von dem Trupp der Schwarzen, dass sie ein Stück Erde in Besitz nehmen, Hütten bauen und mit ihren Frauen und Kindern darin wohnen. Sie fällen Bäume und legen Äcker an, züchten Hühner, Schweine und

Kühe, werden Bauern, die von und auf ihrem Land leben – als genügsame und glückliche Menschen.

In Herberts Stunden auf der unteren Platte des Mahagonitisches mischen sich Realität und Fantasie. Sein größter Wunsch ist es, dazu beizutragen, dass Träume wahr werden, und später, wenn er als Mann in die Welt hinaus zieht, anderen Menschen zu helfen – wie er es hier in Bremen, in dem alten Europa gelernt und erfahren hat.

Er ist ganz still, wenn er unter dem Tisch liegt, so dass die Erwachsenen ihn nicht bemerken. Und so unterhalten sie sich auch über Dinge, die der Junge gar nicht hören soll. Er bekommt alles mit, spricht aber nie darüber. Was da alles beredet wird? Zum Beispiel die lustige Geschichte, die sich zwischen Oma und Opa mit den Tellern in der Küche des Restaurants in der Katharinenstraße ereignet hat. Es herrscht gerade Hochbetrieb. Das Lokal ist voll, und es sind viele Essen zuzubereiten. Oma dirigiert die Köche, Kochmamsellen und Hilfskräfte. Wie immer strahlt sie Ruhe und Autorität aus. Aber bei den vielen Bestellungen, die sie vom Lokal her in die Küche weitergibt, lässt sich natürlich nicht alles sofort erledigen. Der eine oder andere Gast hat dann schon einmal einige Minuten auf sein Essen zu warten, egal wie hungrig er ist. Doch manche sind nicht nur hungrig, sondern auch ungehalten und beschweren sich beim Wirt: „Wo bleibt denn bitte mein Essen, Hermann?!" Der Ungeduldige ist nicht nur ein guter Gast, sondern auch ein Freund von „Opa Bremen", der sogleich in die Küche läuft und seine Frau anschreit: „Die Essen müssen raus, die Gäste warten!" Oma hält von solchem Befehlston gar nichts und erklärt: „Dann sollen sie doch Kohldampf schieben, bis wir fertig sind." Opa ist gereizt, greift sich einen Teller und schmettert ihn zu Boden, sodass er klirrend zerbricht und die Splitter in der Küche herumspritzen. Hermann ist ein friedliebender, sanfter Mensch, aber seine Gäste, und noch mehr seine Freunde, sind ihm wichtig – da kann seine Frau doch nicht so mit ihm reden.

Aber er hat die Rechnung ohne die „kleine Oma" gemacht. Sie nimmt einen Stapel Teller und schmettert ihn mit den Worten „Das kann ich noch viel besser!" auf den Boden. Der „Erfolg" ist ein unvergleichlich größerer Scherbenhaufen, als der, den Opa angerichtet hat. Er ist überrascht, überlegt kurz und trottet widerspruchslos hinaus. Seinem Freund im Restaurant ruft er zu: „Das Essen kommt gleich!" – was dann auch bald geschieht.

Herbert hört mit, als seine Mutter die Episode einer befreundeten Nachbarin erzählt. Er muss an sich halten, um nicht laut loszuprusten, aber dann hätte er sich verraten. Herbert ist der „Zwischengeborene", nach Henry, dem Ältesten, und vor Willy, dem Nesthäkchen. Mit Henry spielt er ohnehin nicht besonders gern. Doch das beruht auf Gegenseitigkeit. Denn Henry geht schon als Kind seine eigenen Wege. Er ist viel mit anderen Jungen zusammen, sie dürfen auch älter sein als er, und gegenüber seinen jüngeren Brüdern prahlt er: „Ihr seid mir zu klein, der Johann von gegenüber, der hat drei Jahre mehr auf dem Buckel als ich. Das ist ein Kerl!"

Zu Willy hat Herbert ein gutes Verhältnis. Er fühlt sich ihm überlegen und neckt ihn häufig, auf der anderen Seite will er ihn jedoch vor Angriffen älterer Kinder sowie vor seinem Bruder Henry schützen. Alle drei lieben ihre Mutter und haben Respekt vor dem viel beschäftigten, überaus tüchtigen Vater. Während Mary die Kinder mit Liebe und Sanftmut erzieht, setzt Heinrich auf Strenge und Korrektheit. Beide kommen fast ohne Schläge aus, was in der damaligen Zeit eher selten ist.

Oma und vor allem „Opa Amerika" halten es nicht lange ohne ihre Tochter aus. Sie machen eine Reise nach Europa und werden jubelnd von den Enkelkindern und von ihrer Mary empfangen. Opa Lange fährt zum Kuren nach Bad Ems weiter. Auf der Promenade begegnet er dem alten Fürst Bismarck, dem ehemaligen Kanzler des Kaiserreiches, der ebenfalls in dem feudalen Bad zur Kur weilt. Forsch geht Heinrich Beckröge auf ihn zu, zieht seinen breitrandigen Hut, verbeugt sich und spricht den berühmten Mann an: „Ich bin Beckröge aus Amerika. Ich verehre Sie sehr und freue mich, Sie begrüßen zu dürfen!" Frank und frei und ohne Scheu, wie ein echter Amerikaner, spricht Opa zu dem berühmten Mann. Soweit ist uns von seinem Zusammentreffen mit Bismarck berichtet worden. Aber ich frage mich, ob das Gespräch nicht weiterging und Urgroßvater in Anbetracht seiner Einstellung zum Militär vielleicht weiter gefragt hat: „Sagen Sie bitte, war es wirklich nötig, Kriege zu führen und Blut zu vergießen, um das Reich zu einigen? Dazu wäre es doch auch ohne Krieg gekommen!" Immerhin war er aus Deutschland ausgewandert, weil er nicht in der preußischen Armee dienen und jenem Drillsystem ausgesetzt sein wollte, das einen Grundpfeiler der Politik Bismarcks darstellte. Die Begegnung von Bad Ems ist in der Familie oft erzählt worden. Wir wissen nicht, was die beiden im Einzelnen miteinander gesprochen haben. Und man berichtet uns auch nicht, was Bismarck geantwortet hat.

Die Sehnsucht Marys lässt sich durch eine Reise und einen Besuch nicht stillen. Herbert unter dem Mahagonitisch erfährt es als erster. Vater und Mutter unterhalten sich, nachdem ein langer Brief aus Amerika eingetroffen ist. So hört er, dass die beiden alten Amerikaner das Geschäft in New York verkaufen wollen, um nach Bremen zu ziehen und in der Nähe ihrer Tochter zu sein. Herbert verkündet die Neuigkeit seinen Brüdern. „Du bist verrückt, das stimmt nicht", widerspricht Henry. Willy aber glaubt seinem Bruder. Und schon wenig später bestätigen die Eltern die Nachricht: „Oma und Opa kommen nach Bremen", erklärt Mary, „mein Vater kehrt wieder nach Deutschland zurück. Wir sollen für ihn ein Haus zum Wohnen kaufen."

Ein passendes Heim findet sich in der Celler Straße. Es ist ein typisches Bremer Einfamilienreihenhaus: Küche im Souterrain, Wohnzimmer im Erdgeschoss, die Schlafräume in der ersten Etage und im Dachgeschoss die Mädchenkammer, hinter dem Haus ein Garten und vor dem Haus ein Vorgarten.

Die Übersiedelung erfolgt schon bald. Jonny allerdings will nicht mit nach Deutschland. Er bekommt eine kleine Wohnung in Brooklyn und macht eine Kaufmannslehre. Viel mehr erfährt Herbert über seinen Onkel nicht. Er hört allerdings oft, dass der Bengel partout nicht das zu tun gedenkt, was sein Vater wünscht, dass er von weiten Reisen träumt, von Abenteuern und kühnen Erlebnissen, was sein Vater für dummes Zeug und für überflüssig hält. Aber Hinrich lässt seinen Sohn gewähren, so dass er schließlich der einzige echte Amerikaner der Familie ist.

Herbert und seine Brüder sind bald von vier Großeltern umsorgt, zwei in der Katharinen- und zwei in der Celler Straße. Hinrich Lange hat seine geliebte Tochter wieder und Mary ihren Vater. Einerseits findet es Heini interessant, dass Bremen gleich drei erfolgreiche Geschäftsleute des „Beckröge-Lange-Clans" beherbergt, andererseits fällt es ihm schwer zu verstehen, warum sein Schwiegervater sich schon frühzeitig zur Ruhe gesetzt hat; denn für ihn wird die Arbeit, der Erfolg und die Firma immer wichtiger und mehr und mehr zum Lebensinhalt.

Herbert aber ist froh. Er ist ebenso oft in der Celler wie in der Katharinenstraße, lauscht den Gesprächen der Erwachsenen und spielt seine Spiele. Irgendwie fühlen sich die drei „Beckröge-Jungens" durch ihre amerikanische Herkunft und Verwandtschaft ihren Kameraden in Bremen überlegen. Das offenbart sich zum Beispiel, als ihnen „Opa Amerika", noch in New York lebend, drei Paar Rollschuhe schickt. Die neuen Sport- und Fortbewegungsgeräte sind in Europa, Deutschland und Bremen noch unbekannt. Nach einiger Übungszeit sausen die Bengels, allseits von den Passanten bestaunt, auf der Wachmannstraße herum. Die Pferde der vorbeizuckelnden Fuhrwerke scheuen, und die Jungen fühlen sich als Träger des technischen Fortschritts. Besonders Herbert läuft gern Rollschuh. Später, als Opa Lange schon in Bremen wohnt, bringt er es so weit, zur Celler Straße mit den vier- und damals noch „holzrädrigen" Dingern zu laufen. Großvater ist dann besonders stolz auf seinen flinken Enkel.

Doch lange kann er sich nicht darüber freuen, wieder in der Nähe seiner Tochter und der heranwachsenden Enkelkinder zu sein. Im Jahre 1911 stirbt er im Alter von nur 66 Jahren, in denen er soviel unternommen, erreicht und sich die Welt so grundlegend verändert hat. Für Herbert ist es die erste Begegnung mit dem Tod und zugleich das Ende seiner Kindheit. Mit seinen siebzehn Jahren ist er fast ein Mann. Längst hockt er nicht mehr unter dem Mahagonitisch. Wenn er die Gespräche der Alten hören will, darf er dabei sitzen und sogar hin und wieder seine eigene Meinung äußern.

„Opa Amerika“ wird auf dem Riensberger Friedhof beerdigt. Heini Beckröge, der jetzt immer stärker die Geschicke der Familie, einschließlich der Eltern und der Schwiegermutter, bestimmt, kauft eine Erbgrabstätte für die Familie Lange-Beckröge. Das Grabmahl wird bald errichtet. Es besteht aus einer großen, von einer steinernen Urne gekrönten Platte. Ein schlichtes, würdiges Grab, das Herbert sehr bewundert und bei dessen Anblick er daran denkt, dass sein Vater und seine Mutter und später (hoffentlich sehr viel später) auch er selber unter diesem Stein ruhen werden.

Als Opa Lange stirbt, geht Herbert nicht mehr zur Schule. Er hat sie nach der Mittleren Reife verlassen, und für seinen Vater wie auch für ihn ist es selbstverständlich, dass er Kaufmann wird. So tritt er in einer Baumwollfirma seine Lehre an. Wenn Herbert die Schule nicht unbedingt geliebt hat, so kann er sich jetzt während der Lehre richtig entfalten. Er hat Spaß an der Arbeit und etwas zu lernen, das zu sichtbarem Erfolg führt. Aber Herbert hat auch Spaß an der Freizeit, die sich für alle drei Beckröge-Jungen sorglos und erlebnisreich gestaltet. Vater Beckröge kauft ein Motorboot, was damals fast noch mehr Aufsehen erregt als der Erwerb eines Autos. Viele Familien des Bremer gehobenen Mittelstandes, gut verdienende Kaufleute und Gewerbetreibende frönen dem Wassersport und besitzen ein Segel- oder Ruderboot auf der Weser oder auf den Nebenflüssen Lesum und Wümme. Motorboote sind die Ausnahme. Von dem Bootskauf wird Heinrich Beckröge immer wieder erzählen: „Ich bin zu der Lürssen-Werft gefahren, um mit dem Chef selber zu verhandeln. Er hat mir viele Boote gezeigt, auch Segeljachten. Eine gefiel mir besonders. Nach dem Preis gefragt, antwortete Lürssen: ‚Dreißigtausend Mark.‘ – ‚Dafür kann ich ja ein Haus kaufen‘, erwiderte ich entsetzt. ‚Ja‘, hat der Lürssen gelacht, ‚aber mit dem Haus können Sie nicht segeln!‘ Ich hab' dann das Motorboot genommen, das war nicht ganz so teuer. Ein Segelboot wollte ich ohnehin nicht, ich kann ja gar nicht segeln.“

Mit dem Motorboot fährt die Familie nun jeden Sonntag erst auf dem so genannten „Kuhgraben“, dann auf der Wümme und in gemütlichem Tempo durch die Wiesen- und Marschlandschaft des Blocklandes. Sie sind nicht die einzigen Wassersportler. Viele Familien machen sich sonntags auf mehr oder weniger große Fahrt, meist mit einfachen Segeljollen oder Ruderbooten. Fast alle Familien kennen sich untereinander, die Eltern und die Kinder. Auch Lüthkes besitzen eine Jolle und segeln mit ihrer Kinderschar auf der Wümme herum. Sie gehören demselben Verein an wie die Beckröges; das jüngste Kind ist ein Mädchen und heißt Anna. Wenn Herbert mit seinen Brüdern auf dem Wasser unterwegs ist, treffen sie die Lüthkes oft. Aber da ist Anna für ihn noch uninteressant. Er kann nicht wissen, dass sie eines Tages sehr wichtig für ihn werden soll. Wenn die Lüthkes auch nur ein einfaches Segelboot haben, so besitzt der Vater, ein aufstrebender Bauunternehmer, doch ein Auto, das wiederum Heini Beckröge nicht hat und niemals haben wird. Damit schleppen die Lüthkes manchmal ihr Segelboot, wenn kein Wind weht oder er aus der falschen Richtung kommt. Das ist natürlich eine noch größere Sensation als das Motorboot. So versucht ein jeder zu zeigen, was er kann und was er hat, und die Jahre vor der ersten großen Weltkatastrophe sind eigentlich eine recht glückliche Zeit – jedenfalls für die Menschen, die in den richtigen Verhältnissen leben und zu den wohlhabenden und bestimmenden Kreisen zählen.

Herbert genießt das Leben auf dem Wasser. Natürlich ist er auch bei der Bootsfahrt dabei, als seinem großen Bruder ein übles Missgeschick widerfährt. Henry ist derjenige, der sich als Ältester schon wie ein Mann fühlt und darum das Recht für sich in Anspruch nimmt, das Motorboot zu führen und durch Fleete und Flüsse zu steuern. Da Vater oft nicht mitfahren kann, weil er in seinem Büro bleiben muss, hat Henry häufig Gelegenheit, den Kapitän zu spielen. Die Mutter und die beiden Brüder sitzen dann hinter ihm, was Herbert aber nicht gefällt. Er ärgert sich über Henry, der ihn nicht an das Steuerrad lassen will, und über Mutter, die sagt: „Ach, der Henry macht das schon, der ist älter als du und kann das besser." Eines Tages aber ruckt das Boot plötzlich einige Male, der Motor fängt an zu stottern, und der Kahn verliert schnell an Fahrt. Henry reagiert souverän, stellt den Motor ab, dreht sich zu den Mitfahrenden um und erklärt: „Kein Problem, es ist Kraut in die Schraube geraten. Das haben wir gleich!" Er krabbelt nach hinten, kniet sich auf das schmale Hinterdeck und beugt sich weit nach vorne, um das Kraut aus der Schraube zu reißen. Henry ist genau hinter Herbert, der sich, auf der letzten Bank des Bootes sitzend, langsam und vorsichtig aufrichtet, bis er im Rücken einen leichten Widerstand, das Hinterteil von Henry, spürt. Herbert erhebt sich noch etwas und drückt ein wenig nach hinten. Da hört er auch schon den Plumps im Wasser und gleich darauf erschrockene Schreie und ein Mords-Geplansche. Mit triefend nassem Kopf taucht Henry aus dem Wasser auf. „Wie hast du das denn gemacht?" fragt Herbert unschuldig. Henry hält sich am Boot fest, spuckt Wasser aus und murmelt: „Weiß nicht, muss wohl das Gleichgewicht verloren haben." Sogleich krabbelt er ins Boot zurück. Die Mutter jammert: „Du musst besser aufpassen, jetzt holst du dir womöglich noch eine Erkältung."

Henry muss die nassen Klamotten ausziehen, wird in eine warme Decke gehüllt, und Mutter ordnet an: „Jetzt muss Herbert das Boot fahren, solange Vater nicht da ist." Darauf hat Herbert nur gewartet. Er balanciert schnell nach vorn, nimmt auf dem Fahrersitz Platz, wirft den Motor an und braust davon. Die Schraube ist wieder frei, und das Boot macht wieder Fahrt. Schon kommen ihnen auch die Lüthkes mit ihrer Jolle entgegen, und alle im Beckröge-Boot, ganz besonders Herbert, winken höflich hinüber, und von den Lüthkes wird ebenso freundlich zurück gegrüßt, vor allem von der kleinen Anna.

Ein anderes Mal erlaubt sich Herbert einen ähnlichen Scherz mit dem jüngeren Bruder Willy. Auch das geschieht im Blockland. Die Jungen fahren mit ihren Fahrrädern auf dem schmalen Treidelpfad, der am Kuhgraben-Fleet entlang führt. Vorne Henry, in der Mitte Willy und als letzter Herbert, der den Weg langweilig findet, nicht zuletzt weil Henry und Willy vor ihm offenbar glauben, sich auf einem Schleichpfad zu befinden. Da sticht Herbert der Hafer. Mit ein paar kräftigen Tritten bringt er sein Fahrrad ganz dicht hinter das Vehikel von Willy und stößt ganz sachte mit seinem Vorderrad gegen dessen Hinterrad. Willy verliert das Gleichgewicht, kippt zur Seite und rollt im Nu den Uferstreifen hinunter und in den kalten, schlammigen Kuhgraben. Er schreit wie am Spieß, Henry erschrickt, hält an und kommt zurück. Herbert, ebenfalls vom Rad gestiegen, geht ans Ufer und hilft dem Jüngeren aus dem Wasser. „Wie konnte das passierten, kannst du nicht Rad fahren?“ fährt Henry den Kleinen an. Der weint, zittert und steht tropfend vor ihm. „Ich weiß nicht, ich weiß wirklich nicht, auf einmal lag ich im Wasser“, schluchzt Willy. Herbert schaut interessiert zu, und keiner kommt auf den Gedanken, dass er eigentlich der Schuldige ist. Die beiden Geschichten wird Herbert in seinem langen Leben noch oft erzählen. Allerdings nur dann, wenn keiner aus der Familie dabei ist, die sollen nicht erfahren, was er angerichtet hat.

Die vielen Stunden in der freien Natur sind für die jungen Beckröges prägend. Besonders Herbert wird ein echter Naturfreund. Die Landschaft vor den Toren der Hansestadt ist noch unberührt, die Vogelwelt vielfältig, und in den Flüssen und Fleeten wimmelt es geradezu von Fischen. An den Uferrändern und im Schlick stolzieren Schnepfen, Kiebitze schießen im kühnen Flug durch die Luft, Lerchen schrauben sich zum Himmel empor, aus dem herab Mäusebussard und Falken stoßen, um am Boden Beute zu schlagen. Auf jedem zweiten Bauernhaus thront ein Storchennest, aus dem vorwitzige kleine Störche herausschauen und auf dessen Rand manchmal ein alter Storch den langen Hals zurück auf den Rücken biegt und mit dem roten Schnabel laut und rasselnd klappert. An stillen Gräben steht reglos wie ein grauer Pfahl der Fischreiher. Auf den Kolken hinter dem Wümmedeich schwimmen die grünen Blätter der See- oder der Teichrose mit ihren großen weißen oder den kleineren gelben Blüten. Es ist noch eine intakte Natur, die von den paar Segel- und Ruderbooten oder dem Motorboot der Beckröges nicht gestört wird.

Im Winter läuft das weite Marschland voll Wasser. Das Blockland und dahinter das St. Jürgenfeld wirken wie ein Binnenmeer, durch das sich die Flussdeiche der Wümme als schwarzes, baum- und häuserbestandenes Band schlängeln und das an der einen Seite von der Stadt und weit am Horizont von den Hügeln der

Geest begrenzt wird. Bei frostigem Wetter erstarrt die Wasserfläche zu Eis, Zeit für Herbert, seine Brüder und Freunde zum Schlittschuhlaufen.

Am Rande des Stadtwaldes, gar nicht so weit von ihrer Wohnung in der Wachmannstraße, befestigen sie die niedrigen, langen Holländerschlittschuhe unter den Stiefeln. Bänke sind aufgestellt, und es herrscht reger Betrieb, denn viele junge und alte Leute wollen die Gunst der Stunde nutzen. In immer schnellerem Tempo geht es über die spiegelglatte Eisfläche. An klirrend kalten Wintertagen, wenn es fast windstill ist und eine kaum wärmende Sonne schräg auf die Erde scheint, starten Herbert und seine Freunde zur Tagestour. Bald liegt das fröhliche Eisgetümmel am Stadtwald hinter ihnen. Mit kräftigen, weit ausholenden Bewegungen preschen sie über das Eis, um bald nur noch als kleine schwarze Punkte den Wümmedeich anzusteuern. Es ist ein herrlicher Spaß, man kann seine Geschicklichkeit, seinen Elan und Mut auf die Probe stellen. Aber man muss aufpassen. Oft ist die Decke von Stellen unterbrochen, an denen das Eis dünn ist und nicht trägt. Dort verlaufen die Fleete, deren Wasser immer etwas fließt und darum nicht gut zufriert. Aber die jungen Burschen und Mädchen wissen, wo es gefährlich ist, und sie kennen die Punkte, wo sich das schwache Eis überqueren lässt. Es beflügelt sie und erfüllt sie mit Genugtuung, wie vertraut sie mit der Landschaft sind.

Am Wümmedeich schnallen sie die Schlittschuhe ab, krabbeln hinauf und an der anderen Seite wieder hinunter. Der Fluss ist ebenfalls zugefroren, aber durch Ebbe und Flut, die noch hier zu spüren sind, brechen die Ränder auf und schieben sich Eisschollen weißblau übereinander. Vorsichtig muss man über sie hinweg balancieren, dann geht es über den zugefrorenen Fluss zum anderen Ufer und dort erneut zwischen den Eisschollen hindurch. Auf dem anderen Deich angelangt, verschnaufen sie erst einmal, schauen sich um und freuen sich. Eine riesige Eisfläche erstreckt sich bis hinüber zur Geest. Also die Schlittschuhe wieder untergebunden und weiter in sausender Fahrt.

Mittagspause an der Hamme, in der Bauerngaststätte „Tietjens Hütte“, die einsam in der Landschaft liegt. Mit roten Backen treten die Bremer in die Gaststube ein, in der schon viele andere Schlittschuhläufer sitzen, essen und trinken, reden und lachen. Es findet sich für unseren Trupp noch ein freier Tisch. Bald dampft vor jedem, vor Jungen und Mädchen, ein kräftiger Grog. Hunger haben sie, doch es dauert nicht lange, bis vor ihnen der Eintopf steht. Jacken und Pullover werden ausgezogen. Denn die Hitze des bullernden, mit Torf beheiztem Kachelofen wärmt zusätzlich.

Nach der Rast geht es auf der Flussmitte die Hamme hinab. Wo sie sich mit der Wümme vereint, beginnt die Lesum. Auch sie ist zugefroren. Langsam werden die Beine lahm. Viele Kilometer haben sie schon hinter sich. Die Mittagspause, die Hitze in der Gaststube, der steife Grog, das gute Essen haben das Ihrige getan. Das Tempo ist bedächtiger geworden, es wird nicht mehr gerufen und gelacht, die Kette hat sich auseinander gezogen, Herbert läuft weiter vorn. Jeder kämpft gegen die Müdigkeit an. Ihr Ziel ist die Brücke in Burg-Lesum, wo sich die Endstation der Linie 8 befindet. Hier wollen sie das Eis verlassen und mit der Straßenbahn zurück nach Hause fahren. Herbert ist als Erster an der Lesumbrücke. Er bremst seinen Lauf, gleitet dem Ufer und dem Eisschollengetürme entgegen, das sich am Rande durch das steigende und fallende Wasser gebildet hat und nur recht mäßig zusammenfriert. Allzu hastig und leichtsinnig macht er sich auf den Weg, und da ist es auch schon geschehen – das Eis unter ihm gibt nach, bricht und Herbert hängt in dem eiskalten Wasser. Es ist nur noch ein Meter bis zum Ufer. Schreiend und mit den Armen um sich schlagend, erklimmt er es und steht vollkommen durchnässt da. Er weiß nicht gleich, was er tun soll, ist erschrocken und begreift erst langsam, dass die Kälte jetzt sein ärgster Feind ist. Eben noch erhitzt von der körperlichen Anstrengung, kriecht ihm der kalte Winterwind an die Waden, greift der klirrende Frost triumphierend nach der Nässe, die in den durchweichten Kleidern sitzt.

Die Freunde sind inzwischen auf der Flussmitte versammelt oder schon, vorsichtiger als Herbert, durch die Eisschollen balanciert und stehen neben ihm. Großes Hallo, Bedauern, dann Gefeixe und schließlich lacht sogar Herbert mit. So misslich die

Situation auch sein mag, immerhin ist es halbwegs gut ausgegangen. Wäre Herbert weiter weg vom Ufer eingebrochen und unter das Eis geraten, hätte es das Ende seines jungen Lebens bedeuten können. So aber eilen der junge Mann und die anderen so schnell wie möglich zur Haltestelle. Die „Elektrische“ steht zum Glück schon da, sodass alle sofort einsteigen können. Aber in der Bahn ist es kaum wärmer als draußen, denn eine Heizung gibt es in diesen Jahren noch nicht. Herbert setzt sich, aber seine Kleider sind zu Eis erstarrt und tauen bis zu Hause auch nicht wieder auf. Während der langen Fahrt frisst sich ihm die Kälte bis auf die Knochen. In Gröpelingen müssen sie in die Linie 2 umsteigen. Nur mühsam kann Herbert aus dem Wagen klettern und in den anderen hinein. Am Brill, mitten in der Stadt, noch einmal dasselbe, um mit der 16 nach Hause zu gelangen. Alle bedauern Herbert, der friert und wirklich mit den Zähnen klappert.

Zu Hause dann der Schrecken seiner Mutter. Aber sie greift gleich zu. Die gefrorenen Klamotten, die sofort anfangen, aufzutauen und klitschnass zu werden, heruntergerissen, Herbert wird in eine rasch vorgewärmte Wolldecke gewickelt und zugleich läuft heißes Wasser in die Badewanne. Wenig später spürt er, wie die Wärme wieder kribbelnd in seine Glieder fährt. Eine wunderbare Müdigkeit breitet sich in ihm aus. Als er aus der Wanne steigt, trocknet Mutter ihn ab, was sie, da er inzwischen ein junger Mann ist, schon lange nicht mehr getan hat. „Nun ab ins Bett!“ Herbert widerspricht nicht, krabbelt ins Bett und streckt sich wohlig aus. „Ich bin ja so müde“, sagt er. „Ich muss erst meinen Schreck überwinden, was für ein böser Tag“, entgegnet Mutter. Aber das lässt der Sohn nicht gelten: „Es war ein schöner Tag, wir sind so schnell gelaufen“, er macht die Augen zu, dreht sich auf die Seite und schläft sofort ein.

Alles in allem ist es eine glückliche Zeit. Die Kinder genießen ihre Jugend, Mutter hat ihre Eltern in der Nähe und Vater Heini baut erfolgreich die Firma auf, lebt fast nur für seine Arbeit und dafür, seinen Kinder einmal ein blühendes Unternehmen, einen florierenden Bierhandel zu übergeben. Etwas Besonderes sind die Ausflüge aufs Land. Mit dem Zug fährt man bis Langwedel, wo sich die ganze Familie von einem Kutschwagen abholen lässt. Auf sandigem Weg geht es neben der kopfsteingepflasterten – Oma Mary nennt das „cobble-stones" – und von Birken gesäumten Landstraße zur Verwandtschaft in die Dörfer Holtum und Walle – zu den Höfen und zurück zu den Wurzeln der Beckröges und Langes.

1913 trifft die Familie ein Todesfall. Die „kleine Oma" Beckröge stirbt, nachdem sie fast bis zuletzt in der Küche gearbeitet und nur ein sehr kurzes Krankenlager gehabt hat. „Gott sei Dank", wie alle sagen. Die tüchtige Frau hätte sicher kein langes Siechtum ertragen. „Oma Bremen" wird ebenfalls auf dem Riensberger Friedhof beigesetzt, in dem Familiengrab, das nunmehr wirklich das der „Lange-Beckröge" ist. Herbert empfindet große Trauer. Todunglücklich aber fühlt sich „Opa Bremen", der ohne seine Frau hilflos ist.

Keiner rechnet damit, dass die lange Friedenszeit bald vorbei sein könnte. Wohl hat es hin und wieder Spannungen gegeben, aber dem Krisenmanagement der europäischen Großmächte ist es stets gelungen, die Konflikte zu entschärfen. Niemand glaubt an etwas Furchbares oder ängstigt sich. Ganz bestimmt nicht die drei Beckröge-Jungen! Sie sind sorglos und unbeschwert wie alle anderen, und haben auch allen Grund dazu. Auch als Anfang Juli 1914 der österreichische Thronfolger und dessen Ehefrau einem Attentat zum Opfer fallen, beruhigt sich die Lage schnell wieder. Doch im Hintergrund bereiten sich vor allem die herrschenden Kreise in Deutschland und in Österreich-Ungarn auf einen Schlagabtausch vor und heizen mit übertriebenen und nahezu unerfüllbaren Forderungen die Krise an. Auch in Bremen kommt es zu großen Antikriegskundgebungen. Doch die deutsche Diplomatie und die Militärs halten an ihrem aggressiven Kurs fest. Schließlich schwenkt die Sozialdemokratie ein, gibt ihren Widerstand und ihre Warnungen auf. Viele glauben, das Kaiserreich sei von den anderen Mächten ernsthaft bedroht und müsse sich verteidigen. Um Frankreich schnell niederzuringen, überfallen deutsche Truppen Belgien. Ein eklatanter Verstoß des Völkerrechts, den der Reichskanzler mit dem Satz „Not kennt kein Gebot" zu rechtfertigen sucht. Der große Krieg und „Kladderadatsch" ist da. Viele werden vom patriotischen Taumel mitgerissen, jubeln und folgen dem Ruf zu den Waffen. Jeder will der Erste sein, der gegen den bösen Feind marschiert, jeder will der Erste sein, der auf ihn schießt, und dabei sein, wenn Deutschland siegt. Keiner denkt daran, dass irgendwer der Erste ist, der tot umfällt, und dass ihm Millionen folgen müssen.

Die Stimmung ist aufgeheizt. Viele glauben an einen raschen Sieg, und die es an die Front treibt, feixen: „Weihnachten sind wir wieder zu Hause!" Schon bald beginnt der Waffengang den Stempel eines Eroberungskrieges zu tragen. Forderungen nach Annexionen werden laut, Oppositionelle, die sich für Verhandlungen mit den Gegnern und einen Verständigungsfrieden aussprechen, unterdrückt, verfolgt und als „Flaumacher" oder „unverbesserliche Pazifisten" beschimpft. „Nicht als willenlose Übertölpelte haben wir das ungeheure Wagnis dieses Krieges auf uns genommen", schreibt der überaus angesehene Journalist Maximilian Harden in der von ihm herausgegebenen und viel gelesenen Monatsschrift „Die Zukunft" am 17. Oktober 1914 und fügt hinzu: „Wir haben es gewollt. Weil wir wollen mußten und durften. Der Teutonenteufel würge die Winsler, deren Bitte um Entschuldigung uns, in den Wundern hohen Erlebnisses, lächerlich macht. Wir stehen nicht, stellen uns nicht vor Europens Gericht. Unsere Macht soll in Europa neues Recht schaffen. Deutschland schlägt. Wenn es seinem Genius neue Bezirke erobert, preist die Priesterschaft aller Götter den guten Krieg ... Wir führen den Krieg nicht, um Sünder zu strafen, auch nicht um geknechtete Völker zu befreien und uns dann am Bewußtsein uneigennützigen Edelsinns zu rösten. Wir führen ihn vom Fels der Überzeugung aus, daß Deutschland nach seiner Leistung weiteren Erdenraum und weitere Wirkensmöglichkeit fordern darf und verlangen muß. Spanien und die Niederlande, Rom und Habsburg, Frankreich und England besaßen, besiedelten große Strecken des fruchtbaren Bodens. Nun schlug die Stunde deutscher Vormacht."

Nicht begeistert ist die Familie Beckröge. Vater Heinrich hat nicht gedient, da er zu der Zeit in Amerika war. Auch sind ihm solch martialische Töne fremd. Und von seinem Schwiegervater hat er die Abneigung gegen Zwang und Militär übernommen. Ihn bedrückt der Kriegsausbruch. Er sieht die hoch gerüsteten Armeen aufeinander treffen, wie sich die Soldaten und Menschen gegenseitig umbringen, welche Not und welches Elend mit dem Völkermorden verbunden ist. Klarer als viele seiner Mitbürger sieht er vor allem auch die Probleme der Wirtschaft auf sich und andere zukommen. Nie mehr wird sie so auf vollen Touren laufen wie vor 1914. Wohlstand und Wachstum sind fortan den Zwängen des Krieges und der Rüstung untertan. Auch die drei Jungen stimmen nicht in den Hurrapatriotismus ihrer Altersgenossen ein. Sie verstehen nicht, wie man sich am Krieg begeistern, ihn als „Kulturerrungenschaft" feiern kann. Geradezu entsetzt ist Mutter Mary, die von ruchloser Tat und der Entfesselung einer „Kriegsfurie" spricht, wie sie die Welt noch nicht gesehen hat. Sie bezeichnet die Verletzung der belgischen Neutralität als schreiendes Unrecht und ergreift Partei für das überfallene Land. Sie fühlt als Amerikanerin und hat kein Verhältnis und Verständnis zu dem alles einengenden Patriotismus der deutschen Nation, der sich mit einem militaristischen Gedankensystem verwoben hat und den es damals in Amerika so noch nicht gibt.

Doch der Krieg verschont auch die Beckröges nicht. Herbert ist zwanzig Jahre alt und wird zum Militär eingezogen. Er muss sich in Bremen stellen, wo man ihn ausbildet. Als er sich zu einem Offizierskursus anmeldet, lehnt man ihn ab. Zwar ist er einer der besten Schützen in der Kompanie, doch gibt es Probleme mit seinen Füßen. Er kann nur in Halbschuhen und nicht in Militärstiefeln gut und weit marschieren. Die zivilen Schuhe darf er tragen, dazu erhält er eine Ausnahmegenehmigung. Offizier aber kann er nicht werden. Ein Offizier ohne Militärstiefel? Undenkbar in der kaiserlichen Armee! Wütend über den Vorfall, meldet sich Herbert zu den Sanitätern, wo man ihn freundlich empfängt. Offenbar spielt die Fußbekleidung bei der Verwundetenversorgung eine eher untergeordnete Rolle. So bewahrt ihn die nicht militärkonforme Folge eines kleinen Mangels davor, hinaus ins Feld zu müssen und wie so viele seiner Altersgenossen als junger Offizier zu fallen. Der Zwang, zivile Schuhe tragen zu müssen, hat ihm vermutlich das Leben gerettet.

Auf Anraten von Herbert meldet sich ein Jahr später auch Willy zum Sanitätsdienst. Nach seiner Ausbildung erhält er einen guten Posten in der Heimat, versteht sich jedoch mit seinem Vorgesetzten nicht. Willy ist impulsiv, und als er sich über seinen Chef wieder einmal so richtig geärgert hat, wirft er ihm an den Kopf: „Ich bitte um Versetzung!“ Die erhält er, aber der Offizier versteht keinen Spaß und schickt ihn an die Front, wo er allerdings nicht lange ist. Wegen einer leichten Verwundung, die man zu dieser Zeit schon als Glück ansieht, transportiert man ihn in die Heimat. Willy kommt in ein Lazarett in Essen. Komplikationen führen dazu, dass er bald auf Leben und Tod liegt. Sein Vater reist trotz der vielen Arbeit nach Essen, spricht mit Ärzten und Pflegern und erreicht eine Sonderbehandlung. Willy wird gerettet.

Der Älteste, Henry, geht ebenfalls zu den Sanitätern, weil er Hunde über alles liebt und in einer Hundeführer-Kompanie Dienst tun möchte. Er muss einen passenden Hund mitbringen, was für Henry aber keine Schwierigkeit ist. Immerhin muss er doch einige Zeit an die Front, gerät jedoch in keine schweren Gefechte, wozu in dem schrecklichen Krieg viel Glück gehört.

Herbert hingegen bleibt den ganzen Krieg über in Bremen. Anders als Willy stellt er sich gut mit seinen Vorgesetzten, alles ältere Ärzte, die als Sanitätsoffiziere tätig sind. Sie sorgen dafür, dass er nicht ins Feld muss. In seiner Militärzeit erlebt und beobachtet Herbert sehr genau alle militärischen Regeln, Traditionen und Vorschriften, was die Befolgung von Befehlen durch Untergebene betrifft, Befehle, die, wie er später oft betont, im günstigsten Falle nur dumm sind. Wie bei seinem Großvater wächst in diesen Jahren in ihm die Abneigung gegen jeden Militärdienst sowie gegen jeden „Kadavergehorsams“, wie er sagt. Ebenso ist ihm die „Knechtseligkeit“ ein Gräuel. Regelmäßig begleitet er Lazarettzüge nach Frankreich, um Verwundete auf dem Weg in die Heimat zu versorgen. Dabei lernt er französische Städte kennen und hört von weitem das Donnern der Geschütze.

Herbert hat Privilegien, wohnt zu Hause bei den Eltern und muss nichts weiter tun, als morgens in die Sanitätskaserne zu gehen. Hin und wieder gelingt es ihm sogar, seinem Vater im Geschäft zu helfen. Denn wie in allen Kriegen geht trotz allen Leids auch das gewöhnliche, tägliche Leben weiter. Die Menschen arbeiten in Fabriken und Werkstätten, Geschäften und Büros, die Hausfrauen, Lehrer und Schüler natürlich unter erschwerten Bedingungen, da die Hauptkräfte der Nation an den Fronten vergeudet werden. Vater Heini ist dadurch in seiner Firma stark überlastet, sodass er es sehr begrüßt, wenn Herbert ihm in manchen Dingen in seiner Freizeit zur Seite steht.

Nach vier Jahren hört der Wahnsinn des Krieges mit den immer gefährlicher werdenden Waffen, immer mehr Toten, Hunger, Elend und Leid endlich auf. Die gequälten Menschen haben genug davon, den Mächtigen weiter als Kanonenfutter zu dienen. Die Bilanz des Krieges ist in hohem Maße erschreckend. Nicht nur in Europa, sondern auch im Nahen Osten, in Afrika und Ostasien geführt, hat er insgesamt fast fünfzehn Millionen Menschen das Leben gekostet, darunter sechs Millionen Zivilisten. Über zwanzig Millionen Menschen erlitten Verwundungen. Laut Statistischem Jahrbuch für das Deutsche Reich aus dem Jahre 1924/25 beliefen sich die deutschen Verluste auf 2 055 291 Tote und Vermisste sowie auf 4 249 185 Verwundete. Erstmals kamen Massenvernichtungswaffen sowie modernste Technik zum Einsatz, um Menschen in großer Anzahl umzubringen. Die Zivilbevölkerung, massenhaft mobilisiert, fand sich systematisch in den Krieg einbezogen. Nach der Marne-Schlacht Ende September 1914 und dem Festrennen des deutschen Vormarsches war der Krieg für Deutschland letzten Endes nicht mehr zu gewinnen. Er wandelte sich vom Bewegungs- in einen mörderischen Stellungskrieg, der eine bis dahin beispiellose Totalisierung nach sich zog. Der Einsatz von großkalibriger Artillerie, Flammenwerfern, Giftgas, Flugzeugen, U-Booten und Panzern sowie Trommelfeuer- und Material- bzw. „Abnutzungsschlachten“ wie die um Verdun prägten das Kriegsgeschehen an der Westfront und sorgten für hohe Opferzahlen. Was man mit einem schnellen Sieg über Frankreich zu vermeiden gedachte, trat bereits nach der Schlacht an der Marne ein: der Zweifrontenkrieg. Die Grabenkämpfe und der Versuch, in „großen Offensiven“ doch noch den Sieg zu erringen, arteten in mörderische und grausame „Schlächtereien“ aus. Infolge des Ausmaßes und der Dauer des Krieges orientierten die beteiligten Staaten ihre gesamte Wirtschaft an den Gegebenheiten des Krieges. Die Produktion von Waffen, Munition und Ausrüstung mündete in eine bis dahin nicht gekannte Kriegsökonomie, führte zur Anspannung aller Kräfte und begann den Alltag mehr und mehr zu prägen. Frauen arbeiteten erstmals in großer Zahl anstelle der eingezogenen Männer in der Industrie, dem Dienstleistungsgewerbe und in der Verwaltung. In einem unvorstellbaren Ausmaß diente die Energie und Kraft von Hunderttausenden der Zerstörung und einem bis zum Ruin der deutschen Wirtschaft geführten Kampf, dessen hochgradige Unproduktivität immer stärker zu Tage trat.

Wenige Monate nach dem Sturz der Hohenzollern und des Kaiserreiches stirbt „Opa Bremen“. Die letzten Jahre seines Lebens waren die schwersten. Seine Frau fehlte ihm und dem Restaurant in der Katharinenstraße. Trotz der Sicherheit seines gut gehenden und angesehenen Betriebes plagte ihn sein ganzes Erwerbsleben lang immer die Angst, das mit viel Arbeit verdiente, reichlich vorhandene Geld könne nicht reichen, um seine Existenz zu sichern, und dass der Tag kommen würde, an dem er nichts mehr hat und hungern muss. Während der Kriegszeit befolgte er pedantisch genau die vielfältigen Vorschriften der Kriegsmaschinerie mit den immer kleiner werdenden Rationen, die das Leben fürchterlich einschränkten und mit denen man nur überleben kann, wenn man sie umgeht, wenn man mit Tricks und weitem Gewissen tauscht, betrügt, die Dinge organisiert, die es legal und offiziell nicht zu kaufen gibt. Doch das kann der integre Mann überhaupt nicht. Und so kommt es, dass er als Gastwirt tatsächlich zu wenig zu essen hat, nämlich nur das, was ihm auf Lebensmittelmarken zusteht, und das wird immer weniger.

Herbert besucht ihn als Sanitätssoldat regelmäßig und bringt ihm Lebensmittel, die er in seiner Dienststelle leicht erhalten kann, wobei er seinem Großvater versichert, dass er sie auf korrekte Art und Weise erworben hat. Aber auch ihm fehlt die geliebte „Oma Bremen“ und daher die sorglose Fröhlichkeit, in der er früher hier gelebt und gespielt hat.

Nach seinem Tode am 20. Februar 1919 wird Hermann Hinrich Beckröge im Familiengrab auf dem Riensberger Friedhof beigesetzt. Von der alten Generation ist nur noch Maria Beckröge alias „Oma Amerika“ übrig. Sie wohnt nach wie vor in der Celler Straße. In ihrer Jugend hat sie in New York Heim und Familie tatkräftig mit aufgebaut und sich längst wieder gut in der alten Heimat eingelebt. Nie fühlte sie sich so als Amerikanerin wie ihr Mann als Amerikaner und bei weitem natürlich nicht so wie ihre Tochter Mary. Da in dem altehrwürdigen Haus in der Katharinenstraße kein Wirt mehr ist, wird das Grundstück verkauft. Seinen Erlös-Anteil steckt Heini Beckröge in die junge Firma, den Bierverlag.

Der Krieg endet mit Tumult und Revolution. Die Soldaten kehren zurück in eine verarmte, zerrüttete Heimat voller Hass, Verzweiflung und Enttäuschung. Nichts ist geblieben vom Siegesgeschrei, vom Jubel des Kriegsausbruchs und vom sogenannten „Siegfrieden“, nichts ist mehr so, wie es einmal war.

Im ersten Jahr des Friedens, der mehr Unruhe als Frieden ist, stirbt auch „Oma Amerika“. Sie ist das vierte Familienmitglied, das seine Ruhe auf dem Riensberger Friedhof unter dem wuchtigen Urnenstein findet. Die alte Generation ist nicht mehr, Heini und Mary sind jetzt die „alten Beckröges“ und ihre drei Jungen, alle wieder zu Hause, sind nun gefordert, Familien zu gründen. Seit Heinrich Beckröge nach den Staaten ausgewandert ist, ist das Glück der Familie Lange-Beckröge treu geblieben. Herberts Großvater kam als reicher Mann nach Deutschland zurück, Herberts Vater gründete eine eigene Firma, die von Tag zu Tag größer und erfolgreicher wird, Herbert und seine Brüder haben den Krieg heil überstanden und gehen mit jugendlichem Mut in die für die meisten nicht leichte Nachkriegszeit.

Sind sich die Beckröges ihres Glückes bewusst? Ich weiß es nicht, sicher nehmen sie es als Verdienst ihrer Bemühungen und Klugheit hin, und sie denken gar nicht darüber nach, da ihre Arbeit sie in Atem hält. Aber es gibt auch den Beckröger Pessimismus, der den Chef der Familie immer fürchten lässt, dass das Glück ihn und seine Familie eines Tages verlassen könnte.

Die Verwirklichung des Wunsches an die drei Jungen, neue Familien zu gründen, beginnt für Herbert beim Wassersport im Blockland auf der Wümme. Hier treffen die Beckröges wieder mit der Familie Lüthke und deren Anna zusammen. Sie ist inzwischen eine junge, schöne Frau und zehn Jahre jünger als Herbert. Aber bei den Vergnügungen des Segelvereins, den gemeinsamen Ausflügen mit den Segelbooten kommen sich die beiden schnell näher. Herbert arbeitet im Geschäft seines Vaters. Er ist der erste der drei Söhne, der ihm hilft, gehört also zu einer angesehenen Handelsfirma und insofern keine schlechte Partie für das Mädchen aus dem Hause eines Bauunternehmers. Annas Vater ist allerdings während des Krieges gestorben, aber die erwachsenen Söhne verwalten mit Umsicht das ansehnliche Vermögen, das der Witwe zugefallen ist.

Als Herbert Anna eines Abends nach Hause bringt, will er sie küssen. Aber die Sitten sind noch streng und sie erklärt kategorisch: „Das geht erst, wenn wir verlobt sind.“ Für Herbert kein Hindernis. Er ist ohnehin entschlossen, sie zu heiraten. Also verloben sich die beiden auf der Stelle und küssen sich leidenschaftlich.

Am nächsten Tag telegrafiert Herbert nach Bad Köstritz, wo sein Vater, bei Geschäftsfreunden weilt: „Habe mich mit Anna Lüthke verlobt.“ Die Nachricht ist dem Vater gar nicht recht, denn er ist in Bad Köstritz, um mit der Familie des Geschäftsfreundes zu verabreden, dass Herbert dessen Tochter Ilse heiratet. Das geht nun nicht mehr. Aber in Verlegenheit gerät Vater Heini deshalb nicht. Er hat ja noch einen jüngeren Sohn, den Willy. Also bietet er ihn an und schon ist die Ehe zwischen Willy und Ilse perfekt gemacht.

Der älteste Bruder, Henry, hat schon vor Herbert geheiratet. Alle drei Söhne sind bereits in den ersten Jahren nach dem Krieg, in der Zeit des Werteverfalls und der galoppierenden Inflation, im ehelichen Hafen gelandet und haben Familien gegründet. Glücklich verheiratet, stürmen sie in die „goldenen zwanziger

Jahre". Mutter Mary freut sich auf Enkelkinder und hofft auf ein Mädchen. Denn sie hat sich selber ein Mädchen gewünscht, aber eben nur die drei Jungen geboren. Sie ist ihnen immer eine gute Mutter gewesen, aber die Tochter fehlt ihr. Mary ist der ruhende Pol in der Familie geworden. Sie gleicht die Strenge des Vaters durch verständige Liebe aus. Der Verlust ihres eigenen Vaters ist ihr schwer geworden.

Aus der Familie Lange treffen nach dem Ersten Weltkrieg wieder Nachrichten von Jonny ein, dem Bruder Marys. Aus dem gehemmten Jungen ist ein eigenwilliger und eigenbrötlerischer junger Mann geworden, der wie seine Schwester ein ansehnliches Vermögen geerbt hat. Mit dessen Hilfe macht er sich daran, ein Globetrotter zu werden. Während Mary das Sorgen macht, imponiert es Herbert sehr, denn auch er würde gern in die Welt hinaus reisen. Aber dazu kommt es natürlich nicht, denn er muss kräftig bei seinem Vater zupacken und für seine Familie sorgen, in die im Jahre 1925 sein erster Sohn, Günter, geboren wird.

Für Herbert stellt sich die Firma als immer wichtiger dar. Sein Vater lebt es ihm vor: Die Arbeit und das Geschäft sind das Einzige, was zählt! Die Firma steht deutlich an erster, die Familie an zweiter Stelle. Sind die Umsätze gut, muss man sich um die Familie keine Gedanken machen; gehen die Geschäfte hingegen schlecht, hat die Familie weniger Sicherheit.

Erst nach der Firma und Familie ist das Andere dran: Erholung, Erbauung, Freundschaft und Vergnügen. Heini bleibt für die „anderen" Dinge nicht viel Zeit, die Arbeit hat sie weit zurückgedrängt. Er malt schon seit langem nicht mehr. Wie soll er dazu Muße finden? Immerhin, seine Bilder, die hübschen Landschaften, hängen in prächtigen Goldrahmen im Salon des großen Hauses. Abends spät, wenn er vom Büro zurück ist, nach dem Abendessen, liest er. Vor allem Romane, die in den Bergen spielen, dramatisch und sentimental sind, finden sein Interesse. In dem kleinen Bücherbord neben seinem Ausruhstuhl steht die Gesamtausgabe von Ludwig Ganghofers Werken. Er liest sie immer wieder. Erst viel später, als sein Rheuma ihn zwingt, jedes Jahr in Wildbad zu kuren, fährt er einige Male weiter bis zu den Alpen. Aber jetzt, in dieser Zeit, lässt selbst am Sonntag das Büro ihn nicht los. Frühmorgens, die Kirchenglocken läuten, nimmt er die Straßenbahn in die Stadt und arbeitet den ganzen Vormittag an seiner Buchhaltung und der Korrespondenz mit Brauereien und Kunden. Unterdessen ist seine Familie längst ausgeflogen und vergnügt sich im Sommer auf der Wümme. Heini kommt am Nachmittag nach, trifft Jungen und Frau irgendwo an einer verabredeten Stelle.

Mary erträgt ihren Mann mit viel Geduld. Sie ist den Kindern eine gute Mutter, steht dem Haushalt vor und die Enkelkinder schätzen ihre liebevolle Art. Oma Beckröge ist glücklich, wenn sich auch nicht ihre Hoffnung erfüllt hat, dass eines von ihnen ein Mädchen ist.

Herbert liebt seine Frau, sein Kind, freut sich über seine Familie. Er ist nicht der Ansicht seines Vaters, dass die Firma zuerst kommt. Für ihn gibt es noch ein paar andere Dinge, wie Familie, Liebe, Vergnügen. Er spürt, dass Vieles wichtiger als die Arbeit ist, und er möchte sich dem gerne widmen. Aber das ist bei seinem Vater unmöglich, schon gar nicht, da er jetzt in dessen Firma tätig ist und sein Leben lang bei ihr bleiben wird. In Herbert wächst, getrieben durch die nicht endende Erziehung des beherrschenden Vaters, ein Pflichtbewusstsein seiner Arbeit gegenüber, das ihn schmerzt und manchmal zum Aufbegehren zwingt, ihn aber immer wieder überwältigt, bis er den Widerstand aufgibt.

Die „goldenen Zwanziger", „the golden twenties" bringen Erfolg für alle sowie für Herbert auch Freude und Spaß. Aber in diesen Jahren braut sich schon eine böse Zukunft zusammen. Das zeigt sich an dem wirtschaftlichen Zusammenbruch der damaligen modernen Welt nach dem Börsenkrach in Amerika. Die Geschäfte gehen schlechter, die Arbeitslosigkeit wächst von Tag zu Tag. Das trifft die drei Brüder, die inzwischen alle im Geschäft des Vaters mithelfen, den Bierverlag weiter zu entwickeln, zwar nicht direkt. Aber die Arbeit wird immer schwieriger, unerfreulicher. Erfolge gibt es nur noch selten. Das Geld ist knapp, was sich auch auf die Familien und das häusliche Leben auswirkt. In diese Zeit hinein fallen die stärker werdenden radikalen und aggressiven Töne deutsch-völkischen Denkens und Tatendranges. Herbert ist einer der Wenigen in der Weimarer Republik, der die Gefahr spürt und fürchtet.

Doch noch ist es nicht so weit. Sohn Günter, ein blasses und dünnes Kind, lernt früh das Laufen und versucht sich zeitig an den ersten Worten. Essen will er nur wenig, zum Kummer seiner Mutter. Oft kommt die Oma vorbei und schüttelt besorgt den Kopf: „Der Junge ist viel zu dünn. Was ist, wenn er krank wird? Er hat nichts zuzusetzen. Du musst ihm mehr zum Essen geben!" Für Anna sind die Worte der Schwiegermutter alles andere als ein Trost. Sie hört sie und schweigt. Und Mary denkt bei sich: „Schade, dass ich keine Tochter habe, mit der könnte ich anders sprechen." Mary ist eine gute Mutter und eine noch bessere Oma, aber zu den Schwiegertöchtern findet sie nicht das Vertrauensverhältnis, wie es ihren Wünschen entspräche, das sind eben keine Töchter, wie sie meint. Zum Glück wird es mit Günters Appetit besser, als nach anderthalb Jahren sein Bruder Werner das Licht der Welt erblickt.

Herberts Familie wohnt in den ersten zehn Jahren in drei verschiedenen Mietwohnungen. Zur Familie gesellt sich noch das Hausmädchen Ella, die nicht viel älter ist als die Hausfrau, bald ganz dazu gehört und bei den Kindern fast denselben Rang einnimmt wie ihre Mutter. So herrscht in der jungen Familie wirtschaftliche Sicherheit und für die Kinder Geborgenheit. Die Eltern lieben sich, und das spüren die Kinder, und die Kinder werden von den Eltern und auch von der Oma geliebt. Alles Nötige ist vorhanden. Man lebt nicht im Überfluss, aber die Armut ist so weit weg, dass man sie nur vom Erzählen her kennt. Eine angsteinflößende Bedrohung ist sie nicht.

Die letzte Mietwohnung liegt in der Nähe zur Wachmannstraße, direkt dem Haus der Großeltern gegenüber. Günter kann schnell einmal hinüber zu Oma laufen. Und das nutzt er aus. Oft ist er in dem prächtigen Haus mit den Säulen, schaut der Großmutter in der Küche zu, wie sie das Essen vorbereitet, folgt ihr in den Salon zum Staub wischen, geht mit ihr in den Garten, um Obst aufzusammeln, sitzt bei ihr auf der Terrasse unter dem Balkon und blickt hinaus auf die Straße und auf den damals noch gemächlichen Verkehr, der sich nur beim Vorbeifahren der Straßenbahn zu einer geräuschvollen Dramatik steigert. Es sind wunderbare, unvergessliche Stunden, bei Oma ist er immer willkommen!

Oft krabbelt er auf dem teppichbespannten Fußboden des Salons herum. Solche Auslegeware ist damals mehr als ungewöhnlich und überaus vornehm. Auf dem Boden liegen noch andere Teppiche mit Persermustern. Und auf einem von ihnen steht in einer Ecke, gut sichtbar, der Mahagonitisch aus Spring Valley. Wie alle Kinder fühlt sich auch Günter von ihm magisch angezogen. Er weiß nicht warum, muss aber immer wieder zu ihm hinkriechen und greift mit seinen kleinen Händen nach den metallenen Löwenköpfen, die die untere Tischplatte halten. Wie glatt sie sind und wie wunderbar sie glänzen! Günter legt sich auf das blanke Holz des Zwischenbodens. Mit jeder Hand auf einem Löwenkopf träumt er vor sich hin. Welch ein Tisch!? Erneut entführt er ein Kind in eine fantastische Welt. Günter sieht Onkel Jonny, dem er noch nie begegnet ist, von dem aber die Großen erzählen. Es imponiert ihm, wie Jonny in Amerika herumreist, weit in den Westen hinauf, dort, wo die Indianer leben. Mit ihnen besteht er die tollsten Abenteuer. Er reitet mit ihnen über die Prärie und jagt Büffel. Aber er ist auch hinter Menschen her, die die Indianer umbringen wollen. Weiter reist Onkel Jonny über den Pazifik bis China und von dort auf kleinen Schiffen einen mächtigen Strom hinauf und weiter über staubige Straßen mit klapprigen Fuhrwerken hin zu Städten voller kleiner, schlitzäugiger gelber Menschen mit schwarzen Haaren, die sie hinten zu Zöpfen geflochten haben. Die Städte bestehen aus unzähligen kleinen Häusern in verwinkelten Gassen, die zur Straße hin nur fensterlose, dreckige Mauern haben, aber sich hinter den Mauern auf schattige Höfe öffnen, auf Gärten mit Teichen und Springbrunnen, kleinen Wasserläufen und geschwungenen Brücken darüber. Er bewundert reich verzierte rotgoldene Holztempel, zu denen breite Freitreppen hinaufführen und aus deren dämmrigem Inneren dumpfe Gongschläge ertönen und dichte Wolken Weihrauch herauswogen. Das und vieles mehr erlebt Günter mit Onkel Jonny.

Der sogenannte Ernst des Lebens holt auch diesen Knaben ein. Von der Klugkiststraße aus, der Mietwohnung gegenüber den Großeltern, geht der Junge zur Schule. Er hat sich eigentlich nicht darauf gefreut, obgleich er immer „Ja“ geantwortet hat, wenn die Großen ihn fragten: „Willst du gern zur Schule?“ Die ersten Tage stoßen ihm sauer auf. Er sitzt auf der harten Schulbank neben einem Jungen, den er gar nicht kennt, und inmitten von dreißig anderen Jungen, die er auch nicht kennt, und es ist ihm zum Heulen zumute. Aber irgendwie weiß er, dass ihm das Weinen nicht hilft. Überdies gilt noch immer der dumme Spruch: „Jungen weinen nicht!“ Das sagen zwar nicht die Eltern und schon gar nicht die gutmütige Oma, aber andere und ganz besonders die, die bald den Ton in deutschen Landen bestimmen werden. Also fügt sich Günter in sein Schicksal und lernt bald einige seiner Mitschüler kennen. Ihm fällt in diesen Jahren das Lernen nicht besonders schwer, sodass er in der Volksschule ein ganz leidlicher Schüler ist.

Der Bierverlag Heinrich Beckröge gewinnt weiter an Bedeutung, sowohl in Bremen und seinem Umland als auch bei der Familie Beckröge selber. Arbeit ist unter der Leitung des strengen Chefs mehr als genug da. Der Umsatz ist stark gestiegen. Dem hat Großvater Beckröge auch dadurch Rechnung getragen, dass er neue Grundstücke hinzukaufte, um ausreichend Platz für Betrieb, Büro und Pferdeställe zu haben. Doch jede Vergrößerung erweist sich schon bald als zu klein. In bester Lage, mitten in der Stadt, am „Wegesende“ besitzt die Firma jetzt drei Grundstücke nebeneinander, die durch Maueraufbrüche und Durchgänge miteinander verbunden und verschachtelt sind. Ein Fremder kann sich in dem Labyrinth der Zimmer, Flure und Arbeitsräume glatt verlaufen. Aber es ist klug eingeteilt. Im ersten Haus liegen hintereinander drei Büroräume. Der erste, in den man von der Straße aus eintritt, ist das Abfertigungsbüro für die Kundschaft. Im nächsten Zimmer stehen Aktenschränke und zwei gewichtige, hübsch verzierte Geldschränke. Der hinterste Raum ist das Chefbüro. Ein großes Fenster gibt den Blick frei auf einen kleinen Innenhof. Opa Heini sitzt an einem gewichtigen Zylinderschreibtisch, lenkt und kontrolliert alle Geschäfte.

Hier führt er das Hauptbuch und finden alle wichtigen Besprechungen statt.

Im Gebäude neben dem „Bürotrakt“ ist ein großer moderner Laden eingerichtet, wo das Bier flaschenweise verkauft, aber auch ein reichhaltiges Angebot an Weinen und Spirituosen bereitgehalten wird. Das letzte Haus schließlich hat zur Straße hin nur einen hohen und breiten Durchgang, der zu den hinteren Räumen aller drei Häuser führt, in dem man das Bier lagert und abfüllt und an den sich schließlich auch die Pferdeställe anschließen, die durch einen langen Flur einen Ausgang nach hinten, hin zum Ansgarikirchhof haben.

Genauso wie das Geschäftsgrundstück eingeteilt ist, sind auch die Arbeitsgebiete der drei Brüder geregelt und getrennt. Willy ist für das Ladengeschäft, den Einkauf der Weine und Spirituosen und für deren Abfüllung auf die Flaschen zuständig. Die gewichtigen Weinfässer lagern in einem alten Gewölbekeller unter dem ersten Haus, wo auch der Wein in die Flaschen kommt. Eine Büro- und Verkaufshilfe steht Willy zur Seite. Er hat es eigentlich ganz gut getroffen; er leitet den kleinen Nebenbetrieb recht selbständig, da der Chef im Nachbargebäude einigermaßen entfernt ist und überdies das Biergeschäft als Haupteinnahmequelle ansieht. Willy ist für die Tätigkeit wie geschaffen, denn zum einen trinkt er gern Wein und zum anderen mixt er hervorragende Liköre, was er während seiner Ausbildung als Drogerie-Gehilfe gelernt hat.

Im Nachbarhaus, im ersten Raum, der einen großen Tresen aufweist, sitzt Herbert mit zwei Bürogehilfinnen. Da er als Erster in die väterliche Firma eingetreten ist, ist ihm der stetig wachsende Kundenstamm gut bekannt, der weitgehend aus Privathaushalten besteht, die regelmäßig jede Woche von den Pferdefuhrwerken der Firma angefahren werden und die für den Hausgebrauch die beliebten bayrischen Biere der Firma Beckröge beziehen. Immer größer wird allerdings auch der Kreis derer, die das Bier fassweise beziehen. Das gilt ebenso für die Kundschaft außerhalb Bremens bis hinein in das Oldenburger Land, ja bis zu den ostfriesischen Inseln. Der Vertrieb und die Betreuung der Kunden liegt in Herberts Händen. Zu seiner liebsten Beschäftigung zählt die Verkaufs-Statistik, die zumeist eine ansehnliche Steigerung des Umsatzes auswirft.

Henry zeichnet schließlich dafür verantwortlich, dass Abfüllbetrieb und Lager funktionieren. Ihm unterstehen die Arbeiter und der ihnen vorgesetzte Verwalter. Henry hat seinen Schreibtisch im mittleren Raum, sitzt aber fast nie daran, da er viel hin- und herläuft zwischen den verwinkelten Arbeitsräumen und sich um den zügigen Ablauf der Flaschenspül-, Abfüll- und Etikettierarbeiten kümmert. Er ist dafür zuständig, dass von den verschiedenen Biersorten immer von jeder Sorte genügend zur Verfügung steht. Jeder Kunde soll jederzeit das von ihm gewünschte Getränk erhalten.

Über allem thront und dirigiert Heini Beckröge. Er gibt Anweisungen, und bei ihm landet an jedem Abend das Geld, das die Fahrer im ersten Raum, bei Herbert, abrechnen. Heini prüft alles noch einmal sorgfältig, und zu später Stunde schließt er die Tageskasse zusammen mit dem amerikanischen Journal, dem „Wunderwerk der doppelten Buchführung“, wie er es nennt, in einen der beiden Geldschränke ein. Fast immer verlässt er als Letzter das Büro, um die Straßenbahn zur Wachmannstraße zu nehmen, bis zur Endstation der Linie 16, die fast genau vor dem säulengeschmückten Familienwohnhaus liegt.

Der Umfang des Geschäftes hat sich rasch und kontinuierlich vergrößert. Dazu trägt auch bei, dass Heinis Frau Mary einige Jahre nach dem Ende des ersten großen Krieges den sehr erheblichen Rest ihrer väterlichen Erbschaft aus Amerika überwiesen erhält. Das Geld gehört zwar ihr, aber ihr Mann teilt es gleich ein: „Eine Hälfte für dich, die andere für die Firma“, erklärt er unumwunden. An seiner Entscheidung wagt niemand zu rütteln, auch Mary nicht. Für das Geld, das Heini ihr lässt, erwirbt das Ehepaar ein in der Neustadt gerade errichtetes modernes Mietshaus, damit Mutter Beckröge ein regelmäßiges Nebeneinkommen hat. Den Kauf wickelt natürlich auch ihr Mann ab, aber Mary ist damit zufrieden. Sie liebt ihren Heini und gehorcht ihm.

Die Firma und die Arbeit bestimmen auch das Leben der Söhne und das ihrer Familien mehr und mehr. Besonders trifft das für Herbert zu. Ebenso werden die Kinder, insbesondere Herberts Ältester, Günter, mit hineingezogen. Welche Bedeutung die Firma einnimmt, erfährt Günter in seinen jungen Jahren hauptsächlich dadurch, dass er seinen Vater in der Woche fast überhaupt nicht sieht. „Vati muss arbeiten“, lautet eine häufige Erklärung von Anna, die alles für ihre beiden Söhne tut und ihnen zur Seite steht, ohne sie zu verzärteln oder sich selber zu vernachlässigen. Mit fünf älteren Geschwistern aufgewachsen, haben sie ihre Eltern ungeachtet der großen Umbrüche noch ganz als „höhere Tochter“ erzogen. Nach dem Besuch einer Privatschule will sie eine Lehre in einem Büro anfangen, wie es manch modernes Mädchen aus „guter Familie“ später getan hat. Aber die Mutter – der Vater lebt nicht mehr – und vor allem die älteren Brüder sind dagegen. „So etwas schickt sich nicht“, erklären sie. Anna weicht auf eine Ausbildung als Haushaltslehrerin aus, aber sie übt den Beruf niemals aus. Um so mehr ist sie Herbert zugetan, der sie versteht und dem sie vertraut. Die Familie Beckröge hilft ihr über manche Unbill hinweg. Herbert stellt ein Hausmädchen ein, sodass sie nur wenig zu tun hat. Hauptsächlich kocht sie das Mittagessen, was sie gern tut und ihr gut gelingt. So bleibt ihr viel Zeit für private Unternehmungen, und da sie im Grunde ihres Herzens ein moderner Mensch ist, treibt sie eifrig Sport, turnt und spielt Tennis. Natürlich sorgt sie für das Wohlergehen ihres Mannes und ist für die beiden Kinder immer da. Vor allem Günter möchte ihre Zugewandtheit nicht missen. Später, als er etwas älter ist, sagt er aus innerster Überzeugung: „Mutti würde ihr Leben für uns lassen, so sehr liebt sie uns.“

Fast ebenso gern hat Günter das Hausmädchen Ella. Für ihn ist sie keine Putzhilfe, sondern zweite Mutter, Freundin und Vertraute, fast mehr als seine Mutter. Wenn man noch Oma Mary aus der Wachmannstraße hinzunimmt, die den Enkelkindern sehr zugetan ist und sich besonders um sie kümmert, wenn sie krank sind, so hat er in jeder Beziehung eine umsorgte und behütete Kindheit.

Ein gefährliches und aufregendes Ereignis fällt in die frühe Kindheit. Ein Ereignis, das Gott sei Dank keinen Schaden nach sich zieht. Als die Familie noch in der Feldstraße wohnt, geht eines frühen Morgens der kleine Bruder Werner verloren. Er spielt draußen vor dem Haus, wie jeden Tag. Plötzlich macht er sich auf den Weg, verlässt die Feldstraße, läuft weiter und weiter durch Straßen, in denen er noch niemals gewesen ist, und verliert prompt die Orientierung. Als Ella ihn zum Frühstück holen will, kann sie ihn nicht finden. Keines der anderen Kinder weiß, wann er gegangen ist und schon gar nicht wohin. Mutter Anna wird benachrichtigt. Sie und Ella suchen die Umgebung ab, Werner bleibt verschwunden. Verzweifelt telefoniert Anna mit ihrem Mann: „Werner ist weg, wir wissen nicht, wo er ist." Herbert wirft alles beiseite, ruft ein Taxi und fährt nach Hause. Mit ihren Fahrrädern suchen sie das ganze Viertel ab. Kein Werner-Kind in Sicht. Die benachrichtigte Polizei versucht, die Eltern zu beruhigen: „Das Kind findet sich schon wieder an, wir informieren alle Reviere." Es wird Mittag. Oma Beckröge hat von dem Unglück gehört und kommt mit einer Taxe angerauscht. Sie ist ganz aufgelöst und macht den Kummer und die Besorgnis in der Feldstraße noch größer. Als geborene Schwarzseherin und angsterfüllte Großmutter läuft sie in der Wohnung herum und murmelt ununterbrochen: „Den sehen wir nicht wieder, den sehen wir nicht wieder!" Alle Nachbarn wissen von dem Vorfall, auch die Kinder, Günters Spielgefährten auf der Straße. Sie fragen ihn: „Was machst du, wenn Werner nicht wieder kommt oder wenn er tot ist?" Günter weiß keine Antwort und bekommt es mit der Angst zu tun. Was, wenn sein Bruder überfahren worden oder vielleicht in die Weser gefallen und ertrunken ist und nie wieder auftaucht?

Aber Werner wird gefunden. Als die Dunkelheit hereinbricht, steht er irgendwo weinend auf der Straße. Eine Frau nimmt sich seiner an und bringt ihn zu der Polizeiwache an der Schleifmühle. Dort weiß man von dem vermissten Kind und benachrichtigt die Beckröges in der Feldstraße. Vater und Mutter kommen mit dem Taxi und nehmen das völlig übermüdete Kind mit. Dicht gedrängt warten die Nachbarn vor ihren Häusern. Anna trägt den Jungen hinein. Den Applaus und die vielen Glückwünsche hört er kaum, ihm fallen die Augen zu, so erschöpft ist er.

Günter beobachtet alles genau und ist froh, dass Werner wieder da ist. Aber er kommt sich in diesem Augenblick auch groß und erhaben vor: Das wäre ihm nicht passiert, einfach wegzulaufen, und wenn schon, dann hätte er bestimmt zurückgefunden!

Familie und ein Chef

Im ereignisreichen Jahr 1933 ziehen Vater, Mutter, Werner und ich in unser neues Einfamilienhaus. Es ist aus Klinkern erbaut, sehr geräumig und verfügt über ein großes Wohnzimmer. Neben den Schlafräumen in der ersten Etage befindet sich ein sogenanntes „Frühstückszimmer". Im Dachgeschoss gibt es zwei Mädchenkammern. Der Keller ist mit Terrazzo-Fußboden ausgelegt. Neben der Waschküche ist, mit Blick zum Garten hinaus, unser Spielzimmer. Ein typisches Bremer Einfamilien- und Doppelhaus mit Vor- und Hintergarten, solide und zweckmäßig, ruhig und zunächst in einem ausgedehnten Neubaugebiet gelegen, nicht weit weg von der Wachmannstraße sowie von Opa und Oma. Hier verbringe ich die Kinder- und Jugendzeit, die mein ganzes weiteres Leben prägen wird und mir so gut in Erinnerung geblieben ist.

Der Transport erfolgt mit einem acht und einem fünf Meter langen Möbelwagen. Mutter ist stolz darauf, dass sie der Firma Neukirch genau sagen kann, mit welchem Umfang sie rechnen muss. Ella, unser Hausmädchen, und Mutter haben alles bestens vorbereitet, so dass schon am Mittag alles ausgeladen ist und wir sogar ein Essen bekommen. Für Werner und mich wird der Umzug zu einem besonderen Erlebnis. Wir laufen hinter den beiden Möbelwagen her. Von einem starken Trecker gezogen, müssen sie vor dem Abbiegen in die Wachmannstraße stoppen, als die Straßenbahn der Linie 16 laut bimmelnd auf uns zubraust. Wenig später halten wir vor dem Neubau „Beethovenstraße Nr. 21".

In den folgenden Jahren wird um uns herum immer mehr gebaut. Schrebergärten verwandeln sich in verwildernde Grundstücke und Bauplätze. Häuser werden errichtet, Straßen entstehen. Viele glauben, es sei eine „neue Zeit" angebrochen. Wir bekommen davon nur mit, dass die Bautätigkeit zunimmt. Hauptsache, es gibt wieder Arbeit, lautet die Devise. Kaum einer fragt, wohin das alles führt. Viel mehr als eine „neue", ist eine andere Zeit angebrochen. Meine Eltern merken es daran, dass zu allen möglichen Gelegenheiten geflaggt werden muss. Zunächst hängen wir noch die schwarz-weiß-rote Fahne hinaus – schwarz-rot-gold geht schon lange nicht mehr. Aber bald ist auch das nicht mehr möglich. Selbst die Bremer Speckflagge gilt als unerwünscht. Nur noch die knallrote mit dem schwarzen Hakenkreuz im weißen Rund ist erlaubt. Auch wir bringen neben unserem Hauseingang eine Hakenkreuzfahne an, jedoch nur eine sehr kleine.

Uns Kinder berührt das alles kaum. Nach der Schule bleibt uns viel Zeit zum Spielen in den überall empor wachsenden Neubauten. Schnell finden wir Freunde, denn die jungen Familien, die sich in unserer Gegend niederlassen, haben fast alle Kinder und viele in unserem Alter. Hinter unserem Haus gibt es noch eine lange Zeit einen Schrebergartenweg. Wir brauchen nur über den Zaun zu klettern, und schon sind wir auf dem verwunschenen, von Gartenhecken immer dichter zuwuchernden Pfad. Wir erforschen die brachliegenden Parzellen und sausen mit unseren Fahrrädern den Weg rauf und runter. Kein Mensch, kein Wagen oder Auto kann uns in die Quere kommen oder unser Tempo bremsen. Wir entzünden Lagerfeuer, und als uns einmal der Übermut packt, jagen wir mit unseren Fahrrädern mitten durch das Feuer. Oder wir schleichen uns in einen Neubau, am späten Nachmittag ist das, als die Arbeiter schon Feierabend gemacht haben. Wir entdecken die offene Säuberungsklappe eines neuen Schornsteines, der durch all die unfertigen Stockwerke des Hauses hoch gemauert ist und über das noch nicht gedeckte Dach hinausragt. Er verlockt förmlich dazu, benutzt zu werden und seinen Zweck zu erfüllen. Papier und trockenes Holz ist schnell gefunden, Streichhölzer haben wir ohnehin immer dabei, obgleich uns das nicht erlaubt ist. Im Keller des Neubaus, hinter der Säuberungsöffnung, ist das Feuer schnell entfacht und bald darauf steigt eine Rauchwolke aus dem Schornstein. Die wenigen Leute, die auf der ruhigen Beethovenstraße vorbeikommen, bleiben stehen und staunen: „Niemand wohnt da, aber der Schornstein raucht schon!“

Je länger wir in der Beethovenstraße wohnen, desto mehr erschließen wir uns die nähere und weitere Umgebung. Bis hin in die noch intakten Schrebergartengebiete, die sich hinter dem Schwachhauser Ring weit in das flache Umland Bremens ausbreiten. Einst von Wiesen übersät und als Sumpfland bekannt, sind inzwischen Entwässerungsgräben entstanden, deren Ränder dicht mit Gras und Pflanzen bewachsen sind und an denen sich Schilf im Wind wiegt. Aus schlammigem Grund winden sich Wasserpflanzen empor. In den Gräben beobachten wir vielfältiges Leben: Stichlinge bauen Nester, Kammmolche hängen träge zwischen den Pflanzen oder rudern mit ein paar Schwanzbewegungen zur Wasseroberfläche, um mit ihrer kleinen Schnauze Luft zu holen und sich langsam wieder hinabsinken zu lassen. Libellenlarven mit gefährlichen Beißwerkzeugen lauern am Grabengrund auf Beute, Wasserkäfer steigen auf und nieder, und Schnecken kriechen auf der Suche nach Fressbarem auf Pflanzen herum.

Stürmen wir an den Grabenrändern entlang, hopsen die Frösche mit weiten Sprüngen vor uns in Sicherheit und tauchen mit spritzendem Plumps im Wasser unter. Im Frühjahr legen sie dicke Klumpen Laich ab, die wir manchmal herausfischen, um uns mit den schleimigen, glitschigen Dingern zu bewerfen. Wir haben keine Scheu vor den auf viele Erwachsene ekelig wirkenden Naturprodukten, und in diesen Jahren ist Froschlaich im Überfluss vorhanden. Massenhaft schlüpfen die Kaulquappen aus den Eiern und steigen als schwarze Punkte mit schnellem Schwanzflossenschlag im Wasser auf und ab, fressen unermüdlich, werden dicker und größer. Nach Wochen wachsen ihnen zuerst die Hinter-, dann auch die Vorderbeine, der Schwanz fällt ab – und schwupp kriecht das kleine, fertige Fröschlein aus dem Graben und hüpft an dessen Rand im dichten Gras herum. Das alles beobachten und erleben wir mit steigendem Interesse.

Es ist die Welt einer noch heilen Natur, von der wir einiges mit nach Hause nehmen. Unter der Anleitung meines Vaters lege ich ein Aquarium an, in das ich Stichlinge aus den Gräben setze. Das bunte Männchen baut ein Nest und treibt das Weibchen hindurch, damit es in ihm seine Eier abstreift. Verborgen bleibt mir, wie kleine Fische aus den Eiern auskriechen, denn trotz aller Bemühungen des Stichlings, der mit seinen zierlichen Seitenflossen unermüdlich frisches Wasser durch das Nest wirbelt, ist die Fischbrut nicht zum Ausschlüpfen zu bringen, der Stichlingsvater muss seine Bemühungen schließlich aufgeben.

Im Sommer sind wir nach der Schule fast jeden Nachmittag und in den Ferien den ganzen Tag über draußen und erkunden die Umgebung. Oder wir spielen im Garten hinter unserem Haus, der zum größten Teil aus einem gut gepflegten Rasen besteht. Fast immer sind wir mit Freunden zusammen. Radfahren und Rollschuhlaufen ist ohne Gefahr vor dem Haus auf der Asphaltstraße möglich. Außer dem Milchauto am Vormittag und ganz selten einem Pkw ist, wie in anderen Wohngebieten, kein Verkehr. Die „Beethoven" gehört uns, das wissen wir und das wissen unsere Eltern, die sich keine Sorgen machen müssen, wenn wir draußen vor der Tür herumtoben. Unsere Freunde und wir haben die Straße, den Garten, die Bauplätze und die Parzellen – mehr brauchen wir nicht. Doch das ändert sich schon bald.

Vaters Idee, ein Kanu, einen sogenannten „Kanadier" zu kaufen, vergrößert unseren Spiel- und Erlebnisbereich enorm und erschließt uns die Wiesen- und Wasserwelt vor den Toren der Hansestadt: das „Blockland" und das „St. Jürgen-Feld". Fortan ist die ruhige, einfache Landschaft an jedem Sonntag unser Ziel. Seit jeher sind Vater und Mutter eng mit der Marsch verbunden, haben sich auf den Flussläufen kennen gelernt und sich stets auf dem Wasser wohl gefühlt. Doch die Segeljolle und das Motorboot existieren nicht mehr. Etwas Neues und, da die geldlichen Mittel nicht unerschöpflich sind, anderes muss her. Die Wahl fällt auf einen breitbäuchigen und gemütlichen „Kanadier". Wir kaufen ihn nicht neu, sondern „für gebraucht". Aber er ist gut erhalten und schon bald der Stolz unserer kleinen Familie.

Viel Spaß macht mir schon die Suche nach dem Schiff. Mein Bruder und ich dürfen dabei sein. Wir durchforsten viele Lager und fragen nach Booten, die zum Verkauf stehen. Die Auswahl ist groß und die Entscheidung nicht leicht. Der dickbäuchige, bequeme „Kanadier", blau lackiert und auf den Namen „Lausbub" getauft, sagt uns auf Anhieb zu. Die Freude von Werner und mir ist mindestens ebenso groß wie der Stolz meines Vaters. Viel mehr auf das Praktische richten sich Mutters Vorschläge nach einer vernünftigen Ausrüstung für das Boot: Decken und Matratzen für alle, ein Spirituskocher für heiße Getränke und Mittagsmalzeiten. Ebenso muss ein Zelt dabei sein. Nicht immer lässt sich im Freien lagern, essen, schlafen und was sonst noch alles zum Wassersport gehört. Am Ende ist Vaters Kasse zwar nicht leer, aber doch angegriffen. Uns Kinder kümmert das wenig, und auch die anfangs mehr oder weniger temperamentvollen Diskussionen unserer Eltern ebben schnell wieder ab. Sie verständigen sich schlicht und ergreifend darauf, dass es für die Familie das Beste ist.

Allein die Entscheidung für den Liegeplatz steht noch aus. Darüber kommt es zwischen uns Vieren rasch zu einer Einigung. Wir wollen das Boot nicht am „Kuhgraben" und zu nahe an der Stadt liegen haben. Das Anpaddeln zum Fluss wäre viel zu weit. Nein, es soll direkt an der Wümme liegen, um jeden Sonntag gleich lospaddeln zu können und inmitten der Natur zu sein. Am Wümmedeich stoßen wir auf den Boots-Lagerschuppen von Bremermann. Neben einem Platz für den „Kanadier" steht uns ein Schrank für Geräte und Kleinkram zur Verfügung. Schon bald fahren wir Sonntag für Sonntag hinaus. Die Räder aufgehängt, tragen wir das Boot hinaus, setzen es auf Böcke und laden es voll. Mit Hilfe des Verwalters Meyerdirks hieven wir es auf den zweirädrigen Wagen. Mit „Tempo"- und „Vorsicht"-Rufen geht es auf den Steg und schwankenden Anleger, von dem aus es in die Wümme geschoben wird. Das ist jedes Mal wie ein Stapellauf. Kaum liegt das Boot im Wasser, steigen alle ein. Mutter lagert mit den Kindern auf der weichen Matratze im dicken Bauch des Kahnes, während der Vater auf dem Sitz dahinter das glänzende Paddel in die Hand nimmt und mit kräftigen Stößen in die Flussmitte steuert. Manchmal, vor allem wenn die Fahrt gegen Strom geht, wird Vater von Werner oder mir auf dem vorderen Platz des Bootes geschickt mit einem zweiten Stechpaddel unterstützt.

Viele Jahre verbringen wir herrliche Sonntage auf der Wümme. Vom Bauern Wischhusen haben wir ein Fleckchen Wiese direkt am Neuen Fleet neben einer Furt im St. Jürgen-Feld gemietet, um dort unser Zelt aufzuschlagen. Das tun wir fast jeden Sonntag. Wir brechen schon sehr früh auf. Vater lässt sich durch das sonntägliche Hafenkonzert des Hamburger Radiosenders schon morgens um sechs Uhr wecken. Zwischen sieben und acht Uhr sind wir am Kaffeetisch und treffen um neun mit den Ersten am Bootsschuppen ein. Gegen elf Uhr sind wir am Zeltplatz. Nach dem Aufbau ist alles für einen geruhsamen Lagertag hergerichtet. Vater genießt das freie Leben. Mit bloßem Oberkörper, nur mit einer Turnhose bekleidet, macht er seinen Morgenlauf weit in die Wiesen hinein. Werner und ich begleiten ihn. Danach spielen wir mit dem Ball, baden im kalten Wasser des Fleetes oder Vater sitzt mit dem Fernglas im offenen Zelt und beobachtet Mäusebussarde, Schnepfen, Kiebitze oder auch unsere Verwandtschaft, die in einiger Entfernung ebenfalls einen kleinen Zeltplatz gemietet hat und mit der wir uns wegen politisch unterschiedlicher Ansichten seit einiger Zeit nicht ganz grün sind.

Am blauen Himmel ziehen zur Mittagszeit dicke Wolkengebilde entlang. Die Ruhe um uns ist angefüllt von dem Trillern aufsteigender Lerchen, dem „Kiwitt“ der Kiebitze und vom Meckern der herabstürzenden Bekassinen, die ihre Laute nicht mit den Schnäbeln, sondern durch die Seitenfedern ihrer Flügel im Sturzflug erzeugen. Das alles sehen und hören wir, und Vater erklärt es uns, der es in seiner Jugendzeit in dieser Marschenlandschaft kennen und lieben gelernt hat.

Aber ich gehe auch auf eigene Entdeckungstour, springe über den Graben, der die Wiesen von Bauer Wischhusen von denen seines Nachbarn trennt. Es macht mir nichts aus, dass ich den weiten Sprung nicht ganz schaffe und bis zu den Knien in den Sumpf des gegenüberliegenden Ufers sinke. Schnell ziehe ich die Beine wieder heraus und laufe weiter auf festem Boden quer durch das halb hohe Gras mit dem Wiesenschaumkraut, den Kuckuckslichtnelken, dem Sauerampfer mit all dem, was die Wiese bunt macht und noch nicht von aggressivem Dünger vernichtet worden ist. Ich gelange an ein Stück Land, das die Bauern mit Weiden umpflanzt haben, um auf ihm Kartoffeln und Gemüse anzubauen und zu ernten. Ich klettere auf einen der Bäume, der schräg über einen flachen Graben gewachsen ist und lege mich bäuchlings auf den Stamm, sodass ich über dem schwarzen Wasser des Grabens lagere. Mir gegenüber stehen auf der anderen Seite einige Kühe. Sie glotzen mich neugierig an und ich glotze zurück. Auf meinem Rücken spüre ich warm die Sonnenstrahlen, die durch das lockere Grün des Weidenbaumes fallen. Um mich herum die Rufe der Wasser- und Sumpfvögel und hin und wieder das blöd klingende Muhen der Kühe. Ich fühle mich eins mit der Natur und sauwohl. Und auf einmal formt sich mein erstes Gedicht. Es sind nur ein paar Zeilen und handelt von dem, was um mich ist. Ich sage sie mir immer wieder vor, um sie nicht zu vergessen, laufe zurück über die Wiese, springe über den Graben und sinke auf der anderen Seite wieder ein, haste zum Zelt, sage nichts zu meinen Eltern und meinem Bruder, krame Papier und Bleistift hervor und schreibe die Zeilen auf.

Mittags bereitet Mutter ein einfaches Essen auf dem einflammigen Benzin-Kocher, oft Gulasch, Suppe oder auch Labskaus. Die Zutaten hat sie schon am Vortag zusammen gestellt, sodass das Zubereiten kein Problem ist. Herrlich ist das Mittagessen im Zelt. Als Nachtisch gibt es Schokolade, eine Tafel für die ganze Familie. Nach dem Essen liegen wir dicht bei dicht im Zelt, dösen vor uns hin oder schlafen eine kurze Zeit. Am Nachmittag geht es heim, immer schon recht früh, damit es abends nicht zu spät wird. Faul vom vielen Herumtoben liegen Werner und ich auf der Matratze im Boot. Viel weniger energisch und langsamer als am Morgen paddelt Vater hinter uns. Gemächlich treiben wir das Fleet hinab bis hin zum Wümmedeich und zur Feldmann-Schleuse. Einst für die Torfschiffe aus dem Teufelsmoor gebaut, dient sie jetzt nur noch als Durchfahrt für die Sportboote. Wir gelangen in die Wümme und müssen flussaufwärts paddeln, um zu unserem Bootsschuppen zu gelangen. Wenn wir Glück haben, ist auflaufend Wasser, dann schiebt uns die Strömung, haben wir Pech, so läuft das Wasser ab und Vater und Mutter haben sich noch einmal richtig anzustrengen. Der Fluss schlängelt sich zwischen den Deichen in großen Bögen dahin, vielfach begleitet von wogenden Schilfwäldern auf dem Vorland und auf den Deichen von großen Bäumen und niedersächsischen Fachwerkhäusern.

Von weither klingt Musik, erst wie ein Hauch, von dem man nicht weiß, ist es wirklich Musik oder nur irgendein Ton, ein Schrei oder ein Glockenläuten. All das kommt näher, wird über das Wasser getragen und zur Melodie. Wenig später tauchen hinter uns drei Kanadier-Boote auf; das erste, von einem Außenbordmotor angetrieben, zieht das zweite und das dritte. In den hinteren Booten sitzt je ein Mann mit einem Akkordeon und beide spielen im Duett. Wir lauschen der Melodie. Vater und Mutter hören auf zu paddeln. Die drei Boote überholen uns und entschwinden in der nächsten Flussbiegung. Aber noch lange schweben Tonfetzen zu uns hinüber, bis sie schließlich nicht mehr zu hören sind. Wir aber sind still und glücklich.

Nach den Sonntagen des ungezwungenen Lebens in der Natur engen mich die täglichen Pflichten wieder ein. Da ist vor allem die Schule. Zu den Wochentagen zählt auch der Sonnabend. Aber an jedem dieser Tage ist mittags die Schule zu Ende. Der Weg nach Haus führt mich in die Wachmannstraße. Fast niemals kann ich vorübergehen, ohne meine Oma zu besuchen, die immer Zeit für mich hat. Meist ist sie mit ihrer Hausarbeit beschäftigt, und sie hört damit auch nicht auf, wenn ich komme. Mit einem Staubwedel bewaffnet, geht sie durch die geräumigen und prächtigen Zimmer, wedelt hier und da den Staub auf, wie sie es auch gestern getan hat. Sie ist alles andere als ein Putzteufel und braucht sich um den Haushalt nicht viel zu kümmern, da ihr ein tüchtiges „Dienstmädchen“ zur Seite steht. Sie macht darum nur die Hausarbeiten, die ihr Spaß machen, das Staub-Wedeln etwa oder auch manchmal das Staubsaugen und ganz besonders das Kochen, vielfach in der Art, wie sie es in ihrer Jugend in Amerika gelernt hat. Mir, der neben ihr steht oder geht, erklärt sie genau wieso und warum. Dabei kommt sie unweigerlich auf Amerika, New York, Spring Valley und ihre wunderbare Jugendzeit zu sprechen. Ich höre begierig zu, besonders wenn sie von den Sommertagen in der Villa ihres Vaters erzählt oder auch von der großen Reise nach Amerika, damals, als die Kinder Keuchhusten hatten und sie sofort nach New York eingeladen worden waren. Es sollte der letzte Aufenthalt in ihrem Geburtsland sein. Obgleich ihre Eltern gebürtige Deutsche waren und sie die deutsche Staatsangehörigkeit annahm, hat sie ihre amerikanische Heimat niemals wirklich aufgegeben. Das begreife ich, ein kleiner Knirps, ohne jede Erklärung ganz aus dem Gefühl heraus.

Manchmal liege ich auf dem Teppichfußboden des Salons neben dem prachtvollen Mahagonitisch. Oma hat mir erzählt, wo er in der Villa in Spring Valley gestanden hat und wie er zusammen mit den vielen anderen Möbeln in Bremen gelandet ist. Wenn ich neben ihm liege, mit den Händen die Löwenklauen oder -köpfe streichle, die den Zwischenboden tragen, und ich das kühle Metall fühle, beginne ich zu träumen: von Spring Valley und New York, von der Brooklyn Bridge und dem Leben in Amerika, das viel fortschrittlicher, freier und menschlicher ist als in Deutschland.

So erfahre ich von meiner Großmutter vieles, was meine Eltern nicht wissen und mir nicht erklären können. Das entspricht vielleicht nicht immer den Tatsachen, ist verklärt durch die Erinnerung an eine liebevoll behütete Kindheit und Jugend. Aber ebenso sicher geben sie mir auch eine Ahnung von einem besseren Leben als es in Deutschland der Fall ist. Zudem befinden wir uns bereits inmitten der Errichtung einer Diktatur.

Außer der Schule fängt mich jetzt die Pflicht zum Dienst im „Jungvolk" ein. Weder kann ich mich drücken, noch vermögen es meine Eltern, mich davor zu bewahren. Wenn die Uniform – kurze schwarze Hose, braunes Hemd, Koppel und Koppelschloss, Schulterriemen, schwarzes Halstuch mit Lederknoten, Käppi auf dem Kopf – mich zuerst sogar begeistert, so setzt mir der Zwang zum Dienst, zum in Reih und Glied stehen, zum Marschieren, auf Befehl singen und alle möglichen Sportarten und Kriegsspiele ausführen müssen, bald arg zu. Ich bin dafür nicht geschaffen. Vielleicht hat es auch einfach damit zu tun, dass ich spüre, wie sehr mein Vater gegen all die militärischen und halbmilitärischen Veranstaltungen eingestellt ist. Er sagt das nicht, aber ich fühle es. So kommt es, dass ich so oft wie irgend möglich die vorgeschriebenen Termine versäume. Mutter erfindet immer neue Gründe für meine „Unpässlichkeiten". Solche Entschuldigungen und Ausreden braucht man tatsächlich. Sogar Ella, unser Hausmädchen, greift manchmal zur Feder, wenn Mutter nicht zu Hause ist. Schon lange hat sich bei uns diese Sitte und Gewohnheit eingebürgert. Schließlich sagt mein Jungzug-Führer, der nicht viel älter ist als ich: „Von Beckröge habe ich schon einen ganzen Ordner voller Entschuldigungen!" Er grinst und bezeugt damit, dass hinter dem ganzen Theater und Dienst-Getue bei einigen der Hitlerjugendführer nicht ein so verteufelter Ernst steckt wie bei den Erwachsenen und wie es eigentlich gewünscht und gefordert wird.

Inzwischen habe ich die Schule gewechselt. Ich gehe jetzt nicht mehr in die Grundschule an der Schwachhauser Heerstraße, sondern an die Oberrealschule in der Dechanatstraße, die jetzt, von den Nazis umgetauft, „Lüderitzschule" heißt. Lüderitz war ein Bremer Kaufmann, der im Kaiserreich zum Erwerb von Deutsch-Südwestafrika beigetragen hat. Da auch Hitler wieder nach Kolonien schreit, holt man ihn jetzt hervor. Überhaupt nehmen die neuen Herrscher auf meine Schulzeit erheblichen Einfluss. Für die Sexta, die erste Klasse in der Oberschule, kaufen mir meine Eltern noch eine blaue Schülermütze, die anzeigt, dass ich der Oberrealschule bzw. „Lüderitzschule" angehöre. In der nächsten Klasse muss ich sie zu Hause lassen. Die neuen Machthaber sehen sie nicht gern, da alle Schüler die Einheitsmütze der Hitlerjugend tragen sollen.

Um auf die neue Schule zu kommen, muss ich eine Aufnahmeprüfung bestehen. Wie immer vor solchen Tests, habe ich eine mächtige Angst. Aber es verläuft verhältnismäßig harmlos. Die Lehrer sind recht freundlich, und als ich nach drei Tagen bestanden habe, fühle ich mich als stolzer Oberschüler.

Mein Weg zum Unterricht ist jetzt viel weiter. Die neue Schule liegt mitten in der Stadt. Jeden Morgen geht es eine halbe Stunde hin und am Mittag wieder eine halbe Stunde zurück.

Aber das ist seinerzeit selbstverständlich. Alle sind lange unterwegs. Manche kommen sogar aus den Dörfern um Bremen herum und müssen jeden Tag in den Zug steigen. Das sind die „Fahrschüler". Nur bei sehr schlechtem Wetter darf ich die Straßenbahn nehmen.

Da ich nun die Schule in der Dechanatstraße besuche, hole ich an manchem Mittag Vater von seinem Büro „Am Wegesende" ab und gehe mit ihm zusammen nach Hause. Er läuft ebenfalls jeden Mittag zur Beethovenstraße und nach zwei Stunden wieder zurück ins Geschäft. Auch am Morgen und Abend ist er etliche Kilometer zu Fuß unterwegs.

Mir macht es viel Spaß, Vater im Geschäft abzuholen. Ich begrüße alle: die Damen im Büro, Großvater hinten im Kontor und manchmal auch den stets eiligen Henry. Hin und wieder suche ich auch Onkel Willy auf, der im altertümlichen Gewölbekeller seine Weine hütet und Liköre mixt.

Mit Vater gehe ich, kurz bevor wir aufbrechen, in den Pferdestall. Wenn ein Pferd da ist, füttert Vater es, nimmt danach einen Besen und fegt den ganzen Stall und den Platz davor aus. Er macht das überaus gern und ist immer vergnügt dabei. „Denn", so erklärt er mir, „das Stallpflaster aus hochkant gesetzten Backsteinen hat eine wunderbar warme rote Farbe, und es sieht, wenn es frisch gefegt ist, herrlich aus, es muss einfach gefegt werden! Die Kutscher haben ja doch keine Zeit dazu – und wohl auch keine Lust." Also helfe ich beim Pferdefüttern und beim Stallfegen und glaube fest und ernsthaft, dass es sich um eine überaus wichtige Arbeit handelt.

Die Firma nimmt in dieser Zeit einen gewaltigen Aufschwung. Die Menschen in Deutschland haben wieder Arbeit, die Nazis bringen die Rüstungsindustrie in Schwung, die Wirtschaft läuft auf Hochtouren. Es fließt mehr Geld in die Taschen. Auch die Beckröges profitieren davon. Die Leute wollen sich vergnügen, das Leben genießen und bestellen wieder mehr Bier. Opa ist mehr als zufrieden, die Firma verdient, schafft neue Maschinen und Grundstücke an. Die drei Söhne bekommen von dem Gewinn etwas ab, aber nicht allzu viel. Der Senior-Chef ist sparsam und hält nichts davon, seinen Söhnen ein Leben in Saus und

Braus zu ermöglichen, könnten sie doch auf den Geschmack kommen und übermütig werden!

Mit dem Geschäftsverlauf sind die Beckröges einverstanden, nicht aber mit der Politik, die sich in Deutschland entwickelt, und ganz besonders unzufrieden damit ist Vater. Er passt sich nicht – wie so viele – den Nazis und ihren Erwartungen an. Er findet keinen Gefallen an der dröhnenden Marschmusik, den Umzügen der SA und den brüllenden Massen – und schon gar nicht an der präsenter werdenden Wehrmacht. Als er eines Tages von einer Geschäftsreise zurück kehrt, höre ich, wie er zu Mutter sagt: „Ich hab' im Zuge den ‚Stürmer' gelesen. Wenn das wahr wird, was darin gefordert und prophezeit wird, dann gnade uns Gott!"

Vater kann sich nicht damit abfinden, dass Kampf und Krieg, die sogenannten „Helden des Krieges" sowie der Schwur und Gehorsam des Soldaten wie etwas Heiliges betrachtet und verehrt werden. Er vermeidet den Hitler-Gruß, wo es irgend geht, und er lehnt es ab, die Hakenkreuzfahnen zu grüßen, wenn man sie vorbei trägt. Letzteres beschert mir, wenn ich mit Vater vom Geschäft nach Hause gehe, manchen Umweg. Denn sowie er Marschmusik hört, biegt er in die nächste Seitenstraße ab und umgeht die sich nähernde Kolonne, um nicht an der Straße stehen bleiben zu müssen und mit erhobenem Arm eine Fahne zu grüßen, die manchmal nur ein kleiner Wimpel ist und von einer Schar „Pimpfe" oder mehr oder weniger niedlicher BDM-Mädchen vorangetragen wird. Es passiert in dieser Zeit überaus oft, dass man auf solche Gruppen trifft, sei es SA oder HJ. In Deutschland ist das Marschieren zur Mode geworden, immer mehr übt man den Gleichschritt, bis alle von ihm erfasst sind und aufgehört haben zu denken. Das aber ist nichts für Vater und auch nichts für die Beckröges, und darum fangen sie trotz wirtschaftlich guter Jahre an, unter den Verhältnissen zu leiden. Davon bleibt natürlich auch der Junge nicht unberührt, der an der Hand seines Vaters von der Stadtmitte aus in den Bürgerpark bis hin zur Beethovenstraße geht.

In diese Zeit fällt auch meine erste „Liebes"-Enttäuschung. Mit Ella, unserem Hausmädchen, bin ich so vertraut, dass ich mir ein Leben ohne sie überhaupt nicht mehr vorstellen kann. Sie ist immer da und vor allem: sie ist es stets für meinen Bruder und für mich. Wenn Mutter in der Stadt zum Einkaufen oder beim Tennisspielen oder bei einem Kaffeekränzchen ist, Ella erreichen wir immer! Sie mag „ihre“ beiden Jungen gern und fühlt sich voll und ganz für uns verantwortlich. Als Tante Ilse, die ich sehr schätze, bei einer Geburtstagsfeier Werner einmal wegen irgend einer Dummheit eine schallende Ohrfeige verpasst, geht Ella dazwischen und fährt Tante Ilse an: „Das geht zu weit, Frau Beckröge, wenn einer den Werner bestraft, dann bin ich das, Sie sind dafür nicht zuständig!“ Das junge Mädchen bringt ihren Einwand derart entschlossen vor, dass die energische Tante Ilse nichts erwidert, ja, dass ihr das Eingreifen sogar imponiert und sie es Mutter weitererzählt.

Ella liebe ich wirklich und erkläre ihr mehr als einmal, dass ich sie heiraten werde. So muss es denn eines Tages passieren, dass Ella mich auf die Seite nimmt und ins Badezimmer führt. Sie setzt sich auf den Hocker, zieht mich zu sich auf den Schoß und sagt: „Günter, du bist jetzt ein großer Junge und wirst deshalb auch verstehen, was ich dir zu erklären habe. Du hast oft begeistert von unserer Hochzeit gesprochen. Ich denke, in letzter Zeit hast du daran selbst nicht mehr so fest geglaubt wie früher; du weißt ja, dass ich viel älter bin als du. Natürlich habe ich dich lieb. Aber nun kommt hinzu – und das ist dir ja auch schon bekannt -, dass ich schon längere Zeit einen Freund habe. Wir sind inzwischen verlobt und werden bald heiraten.“

Ich höre mir alles an, und eigentlich ist mir mein Scheitern schon vorher klar gewesen. Andererseits kann ich mir ein Leben ohne Ella nicht vorstellen. Ich heule zwar nicht, aber ich bin ganz kurz davor, die Fassung zu verlieren. Beleidigt bin ich natürlich auch und löse mich vorsichtig von Ella, rutsche ihr vom Schoß und laufe, ohne ein Wort zu sagen, weg hinunter ins Spielzimmer. Allein und traurig warte ich auf die Rückkehr von Mutter und bis ich mich ihr in die Arme werfen kann. Ich sage nichts, bin aber sehr froh, dass sie da ist.

Ella bleibt noch einige Zeit bei uns. Nach ihrer Heirat verlässt sie uns, und wir bekommen ein neues Hausmädchen. Leider bleibt die Verbindung meiner Eltern und infolgedessen auch meine zu Ella nicht eng. Ihr Mann ist ein strammer Nazi, gehört der SA an und schon deshalb für Vater und Mutter absolut indiskutabel. Auch sie haben Ella sehr gern, doch jetzt sagen sie: „Wir können mit dem Mädchen nicht mehr offen reden, ihr Mann ist ein überzeugter Nazi." Ich höre das, und irgendwie begreife ich es.

In den Jahren des sich weiter etablierenden und fortwuchernden Nationalsozialismus, dem leider so viele Deutsche erliegen und in denen ich oft bei Oma in der Wachmannstraße bin, taucht, wie aus dem Nichts, Onkel Jonny aus Amerika auf. Er meldet sich nie an, auch beim zweiten und dritten Mal nicht. Nachdem er geklingelt und das Hausmädchen ihn hereingelassen hat, lässt er sich auf Omas Polsterschaukelstuhl im „Salon" nieder, bis seine Schwester ihn, von den Einkäufen aus der Stadt zurück, endlich begrüßt. Da sie ihren Bruder kennt, ist sie wenig überrascht. Um so erstaunter bin ich. Zu Hause erzähle ich: „Onkel Jonny ist da, einfach so aus Amerika herüber gekommen."

Jonny führt nicht nur ein außergewöhnliches Leben, er sieht auch ungewöhnlich aus, ist groß, mager und geht ein wenig vornüber gebeugt. Sein Gesicht wird von starken Backenknochen beherrscht. Jonny reist in der Weltgeschichte herum und macht dabei viele Entdeckungen. Manchmal erzählt er mir in einem Deutsch, das noch absonderlicher ist als das von Großmutter, von seinen Ausflügen. In China von Banditen überfallen, kann er ihnen nur mit Mühe entkommen. Im „Wilden Westen" Amerikas gerät er in Schießereien mit Cowboys, und in der Südsee muss er einen Schiffbruch überstehen. Ich glaube ihm alles unbesehen, ja fast ist mir so, als wäre ich selber dabei gewesen. Ohnehin handelt es sich um Abenteuer, von denen ich einige Jahre zuvor schon unter dem Mahagonitisch bei den Löwenköpfen geträumt habe, als ich den Erzählungen der Erwachsenen von „Onkel Jonny" lauschte, den ich damals noch gar nicht gekannt habe.

Jonny führt Tagebuch. Lange sitzt er an den Vormittagen in der ersten Etage im Fremdenzimmer und hält Erlebnisse und

Gedanken fest. Jedenfalls erzählt er es Großmutter und mir so. Er will dann nicht gestört werden. Allzu gern würde ich die Aufzeichnungen einmal lesen. Aber niemand bekommt sie zu Gesicht, Onkel Jonny zeigt sie nicht. Auch ich beschließe, Tagebuch zu führen. Es bleibt allerdings bei dem Entschluss.

Jonny hält sich auch im Jahre 1938 in Bremen auf, als der Boxkampf zwischen Max Schmeling und Joe Louis in Amerika stattfindet. Wenigstens am Radio will er dabei sein, auch wenn es nach deutscher Zeit mitten in der Nacht ist. Als es los geht und er sich vor dem Empfänger im Esszimmer einfindet, bleibt er allerdings allein. Niemand sonst hat Lust, sich wegen des Fights die Nacht um die Ohren zu schlagen, wohl aber Onkel Jonny und viele Millionen andere in Deutschland, Europa und Amerika, soweit sie denn mit einem Radio in der Lage sind, die Übertragung des Kampfes zu verfolgen. In Deutschland haben die Nazis inzwischen den „Volksempfänger" eingeführt. Ganz dicht sitzt Jonny im Esszimmer am Apparat und hat mit viel Mühe, Einfühlungsvermögen und Glück das Gerät so eingestellt, dass er gut dabei ist. Ungeduldig hört er sich das Gerede vor dem Kampf an. Endlich gongt es, und die Übertragung beginnt. Aber der deutsche Reporter hat kaum etwas gesagt, da ist der Kampf schon vorbei. Schon die ersten Sekunden entscheiden den Ausgang: Max Schmeling wird sofort von Joe Louis k.o. geschlagen. Die Zuhörer und Zuschauer sind enttäuscht, die Deutschen noch viel mehr als die Amerikaner, denn immerhin hat ja ihr Landsmann gewonnen. Noch am nächsten Morgen ist Onkel Jonny empört, vor allem über Schmeling, der so schnell k.o. gegangen ist, wie natürlich auch der größte Teil der Deutschen, denn sie hatten mit einem Sieg von „Maxe" gerechnet. Ganz besonders wütend sind die Nazis, die von Betrug und Unfairness sprechen, ist doch ihre Hoffnung, dass ein Deutscher einen Amerikaner und, was ihnen noch wichtiger ist, ein Weißer einen Neger, ein Mitglied einer „minderwertigen" Rasse, zusammenschlägt, zunichte gemacht.

Vater jedoch grinst, als er von dem Dilemma erfährt. Er gönnt den Nazis, dass sie die Niederlage als Schmach empfinden. Dabei geht es nicht um Sympathie oder Antipathie mit dem Boxer

Max Schmeling, sondern lediglich um eine entschiedene Ablehnung der Nazis und um deren hochgeputschtes Nationalgefühl.

Onkel Jonny ist natürlich stolz auf den Sieg des Amerikaners, aber wütend darüber, dass das Ganze so schnell und ohne jede Spannung abgelaufen ist. Ich selber stehe zwischen den Fronten, triumfiere mit Vater, ärgere mich mit Onkel Jonny wegen des kurzen Kampfes und pflichte leise meinen Schulfreunden bei, die von Betrug und verbotenem Tiefschlag reden.

Die Besuche von Onkel Jonny bringen Spannung und einen Hauch vom „American way of life“, oder was ich dafür halte, in mein Leben, so wenn er sich darüber wundert, dass meine Großmutter die Socken meines Großvaters stopft. „In Amerika stopft man keine Strümpfe“, erklärt er, „man schmeißt sie einfach weg. Strümpfe sind so billig, dass man besser neue kauft, statt alte zu waschen und zu reparieren.“ Ebenso staune ich, wenn er von den vielen Autos in New York erzählt und man deshalb gar nicht mehr weiter kommt. „In Amerika“, behauptet er, „werden die Menschen in Zukunft ohne Beine geboren; sie müssen nicht mehr laufen, da alle mit dem Auto fahren.“ Die Prognose nehme ich natürlich nicht ernst, aber die Tatsache, dass man in Amerika ohne Auto kein vollständiger Mensch ist, begreife und bewundere ich sogar.

So plötzlich er auftaucht, ist Onkel Jonny auch wieder verschwunden. Wenn ich nachmittags zur Wachmannstraße komme und nach ihm frage, kann es sein, dass Oma antwortet: „Jonny ist heute abgereist, zurück nach New York. Er geht in Bremerhaven aufs Schiff, das nur noch Southampton anläuft und von dort direkt nach drüben fährt. Er hat mir nicht gesagt, dass er so schnell abreist.“ Oma ist ein wenig traurig, dass der extravagante Bruder wieder weg ist, andererseits wirkt sie auch erleichtert.

In diesem Jahr, am 9. November 1938, findet die große Schreckens- bzw. Pogromnacht statt, von den Nazis und anderen verniedlichend und verharmlosend „Reichskristallnacht“ genannt, als würden sie nur Porzellan oder Glas zerschlagen. Tatsächlich sind die Juden vogelfrei. In Hamburg, Bremen, Berlin sowie in vielen anderen Orten erschießt man in jener Nacht jüdische Bürger, sticht sie nieder oder prügelt sie zu Tode. Andere hetzt man halbnackt durch die Straßen, jagt sie über Dächer oder treibt sie in die Flüsse. Manchmal fallen die SA-Leute auch noch über die Juden her, wenn sie bereits in Kellern, Spritzenhäusern oder Gefängnissen eingesperrt sind. In der Nacht vom 9. auf den 10. November verlieren in Hamburg, Bremen, Berlin, Frankfurt und anderen Städten zahlreiche Juden ihr Leben. Die genaue Zahl der Ermordeten und derer, die man in den Selbstmord hetzt, ist unbekannt. Niemand hat die Schwerverletzten gezählt. Unbeschreiblich das Entsetzen und das Elend, in das man unzählige Familien über Nacht hineinstößt. In einer vorläufigen Bilanz meldet der Nationalsozialist Heydrich am 11. November: „An Synagogen wurden 191 in Brand gesteckt, weitere 76 vollständig demoliert. Ferner wurden elf Gemeindehäuser, Friedhofskapellen und dergleichen in Brand gesetzt und weitere drei völlig zerstört."

In ganz Deutschland beginnt die Geheime Staatspolizei damit, jüdische Männer zu verhaften. Wer nicht von alten ordentlichen Polizeibeamten abgeholt wird, sondern in die Hände von SA und SS fällt, sieht sich der entwürdigsten Behandlung ausgesetzt. Beschimpft und verhöhnt, bespuckt und verprügelt, müssen sie nach übelster Kasernenhofmanier exerzieren und vor ihren Peinigern wie Würmer auf dem Boden kriechen. Stundenlang lässt man sie in Reih und Glied strammstehen und versagt ihnen Essen und Trinken. Bei helllichtem Tage werden sie auf Lastwagen weggefahren oder von SA und SS eskortiert durch die Straßen zum Bahnhof oder anderen Sammelplätzen geführt. Aus den Gefängnissen verschleppt man sie in die Konzentrationslager Dachau, Sachsenhausen und Buchenwald, wo SS-Schergen mit Knüppeln und Eisenruten auf sie warten und jeden Neuankömmling bis aufs Blut prügeln. Bereits in der ersten Nacht sollen in Buchenwald 68 Juden wahnsinnig und „wie tolle Hunde" erschlagen worden sein.

Was ich von all dem mitbekomme, sind nur die rauchenden Trümmer der Bremer Synagoge; sie befindet sich direkt hinter unserer Schule in einem ganz normalen, recht alten Wohnhaus, in dem die Juden ihre Zusammenkünfte und Gottesdienste abhalten. Bis zu diesem Tage habe ich überhaupt nicht gewusst, dass es die jüdische Synagoge ist und was sie für die Juden bedeutet.

Die meisten meiner Mitschüler, die sich auf dem Flur drängen, um auf die kläglichen Trümmer hinauszublicken, die noch dampfen und glühen, haben das wohl bis jetzt auch nicht gewusst. Alle reden aufgeregt durcheinander, die meisten triumfierend über den Sieg des „arisch reinen Volkstums über das minderwertige Judentum", so wie sie es von der Nazi-Propaganda jeden Tag hören und sicher auch von ihren Eltern erklärt bekommen und vor allem von einigen unserer Lehrer. Ich schweige dazu, denn obwohl ich noch nicht so genau Bescheid weiß, bin ich mir doch sicher, dass meine Eltern, aber auch Oma, Opa und meine Onkel damit nicht einverstanden sind. Das zeigt sich in den nächsten Tagen, denn seit der Pogromnacht grüßen wir das jüdische Ehepaar Herzberg, das in der Beethovenstraße auf der anderen Seite wohnt. Die beiden sind reich, leben aber sehr zurückgezogen, sodass wir mit ihnen bislang kaum Kontakt hatten. Zunächst reagieren sie erstaunt, aber schon bald merken wir, dass ihnen unser Gruß gut tut. Zu mehr kommt es allerdings nicht. Nach Jahrzehnten erst, als die Frau, die übrigens Christin ist, aus der Emigration in Südamerika zurückkehrt, erzählt sie meinen Eltern, wie sehr ihnen unser Grüßen Mut gemacht hat.

In dieser Zeit mache ich mich oft allein auf den Weg. Das heißt, ich fahre mit dem Fahrrad nicht nur in unserer Straße herum, sondern erforsche das ganze Viertel, und es zieht mich aufs Land und dorthin, wohin wir an den Sonntagen auch mit unseren Eltern radeln. Besonders gern habe ich das Moorgebiet um den Weiherberg, wo das braune Wasser noch in schnurgeraden Kanälen fließt, an denen entlang sich schmale Sandwege befinden, die gut zu befahren sind: vorbei an zurückliegenden einzelnen Bauernhöfen, an Torfstichen, Moortümpeln und Heideflächen. Ich mag die von Birken gesäumten Pfade sehr. Eine solche Moorbirke wünsche ich mir in unserem Garten. Eines Tages mache ich mich auf. Zu Hause sage ich nichts. Es ist ein weiter

Weg. Ich habe mir einen Spaten an das Rad gebunden und viel Bindfaden mitgenommen. Das Wetter kommt meinem Vorhaben an diesem Tage nicht gerade entgegen. Der Himmel ist bedeckt, die Wolken hängen tief, es droht Regen und vor allem: Es weht ein heftiger Wind. Auf der Hinfahrt kommt er von hinten, sodass er mich kräftig vorwärts schiebt und ich schnell und leicht fahre. Da ich mich erst nach dem Mittagessen in Bewegung setze, treffe ich erst spät am Nachmittag an der Birke ein, die ich ausgraben möchte. Es ist Herbst und die Tage sind kurz. Ich beginne mit dem Ausbuddeln. Kein leichtes Unterfangen, schließlich aber gelingt es mir. Da ich mir ein schon recht großes Exemplar ausgesucht habe, ist es schwer, den Baum am Fahrrad zu befestigen. Die Wurzeln ragen nach vorne über Lenkstange und Vorderrad hinaus und die Baumkrone weit nach hinten über Gepäckträger und Hinterrad. Um so besser binde ich den Baum fest. Aber die Rückfahrt wird zur Tortur. Die Birke behindert mich beim Treten. Außerdem muss ich gegen den heftigen Wind anfahren. Es fängt an zu regnen und ist empfindlich kalt. Überdies bricht die Dunkelheit ein. Manchmal ist der Wind so stark, dass ich absteige und schiebe. Wenn ich mich erholt habe, kämpfe ich weiter gegen Sturm und Regen an, hinein in die zunehmende Dunkelheit, die mein Lampenlicht nur schwach durchdringt. Einige Male glaube ich, keine Kraft mehr zu haben, zwinge mich aber weiterzustrampeln. Tränen laufen mir übers Gesicht. Angst erfüllt mich, auf der Landstraße umzukommen. Schließlich erreiche ich die Beethovenstraße und unser Haus. Zitternd schiebe ich das Rad in den Garten. Den Baum binde ich nicht mehr ab, ich will endlich ins Helle, ins Warme. Als die Tür hinter mir zuschlägt, fallen Anstrengung und Angst ab wie Fesseln, die mich bis dahin gefangen gehalten haben. Plötzlich sind die Freiheit und alle Kräfte wieder da und ich weiß: Ein großes Werk ist dir gelungen, du hast deinen Baum gefunden, morgen wirst du ihn eingraben! Mutter empfängt mich: „Wie siehst du denn aus? Du bist ja ganz durchgeregnet!“ Meine Antwort: „Ich war im Moor und habe uns eine Birke geholt.“

Am nächsten Morgen pflanze ich den Baum in unseren Garten, ganz hinten und nahe am Zaun. Seither symbolisiert die Birke mit ihren weißborkig-schwarzen Querstreifen die von mir geliebte Landschaft des Teufelsmoores, von der ich mich auf geheimnisvolle Weise angezogen fühle und in der, wie ich meine, Fabelwesen, Elfen und Feen zu Hause sind, aber auch Gefahren drohen und die Ahnung vor dem Tod lauert. Der Baum wächst gut heran, wird groß und stark, und er ist noch immer da.

Ab Mitte der dreißiger Jahre beginnen unsere Sommerreisen. Eigentlich sind es keine Sommerfrischen, sondern lediglich erweiterte Ausflüge zu Pfingsten – abgesehen von der ersten, die drei Wochen dauert und die Reiselust unserer Familie auslöst. Das war so: Vater kommt nach einer verschleppten, sehr hässlichen Mittelohrentzündung nicht wieder zu Kräften. Er kann nicht schlafen, das Essen schmeckt ihm nicht, er wird, wie man heute sagt, immer weniger belastbar. Selbst Großvater, der sonst überhaupt keine Krankheit gelten lässt, merkt auf. Oma Beckröge hingegen ist schon lange besorgt und Mutter natürlich erst recht. Wir Kinder bekommen nicht viel von ihren Sorgen mit, aber die erfreulichen Beschlüsse, die zur Änderung der angegriffenen Gesundheit meines Vaters führen sollen, werden von uns jubelnd begrüßt. Sogar Großvater sagt: „Der Junge muss weg zur Erholung. Drei Wochen soll er verreisen." Dass die Familie mit soll, gilt als selbstverständlich. Ein Reiseziel ist schnell gefunden. Es soll „das Gebirge" sein, wegen der guten Luft und der schönen Natur. Das kann für einen Bremer nur der Harz sein, und aufgrund vieler Prospekte wird der Luftkurort Ilsenburg von meinen Eltern, in erster Linie von meinem Vater, als Ort der Rekonvaleszenz ausgesucht.

Drei Wochen Harz. Nach den Anlaufschwierigkeiten der ersten Tage für alle eine herrliche Zeit, so dass sich Vater schnell wieder ganz erholt. Mutter, erleichtert und froh darüber, ist mit jedem Tag fröhlicher, und wir beiden Kinder finden ein Terrain, das sich für Abenteuer und jungenhafte Unternehmungen eignet. Hoch oben am Berg, thronend über Ilsenburg, liegt unsere Pension. Wenn wir in den Ort wollen, um die Badeanstalt oder ein Café zu besuchen, müssen wir tief hinab steigen. Hoch hinauf geht es, wenn wir den Ilsenstein erklimmen oder uns mit einem großen Auto zum Brocken hinaufkutschieren lassen, was noch ohne Schwierigkeiten möglich ist. Am Fuße des steil abfallenden Grundstücks unseres Pensionshauses liegt zwischen Büschen und Erlen-Dickicht ein kleiner Teich. Bis zum Wasser hin dringe ich vor und beobachte Forellen, Wasserkäfer und vor allem die lackgrünen Laubfrösche, die sich mit Saugnäpfen besetzten Pfoten an Schilfhalmen festhalten und mich aus goldrandigen, traurigen Augen bestaunen. Ich fühle mich wie ein Naturforscher und komme mir ganz wie ein Abenteurer vor, der auf unbekannten und abgelegenen Pfaden große Entdeckungen macht.

Der ersten Erholungsreise folgen im nächsten und im übernächsten Jahr zwei weitere in den Harz. Allerdings keine Drei-Wochen-Urlaube, sondern lediglich Stippvisiten von zehn Tagen um Pfingsten herum. Für Vater ist es schwer genug, die kurzen Ferien bei seinem „Chef" durchzudrücken. Wegfahren, um sich von einer Krankheit zu erholen, das ist für ihn ok, aber Verreisen, nur so aus Spaß und nur zum Vergnügen, dafür fehlt Heini Beckröge das Verständnis. Immerhin erreicht Vater, dass ihm und infolgedessen auch seinen Brüdern zehn Tage Urlaub zustehen. Erholung erwartet uns allerdings nicht, eher ein körperlich recht anstrengendes Unternehmen. Wandernd geht es bergauf und bergab durch den Harz, jeden Tag viele Kilometer zu Fuß. Dabei überqueren wir jedes Mal den Brocken, aber nicht mit dem Auto, wie bei den ersten drei Wochen.

Uns Kindern macht das viel Spaß. Mit unseren zehn und zwölf Jahren fällt uns das Laufen nicht schwer, und jeden Tag ein neues Ziel, jede Nacht in einem anderen Hotelbett, das ist ganz nach unserem Geschmack; dabei lernen wir neue Orte, Berge, Menschen kennen, das ist spannend und mit Überraschungen verbunden.

Den Harz-Wanderungen folgen zwei Paddeltouren auf Werra und Weser. Vater kauft zwei Faltboote für jeweils zwei Personen. Im Keller üben wir das Aufbauen. Das Doppelpaddeln trainieren wir auf der Wümme und den Fleeten. Es klappt gut. Danach holen wir die Boote wieder aus dem Wasser und schnallen sie, verpackt in zwei Beutel, auf einen kleinen zweirädrigen Karren. Mit Koffern und Gepäck geht es zum Bahnhof und per

Eisenbahn zur ersten Tour nach Eisenach. Zunächst besichtigen wir die hübsche Wartburgstadt, in deren Nähe wir später die Boote zusammensetzen und ins Wasser lassen. Die Fahrt von der Werra abwärts zur Weser und weiter bis nach Rinteln kann beginnen. Eine zweite Reise folgt ein Jahr später.

Für 1939 schmiedet Vater ganz große Pläne. In Ostpreußen wollen wir von See zu See über Flüsse und durch Kanäle eine weite Paddeltour unternehmen. Karten von Wasserstraßen, Städtebeschreibungen, Beherbergungsverzeichnisse und weitere Unterlagen werden beschafft, alles, was man zur Vorbereitung eines solchen Abenteuers benötigt. Doch wir können die Tour nicht antreten. Mitten im Sommer droht Krieg. Nur mit Mühe ließ er sich noch vor einem Jahr abwenden. Woche für Woche, Tag für Tag verdichten sich die Anzeichen. Konfliktherd ist der sogenannte „Korridor" und der künftige Status der Freien Stadt Danzig. Beides sichert Polen seit 1918 den Zugang zur Ostsee. Die deutschen Forderungen laufen darauf hinaus, mit der Rückgliederung Danzigs in das Deutsche Reich die Kontrolle über die polnische Wirtschaft zu gewinnen. Des weiteren würde der verlangte Bau einer exterritorialen Autobahn durch den Korridor Polens strategische Lage im Falle eines Krieges mit dem Reich noch mehr verschlechtern. Die Verbindung zum Meer ließe sich so noch leichter abschneiden. England und Frankreich stehen Polen zur Seite und garantieren in einer Erklärung vom 31. Mai 1939 dessen nationale Integrität, sollte Deutschland es angreifen. Wenige Wochen später kündigt Hitler den deutsch-polnischen Nichtangriffspakt von 1934 sowie das deutsch-britische Flottenabkommen von 1935. Die beteiligten Staaten beginnen, sich auf die Möglichkeit eines bewaffneten Konfliktes einzustellen. Wie eine Bombe schlägt am 23. August 1939 schließlich die Nachricht von der Unterzeichnung des deutsch-sowjetischen Nichtangriffspaktes ein, der den deutschen Truppen eine militärische Aktion im Osten ermöglicht, ohne gegen die Rote Armee kämpfen zu müssen.

Bereits Wochen vor dem deutschen Überfall auf Polen erhält Vater seinen Einberufungsbefehl zur Wehrmacht. Eine Welt vermeintlicher Sicherheit und Harmonie bricht für uns zusammen.

Mutter schluchzt unter Tränen: „Jetzt holen sie noch die alten Männer zum Militär.“ „Alte Männer“, Vater demnächst gerade 45 Jahre alt! Trotzdem, er ist einer der wenigen Ersten Weltkriegs-Teilnehmer, die gleich zu Anfang, ja noch vor dem 1. September 1939 zu den Waffen müssen. Und das nur, weil er Sanitäter gewesen ist und Hitler sie offenbar für sein schnell aufgebautes gewaltiges Heer braucht.

Vater muss sich in einer Schule in der Neustadt melden, wo er eingekleidet und wie seine ganze Kompanie ausgerüstet wird. Die meisten der Versammelten haben schon im Ersten Weltkrieg gedient, die Offiziere sind Ärzte, die man als Reserveoffiziere eingezogen hat.

Zwei Tage dürfen wir Vater noch besuchen. Wir sehen durch den Zaun, wie die Männer angetreten sind, marschieren lernen und Kommandos befolgen müssen, alles Dinge, die sie Jahrzehnte lang nicht gekannt haben. Erstaunt beobachten wir, wie die Reserveoffiziere in ihren prächtigen Uniformen vor der Kompanie auf Pferden sitzen, stolz, wenn auch ein wenig unsicher, da sie das Reiten ganz und gar nicht gewohnt sind.

Wir sind dabei, wie die Truppe zum Güterbahnhof ausrückt, um verladen und an die Grenze geschickt zu werden. An welche Grenze und zu welchem Zweck, das wissen wir nicht. Feldmarschmäßig und mit klingendem Spiel vorweg. Ein wunderbares Schauspiel und ein erhebendes Bild, wie manche oder gar viele meinen. Die Soldaten, grau uniformiert, mit schweren Stahlhelmen auf den Köpfen und ernsten, stumpfsinnigen, wütenden oder auch grinsenden Gesichtern. Angehörige, Frauen und Kinder, laufen neben- und hinterher, Neugierige säumen den Straßenrand. Die Soldaten marschieren im Gleichschritt, Vater mitten unter ihnen.

Mutter kann dem Schauspiel nicht lange zusehen. Tränen laufen ihr die Wangen herunter, sie drängt sich mit uns Kindern in den Eingang eines Geschäftes. Eine Frau, die sie beobachtet, kommt hinzu, legt die Arme um Mutter und sagt tröstend: „Sie brauchen nicht zu weinen, Hitler macht keinen Krieg!“ Das ist es, was Mutter gerade noch gefehlt hat, um ihren Schmerz in Wut zu verwandeln: „Gehen Sie weg!“ – stößt sie hervor, „gehen Sie weg, Sie wissen ja nicht, was Sie sagen!" Erschrocken lässt die Frau die Arme sinken, will noch etwas äußern, doch Mutter schüttelt den Kopf und sieht sie mit traurigen und angsterfüllten Augen an. Die Frau geht schnell davon.

Wir drei folgen der Kolonne nicht weiter. Mutter kann nicht mehr. Wir steigen auf unsere Räder, mit denen wir in die Neustadt gekommen sind, und fahren nach Hause. Mutter in der Mitte, dahinter mein Bruder, ich vorweg. Ich höre sie schluchzen, wende mich einige Male um und sehe, wie ihr die Tränen über das Gesicht rinnen und hinter ihr dem Werner ebenfalls. Ich weine nicht, bin aber sehr niedergeschlagen. Irgendwie fühle ich mich in diesem Augenblick verantwortlich für eine gefahrlose Heimfahrt, muss als Erster besonders aufpassen, dass nichts passiert. So viele Tränen auf einmal habe ich noch nie gesehen.

Dieser Tag, Wochen vor Kriegsausbruch, ist für uns bereits der Anfang des Krieges, der mir zunächst als ein spannendes Abenteuer erscheint, dann aber immer stärker als etwas Schreckliches, Unbegreifbares und eigentlich als etwas ganz und gar Unmögliches. Mir fällt ein Ereignis vom vorhergehenden Jahr ein, als der Krieg schon einmal unmittelbar bevor stand, aber noch einmal abgewendet wurde, da England und Frankreich im sogenannten „Münchner Abkommen" nachgaben. Die Nachricht vom Zurückweichen, die Mitteilung „Der Friede ist gerettet!" kam am frühen Morgen durch das Radio, als ich gerade bei meinen Eltern im Schlafzimmer war und Vater noch im Bett lag. Als es hieß, „Es gibt keinen Krieg", stieß er einen ganz tiefen Befreiungsseufzer aus, hob beide Arme, ließ sie zurückfallen auf die Bettdecke und rief: „Gott sei Dank, Gott sei Dank, es gibt keinen Krieg!" Ich habe mich damals gewundert, wie man sich über eine solche Meldung so freuen kann, und merkte, dass Vater eine Last von der Seele genommen worden war, die ich in ihrer Größe natürlich gar nicht ermessen konnte. Jetzt denke ich wieder an diesen Augenblick, und jetzt begreife ich ein wenig, welche Gefahr uns damals drohte und uns allen bevorstand. Als am 1. September 1939 der Krieg da ist, habe ich das Erlebnis längst verdrängt. Am frühen Morgen gehe ich wie gewohnt zur Schule. Ich bin noch nicht weit von zu Hause entfernt, als Passanten mir zurufen: „Du brauchst nicht zur Schule, es ist Krieg! Im Radio ist eben die Nachricht gekommen! Alle Schulen sind geschlossen."

Als erste Regung spüre ich: „Wunderbar, du hast keine Schule!" Was für eine Freude. Ich denke nicht an die Gefahr, an die Schrecken und Kriegsgräuel, nicht an meinen Vater, der irgendwo hinter dem viel gerühmten Westwall in einer Garnison liegt, mich erfüllt nur das fröhliche Gefühl, dass mich heute kein Schulzwang piesacken kann. Drei Tage zuvor, als der Krieg schon ganz nahe war, haben Mutter, Werner, das Hausmädchen und all die anderen meinen Geburtstag, den vierzehnten, einfach vergessen. Nur ich selber denke morgens beim Aufwachen daran, sage aber nichts. Am Nachmittag, als Mutter und ich in der Wachmannstraße bei Großmutter sind und nur die Rede davon ist, welch großes Unheil uns allen droht und dass Vater am Westwall ganz vorne an der Front ist, erwähne ich beiläufig: „Ich habe heute Geburtstag!" Da ist Omas und Mutters Lamento groß: „Ach, wir haben den Geburtstag des Jungen vergessen!" Die beiden erfüllt ein schlechtes Gewissen, obgleich das nicht nötig ist, denn was bedeutet in diesen Tagen und Stunden schon der vierzehnte Geburtstag eines Jungen. Ich weiß das und bin stolz darauf, dass mein Geburtstag vergessen worden ist, besonders weil ich den ganzen Tag herumgelaufen bin, es gewusst, aber kein Wort darüber verloren habe.

Die Schulen bleiben vorläufig geschlossen, das gefällt mir. Der Krieg tobt im Osten, in Polen, was für uns beruhigend ist, denn Vater steht im Westen, wo noch nichts passiert, auch nachdem Frankreich und England in den Krieg eingetreten sind. Zur Schule brauche ich zwar nicht, aber schon bald findet sich für mich und für meinen gleichaltrigen Vetter Kurt eine neue Arbeit im Geschäft des Großvaters und der Väter. Der Krieg hat in der Firma eine große Lücke gerissen. Alle kriegstauglichen jungen Männer aus dem Betrieb müssen sich von einer Stunde auf die andere bei ihren Einheiten melden; der heimlichen Mobilmachung ist die große, die offizielle, gefolgt. Onkel Henry, für den Abfüllbetrieb verantwortlich, hat die richtige Idee: „Die beiden Jungen sind alt genug, und wenn sie schon nicht zur Schule gehen, können sie uns doch helfen." Wir sind sofort bereit. Schon am nächsten Morgen finden wir uns in der Firma ein. Lagermeister Ahrends nimmt uns in Empfang und teilt uns dem Spülen der Flaschen zu. Vetter Kurt fischt sie aus dem großen Einweichkübel, der mit heißem Wasser gefüllt ist, prüft, ob die Etiketten abgeweicht sind und steckt die Falschen auf schnell rotierende Bürsten, die sie von innen säubern. Danach reicht er sie an mich weiter. Ich stehe an dem großen Ring mit den Wassersprühdüsen, stülpe auf jede von ihnen eine Flasche, und wie auf einem Karussell wandern sie auf die andere Seite, wo sie von mir wieder abgenommen und in bereit stehenden Kisten gestapelt werden; dabei achte ich darauf, dass sie sauber sind. Es handelt sich um eine Arbeit, die man nicht zu lernen braucht, deren Tempo sich jedoch durch Übung erheblich steigern lässt. Wir erreichen bald eine solche Geschwindigkeit, dass wir ein erstes Lob von Meister Ahrends erhalten. Das Flaschenspülen beherrschen wir in kurzer Zeit wie im Schlaf. Kurt und ich quatschen und lachen viel. Zugleich stellen sich wunderbare Träume ein, an die ich mich mein ganzes Leben lang erinnern soll. Einer lässt mich kühne Pläne mit meiner elektrischen Eisenbahn schmieden. Ich will in unserem Spielzimmer in der Beethovenstraße alle Schienen auf dem Boden verlegen und drum herum eine komplette Landschaft mit Wäldern, Wiesen, Dörfern und Städten aufbauen. Werner und ich sind stolze Besitzer einer Märklin-Eisenbahn mit zu der Zeit üblichen Spur Null, die sich für Platten und Tische nicht eignet, sondern des Fußbodens eines ganzen Zimmers bedarf. Auch ein Fluss und ein See gehören dazu. Alles ist ganz leicht. Zwischen die Schienenstränge streue ich eine dünne Schicht Erde, in die ich Rasengewächse pflanze. Auf den freien Flächen sollen Bäume und Wälder, von Grassamen begrünt, entstehen. Wo sich „echte" Wiesen ausbreiten, halte ich sie mit einer Schere kurz. Aus Holz und kleinen Steinen entstehen Häuser, Dörfern und kleine Städte. Die Straßen dazwischen schaffe ich, indem ich die dünne Schicht Erde wegkratze bis auf den Holzfußboden des Zimmers und ihn schwarz anstreiche, oder besser grau, damit er wie Asphalt aussieht. Bleiben nur noch der Fluss und der See. An ihrer „Echtheit" darf natürlich kein Zweifel entstehen. Für den Fluss bietet sich ein alter Fahrradschlauch an, der im Keller herumliegt und den ich der Länge nach in Streifen schneide. Sodann klebe ich die beiden Enden mit einem zweiten oder dritten zusammen, je nachdem, wie lang der Fluss werden soll. Das Schlauchgebammel lege ich in reizvoll wirkenden Bogen durch die Landschaft, drücke die Gummischlange vorsichtig in die Erde hinein und fülle sie mit klarem Wasser. Aus Holz schnitze ich kleine Schiffe, wie sie auf der Weser fahren, ebenso Lastkähne, die sich von Schleppern ziehen lassen. In der Nähe einer Stadt entsteht ein Hafen mit Schuppen, Kränen und Gleisanschluss. Ein See zum Baden gehört natürlich auch dazu. Irgendeine alte Schüssel wird sich schon dafür finden. In die Erde gedrückt, ist sie vermutlich zu hoch dafür. Sand gleicht den Höhenunterschied aus, sodass der See schließlich auf einem kleinen Hügel liegt, den ich mit Rasen, Sträuchern und Bäumen bepflanze. Dann noch Wasser hinein und Segelschiffe darauf sowie einen kleinen Strand, an dem Kinder im Sand spielen.

Das alles steht mir vor Augen, während ich Flasche um Flasche in den Spülring stelle, wieder abnehme, hindurchgucke und in den Kisten unterbringe. Doch die Fantasie treibt mich weiter. Was passiert eigentlich, wenn die große Anlage und wunderbare Landschaft fertig ist? Wenn Kühe auf Wiesen weiden, Fuhrwerke, Lastwagen und Autos die Straßen bevölkern, winzig kleine Menschen vor Häusern stehen und dem Abbild der norddeutschen Tiefebene nichts mehr hinzuzufügen ist? Werden die Freunde, Onkel und Tanten, Oma und die Bewohner der Beethovenstraße zur Besichtigung kommen? Bestimmt spricht es sich schnell herum, was in unserem Spielzimmer zu sehen ist. Die Menschen stehen Schlange und zahlen Eintritt. Werner und ich richten in der Waschküche eine Kasse ein, geben hübsch gedruckte Karten aus, und das Geld fließt nur so in unsere Taschen.

Ich greife nach rechts, um wieder eine Flasche in Empfang zu nehmen. Doch Kurts Vorweichbottich ist leer, für heute ist alles gespült. Erst einmal aus mit dem Traum, morgen ist auch noch ein Tag. Im Betrieb der Firma weist man uns weitere Arbeiten zu. Bald können wir alles, was in Frage kommt, und sind in jeder Beziehung voll einsetzbar, sehr zur Freude von Onkel Henry und Meister Ahrends und zum Stolz unseres Opas. Letzterer besucht uns nicht im Betrieb, aber wir ihn manchmal in seinem Privatbüro, um ihm von unseren Fortschritten zu berichten. Auf jeden Fall sind wir immer am Freitag bei ihm, denn dann gibt es Geld. Für alle Arbeiter und auch für uns. Mit dem Verdienst, der natürlich nicht sehr hoch ist, gehen wir ins Wochenende, allerdings erst, nachdem wir auch am Samstag bis zum Mittag tätig gewesen sind, wie es zu dieser Zeit üblich ist.

Kurt und ich sind bald firm im Etikettieren, im Abfüllen von Bier und Limonade, im Aufnehmen der Flaschen- und Bierfassbestände, im Beladen der Wagen und Stapeln von Flaschenkästen. Die körperliche Arbeit stärkt unsere Muskeln, bald macht es uns nichts mehr aus, auch volle Kästen zu stemmen und Bierfässer aufzustellen, sodass keiner mehr sagt: „Lasst das, das ist zu schwer für euch!“ Meister Ahrends nennt uns das „Technische Hilfswerk“. All das bereitet uns sehr viel Spaß. Natürlich treiben wir auch Schabernack, schütteln die „Coca-Cola“-Flaschen kräftig, halten sie dann mit dem Daumen zu, um an einer Ecke einen kräftigen, klebrigen Strahl hervorspritzen zu lassen. Wir stimmen ein Mordsgebrüll und Gelächter an, wenn beim Bronte-Abfüllen hin und wieder unter dem starken Kohlensäuredruck eine Limonade-Flasche zerplatzt und Meister Ahrends erklärt: „Wenn das Opa Beckröge hört, ist er böse wegen des Flaschen- und Limonadeverlustes.“ Das alles geht Wochen so weiter, während denen Vater als Sanitätssoldat im Gott sei Dank noch ruhigen Westen seinen Sanitätsdienst verrichtet. Für ihn, den überzeugten Militärgegner, sind es schwere Zeiten. Er ist gezwungen, Befehlen zu gehorchen, die seines Erachtens im „Kadavergehorsam“ münden müssen. Mein zum Freund gewordener Vetter und ich hingegen fühlen uns im Betrieb wohl und sind zufrieden.

Eines Tages fängt die Schule wieder an. Vieles ist inzwischen neu geregelt. Die zum Kriegsdienst eingezogenen Lehrer sind irgendwie ersetzt worden. Die Umstrukturierung ist

Johann Hinrich Beckröge, Seniorchef der Firma, etwa 1937/38

Hancock Street in Brooklyn, heute New York, 1999. Oben links: Modell der Dreimastbark „Theone", erbaut 1863/64. Oben rechts: „Heiratskirche" von Gerd Hinrich Lange und Marie Elise Oesting in Brooklyn

Blick in die Wohnung der Familie Lange in Brooklyn. Oben: Gerd Hinrich Lange in Springvalley, etwa 1905

Gerd Hinrich Lange und seine Frau Marie Elise in Springvalley, New Jersey, um 1895. Oben: Geburtshaus von Herbert Beckröge in der Hancock Street Nr. 375 von Brooklyn, 1999

Gerd Hinrich und John Lange in Springvalley, um 1890.
Oben: Ölgemälde des Landhauses der Familie Lange in Springvalley, etwa 1938, entstanden nach einer Fotografie

Broadway in New York mit der Börse, Radierung von Joseph Pennell, 1905

Restaurant und Gaststatte von Hermann Heinrich Beckröge in der Katharinenstraße Nr. 15, etwa 1900 (erbaut um 1625)

Gästerunde mit Offizieren und Kaufleuten in der Katharinenstraße 15, vor 1909. Oben: Postkarte des Restaurants Beckröge in der Katharinenstraße 15, gedruckt 1905

Fuhrwerk der Firma „H. Beckröge Syphon Bier Versand", 1920er Jahre. Oben: Blick in die Gaststube des Restaurants Beckröge, 1912

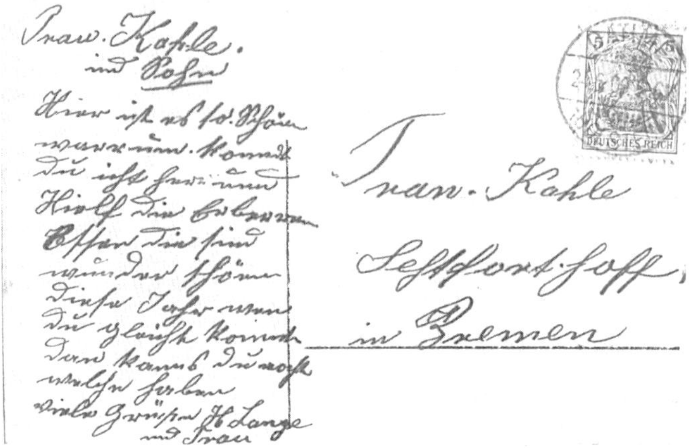

Postkarte von Hinrich Lange und Frau, Juni 1909. Oben: Obere Reihe (v.l.n.r): Johann Hinrich Beckröge, Jochen Lange, Gerd Hinrich Lange. Davor: Mary Beckröge, geborene Lange, Marie Elise Lange, unbekannt, etwa 1890

Marie Elise und Gerd Hinrich Lange (im Strandkorb) mit Freunden am Timmendorfer Strand in Travemünde, vor 1914. Oben links: Haus der Großeltern Lange in der Celler Straße 2. Oben rechts: Marie Elise und Gerd Hinrich Lange in Dahme an der Ostsee, Juni 1909

Häuser der Firma Beckröge in der Straße Wegesende 22-24

Blick in den Weinkeller der Firma Beckröge am Wegesende 22-24

Fuhrwerke der Firma Beckröge, etwa 1951. Oben: Fahrzeuge der Firma Beckröge, 1920er Jahre

Goliath-Lieferwagen des Getränkevertriebs Beckröge, um 1930 . Oben: Schaufenster der Firma Beckröge, nach 1924

Familie Beckröge auf einem Fleet im St. Jürgen-Feld, 1934. Oben links: Haus Beckröge in der Feldstraße 54 mit den Kindern Günter, Emma Buch und (unten) Werner Beckröge, Januar 1930. Oben rechts: Herbert und Anna Beckröge mit ihrem ältesten Sohn Günter, 1934

Johann Hinrich und Mary Beckröge mit ihrem Sohn Herbert und den Enkeln auch einem Sonntagsausflug nach Walle, 1933. Oben links: Senior-Chef Johann Hinrich Beckröge mit seiner Frau Mary vor ihrem Wohnhaus in der Wachmannstraße 166, 1932. Oben rechts: Hausmädchen Ella Kasten mit den Jungen Werner (links) und Günter Beckröge

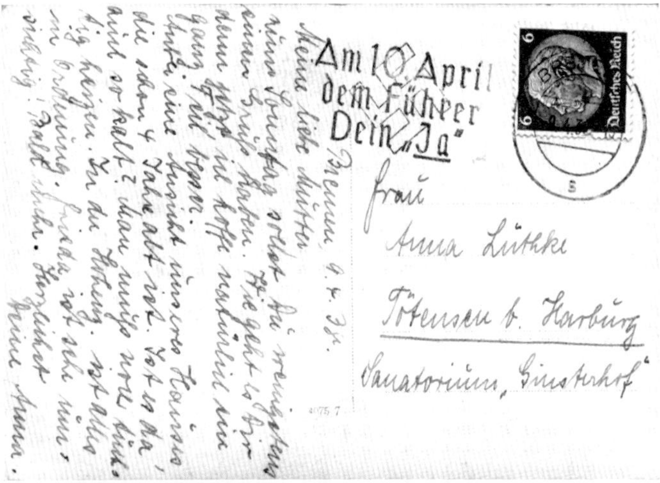

Postkarte von Anna Beckröge an ihre Mutter, April 1938. Oben links: Anna Beckröge, geborene Lüthke, Ehefrau von Herbert Beckröge, 1937. Oben rechts: Haus der Familie Herbert Beckröge in der Beethovenstraße 21, 1936

Mary („Oma“) Beckröge mit ihren Enkeln Horst, Günter, Heinz Jürgen und Werner in Vegesack, 1937: Oben: Zeltplatz der Familie Herbert Beckröge im St. Jürgens Feld, Frühjahr 1936

Notunterkunft für Obdachlose im Zentrum der Stadt am Ansgari Kirchhof, 1945. Oben: Zerstörte Firma Beckröge am Wegesende nach dem Bombenangriff, 1944

Günter, Werner, Anna und Herbert Beckröge in Bad Harzburg, Ostern 1948

Firma Beckröge in der Grünenstraße, etwa 1951. Oben: Fuhrwerk der Firma Beckröge, nach 1945

Das Kind gedeiht,
die Mutter lacht -
Köstritzer Schwarzbier
hat's gemacht!

H. Beckröge gegr. 1872 · Biergroßhandlung

28 Bremen · Rosenkranz 4 · Telefon 38 55 48

Lieferwagen auf Korsofahrt, August 1954. Oben: Glückwunschkarte der Firma Beckröge zur Geburt eines Kindes, nach 1972

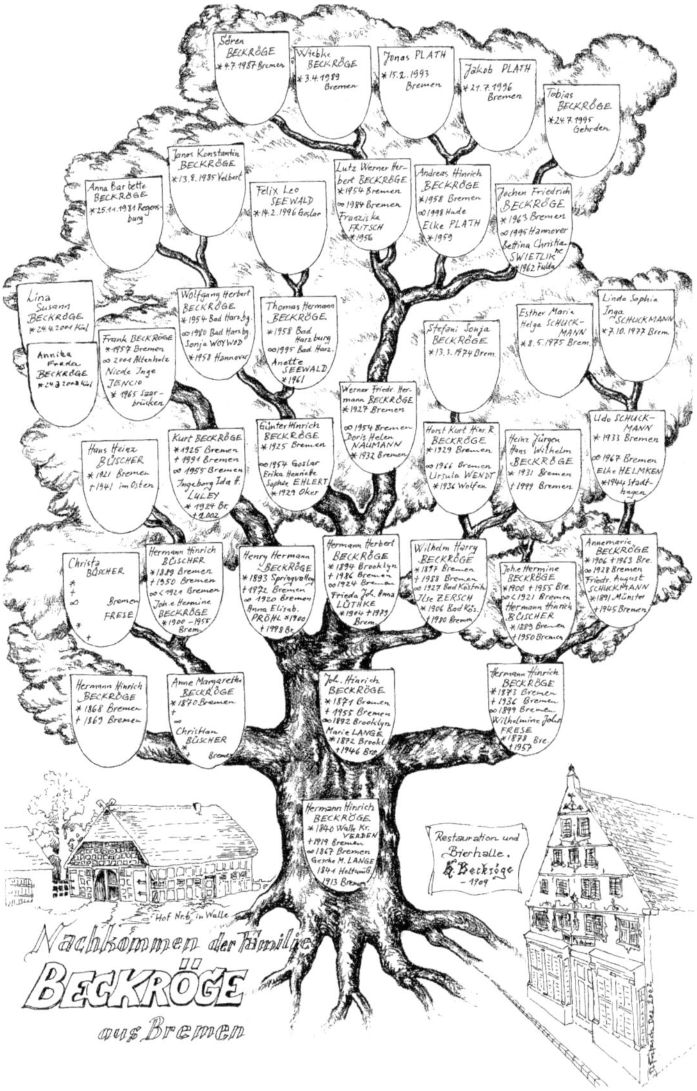

Stammbaum der Familie Beckröge

gelungen, denn wir erhalten wieder vollen Unterricht! Man hat die alten Lehrer zurückgerufen, und ich muss wieder lernen!

Allerdings habe ich von der Schule die Nase voll. Es gibt zwar einige Fächer, die mir Spaß machen, wie Biologie, manchmal Englisch und, wenn es um das Aufsatz-Schreiben geht, auch Deutsch, sowie ganz besonders Turnen. Aber all die Fächer, die mir nicht so ohne weiteres liegen und wo ich kräftig ran müsste, sind mir lästig, und da ich nicht bereit bin, den fehlenden Spaß durch verstärktes Lernen auszugleichen, entwickele ich mich zu einem schlechten Schüler. Wenn man glaubt, dass die Siege und das Voranstürmen der deutschen Armeen in Holland, Belgien, Frankreich, Norwegen und in Afrika irgendeinen Einfluss auf den Schulbetrieb haben, so irrt man sich. Die Lehrer sind pflichtbewusst und verlangen gute Leistungen, die ich jedoch nur in seltenen Fällen erbringe.

Inzwischen ist Vater aus dem Kriegsdienst entlassen. Nach dem sogenannten „Blitz-Krieg" gegen Polen und vor Beginn der Eroberungen im Westen werden die „alten Jahrgänge" nach Hause geschickt, wozu auch er gehört. Mutter, die ohne ihren Mann todunglücklich ist, hat schon zuvor alle Hebel in Bewegung gesetzt, um ihren „Herbert" als „uk" für die Wirtschaft erklären zu lassen. Und tatsächlich geschieht das Unfassbare. Längst vom Militär verabschiedet, flattert ihm die „uk"-Bescheinigung ins Haus, so dass er auch in Zukunft nicht mehr eingezogen wird. Wir feiern die Nachricht wie eine Lebensversicherung und als einen Glücksfall, die ohne jede Logik sind. Vater gilt fortan als „unabkömmlich" für einen Betrieb, einen Bierverlag, der mit den wichtigen Kriegsereignissen nichts zu tun hat, und das, obwohl sein Vater und dessen Söhne in der Firma tätig sind. Das kann eigentlich nicht wahr sein. Mutter erklärt es so, dass es ganz allein ihr Verdienst ist, da sie den verantwortlichen hohen Offizier selber aufgesucht und unter Tränen das Gesuch überreicht hat. Vielleicht hat sie Recht, vielleicht ist es aber auch eine Entscheidung Gottes, der sich ganz einfach darüber freut, dass Vater ein entschiedener Kriegs-, Nazi- und Militärgegner ist.

Im Kriegsjahr 1941 ist es soweit, dass ich zwar mit Ach und Krach noch einmal versetzt werde, was die Mittlere Reife bedeutet, aber von der Schule abgehe. Gewiss kein Ruhmesblatt für mich, und ein wenig schäme ich mich auch vor meinem Bruder und vor Kurt, im Großen und Ganzen bin ich jedoch mit der mehr oder weniger erzwungenen Entscheidung einverstanden. Gemildert wird das „Unglück" von der Feier zu meiner Konfirmation, die trotz des Krieges noch fröhlich und mit allem Drum und Dran begangen wird gegen die starke Tendenz der NS-Regierung, alles zu bekämpfen, was mit Kirche und christlichem Glauben zusammenhängt. So werden alle, die sich konfirmieren lassen, nicht am nächsten Tag von der Schule freigestellt, wie es früher üblich gewesen ist, sondern müssen pünktlich um acht Uhr erscheinen. Ich nehme es gelassen hin. Im übrigen bekommen unsere Gäste ein gutes Essen, da ich Tage zuvor mit dem Rad zu unserem Kartoffel-Bauern im Moor gefahren bin, der uns einige prächtige Hühner verkauft hat. Getränke wie Bier, Wein und Schnaps sind in der Firma noch reichlich vorhanden. Wir feiern ein ausgelassenes Fest, das mir viele und schöne Geschenke beschert. Ich darf meine erste Zigarette rauchen und zum ersten Mal Alkohol trinken. Es sieht so aus, als sei ich in der Welt der Erwachsenen gelandet.

Den weiteren Lebensweg bestimmen meine Eltern. Sie entscheiden: Der Junge soll Kaufmann werden! Immer noch ist es üblich, dass die Söhne, wenn möglich, in die Fußstapfen ihrer Väter treten. Mutter meldet mich bei der privaten Handelsschule „Wernicke" zum nächstmöglichen Kursus an, damit ich auf die Lehre im Frühjahr gut vorbereitet bin.

Bis zum Beginn des Kurses arbeite ich wieder in der Firma Beckröge. Diesmal nicht im Betrieb, sondern im Büro als Bote. Ich muss Bankwege machen, Rechnungen kassieren, Briefe austragen. Ein gutes Verhältnis bekomme ich dabei zu meinem Großvater, der in seinem Privatkontor würdig hinter dem Zylinderschreibtisch thront und mir die Gelder und Unterlagen für die Banken übergibt. Wichtig und stolz laufe ich von Bank zu Bank, nehme die Einzahlungen vor, händige Überweisungen aus und hole die Bankauszüge aus den Schließfächern. Alles geschieht in diesen Tagen, als befänden wir uns im tiefsten Frieden. Von Luftangriffen ist kaum etwas zu spüren, nur manchmal heulen Sirenen auf, wenn sich irgendein feindliches Aufklärungsflugzeug in den Luftraum über Deutschland hineinwagt. Nachts allerdings versinken die Städte in völlige Dunkelheit, da alle Fenster verhangen sein müssen und Fahrzeuge nur mit abgeblendeten Scheinwerfern unterwegs sein dürfen. Wenn ich Großmutter in der Wachmannstraße besuche, erzähle ich von den Erlebnissen auf den Bank- und Geschäftswegen und stelle meine Bedeutsamkeit heraus.

Es folgt die Handelsschule „Wernicke". Neben einem Kollegen bin ich der einzige Junge unter lauter Mädchen, was uns aber beide nicht stört. Wir müssen uns allerdings sehr anstrengen, um mit den fleißigen und strebsamen Mädchen im Unterricht Schritt zu halten. Aber erstaunlicherweise macht mir das Lernen Spaß, was sich auf die Leistungen und Zensuren auswirkt und meine Eltern zu der oft wiederholten Bemerkung veranlasst: „Der Junge hat seine Bestimmung gefunden, er bringt im Kaufmännischen sehr gute Leistungen." Alles in allem ist es eine gute Zeit für mich, die jedoch von einer Krankheit unterbrochen wird. Die Symptome, die mich ins Bett zwingen, sind unklar, und es dauert einige Zeit bis der Arzt diagnostiziert, dass ich Typhus habe. Das heißt, ich muss ins Krankenhaus und stehe unter Quarantäne. Mein Bettzeug und das mit meinem Bruder gemeinsame Zimmer ist von Amts wegen zu desinfizieren. Alle Angehörigen müssen untersucht werden, ob sie angesteckt sind. Gott sei Dank ist das nicht der Fall, und mir geht es schon wieder besser. Das Schlimmste habe ich zu Hause hinter mich gebracht, bevor jemand ahnte, dass es sich um Typhus handelte. Was zuerst wie ein Unglück aussieht, erweist sich später als Glücksfall. Im Laufe der vielen Untersuchungen bemerkt Professor Stroebe, dass ich früher wahrscheinlich eine Hylus-Drüsen-Tbc gehabt habe, die aber abgeheilt ist. Darüber erhalte ich eine Bescheinigung, die ich zu jeder militärischen Musterung mitnehme, zu der man mich befiehlt, und jedes Mal werde ich aufgrund meines Attestes vom Kriegsdienst zurückgestellt. Ich weiß zwar nicht warum, bin ich doch kerngesund, frage aber auch niemals und kann nur annehmen, dass die Militärärzte sich durch den Hinweis auf eine Tbc schrecken lassen.

Im Krankenhaus habe ich ein kleines Einzelzimmer, in dem ich mich recht wohl fühle, auch weil die eigentliche Krankheit schon so gut wie überstanden ist und man nur noch nach dem Rest der gefährlichen Bazillen fahndet. Vom Fenster zum Krankenhauspark hin beobachte ich, wie man die Arbeiten an einem Hochbunker vorantreibt, der dem Schutz der Patienten dienen soll. Nachts erlebe ich manchen Fliegeralarm und kann sehen, wie die bleichen Riesenfinger der Scheinwerferstrahlen den dunklen Himmel abtasten, um feindliche Flugzeuge zu entdecken. Aber zunächst tauchen sie nur vereinzelt auf, und die Fliegerangriffe sind noch nicht gefährlich. Angst habe ich nicht, vielmehr finde ich es spannend. Aufregend ist auch, dass ich zum Mann geworden bin. Vielleicht liegt es an den jungen Krankenschwestern, die mich fürsorglich behandeln und auf meinen Körper eine eigentümliche Wirkung ausüben. Jedenfalls genieße ich die neuen Gefühle. Als ich einmal nach einem schönen Traum aufwache und feststelle, dass es zwischen meinen Beinen nass und klebrig ist, bin ich erschrocken, begreife dann aber, was mir passiert ist und finde es einfach toll.

Nach meiner Entlassung gehe ich wieder zu Wernickes höherer privater Handelsschule. Nur selten wird der Unterricht von Fliegeralarmen unterbrochen. Wenn die Sirenen heulen, verlassen wir die Schule so schnell wie möglich und gehen im nächsten Café in Deckung, um Eis zu essen. So harmlos wirkt der Krieg auf uns, der eine Siegesmeldung nach der anderen produziert. Doch in den „Bremer Nachrichten“ erscheinen auch jeden Tag Traueranzeigen, die mit schwarzen Eisernen Kreuzen geschmückt sind!

Unsere Familie ist davon nicht betroffen. Alle sind beieinander, und unser Leben verläuft so, als wäre kein Krieg. Vater geht jeden Tag ins Geschäft und sorgt dafür, dass der Laden in Schwung bleibt. Die Gespanne fahren aus und liefern den Kunden die bestellten Getränke. Die Zahlungsmoral ist gut, und so kommt genug Geld herein, um vier Familien, Fahrer und Arbeiter zu ernähren. Hilfskräfte zu bekommen, stellt sich allerdings als immer schwieriger dar. Viele Männer sind im Krieg. Mutter sorgt für den Haushalt, kauft für Geld und Lebensmittelmarken ein und bringt es fertig, jeden Tag ein schmackhaftes Essen auf den Tisch zu bringen und zum Sonntag sogar einen kompletten Braten. Das ist anfangs allerdings nicht so schwierig, da die Versorgung mit Nahrungsmitteln noch gut klappt und man über Beziehungen zum Umland verfügt, in dem man auch ohne Marken Obst und Gemüse erhält. Ein Mädchen haben wir nicht mehr. Mutter muss den Haushalt allein bewältigen, was ihr ohne weiteres gelingt. Sonntags fahren wir weiterhin zur Wümme hinaus, um den freien Tag in der Natur zu verbringen. Werner und Kurt gehen eifrig zur Schule, während man für mich eine Lehrstelle als Kaufmann sucht. Die Speditionsfirma Lehmann & Co. will mich ausbilden. Sie hat ein großes Büro in der Langen Straße. Es befindet sich in einem prächtigen, im Neo-Barock erbauten Hause der Argo-Reederei. Spediteure, als Vermittler zwischen Auftragsgebern und Transportunternehmen wie Reedereien, Schiffseignern und Reichsbahn tätig, sind wichtig und schon seit langem in der Hansestadt vielfältig vertreten.

Etwas aufgeregt gehe ich am 1. April 1942 zu meinem ersten, wenn man unsere eigene Firma nicht mitrechnet, Arbeitgeber. Verständnisvoll nehmen mich die Angestellten und Prokuristen in Empfang. Eine „alte Dame“, die Chefin der Firma, begrüßt mich fast mütterlich. Seitdem ihr Mann verstorben ist, muss sie, da ihre beiden Söhne Soldat sind, das Geschäft allein führen.

Schon der erste Tage zeigt, welch ein Vorteil es ist, die Handelsschule besucht zu haben. Ich kann recht flott Schreibmaschine schreiben, worüber mein Ausbilder erfreut ist. Lehrlinge sind damals mehr als nur junge Menschen, die einen Beruf erlernen sollen. Vom ersten Tage gelten sie als vollwertige Arbeitskraft. Je weiter der Krieg fortschreitet, desto mehr besteht das Personal in den Geschäften nur noch aus alten Mitarbeitern und aus Lehrlingen. Pünktlichen Feierabend gibt es nur selten. Für einen Jungen wie mich manchmal recht schmerzhaft. Oft bin ich noch als Einziger in der Firma, um die Post auf den Weg zu bringen. Da kommen mir schon mal die Tränen, denn ich muss die Briefe nicht nur frankieren, sondern auch noch zum Schalter tragen. Lehrlingsarbeit ist das, die ich aber erst dann erledigen kann, wenn die Angestelltenarbeit beendet ist. Immerhin, wir sind an allem, was anfällt, beteiligt und lernen dadurch viel und recht gut.

Auch wenn die sogenannte „Heimatfront“ von den Kampfhandlungen noch weit entfernt ist und die Siege der Wehrmacht sich in die Weiten Russlands hineinziehen, greift die Kriegsmaschinerie doch vermehrt in das normale Leben ein. Werner und ich sind seit langem in der Hitlerjugend. Es ist geradezu unmöglich, sich davor zu drücken, wenn wir es auch immer wieder versuchen. Jede Woche müssen wir zu festen Dienstzeiten erscheinen. Auch wenn Mutter weiter Entschuldigungen erfindet.

Wenige Tage nach Beginn der Lehre komme ich abends ziemlich spät von der Arbeit. Als ich unser Wohnzimmer betrete, sitzt Vater nach vorn gebeugt vor dem Radio, das er dicht zu sich herangezogen hat. Aus dem Apparat ertönt leise die Stimme eines Nachrichtensprechers, die jedoch gestört und fast unverständlich gemacht wird. Ich begreife sofort: Das muss „Radio London“ sein, der „Feindsender“, den abzuhören bei Todesstrafe verboten ist. Vater schaltet den Apparat nicht ab, er blickt hoch: „Jetzt weißt du es, du darfst mit niemandem darüber sprechen!“ Ich kapiere sofort, und Vater kann sicher sein, dass ich nichts verrate. Von diesem Tage an hören wir den „Feindsender“ oft zusammen, so dass ich viele Wahrheiten erfahre, von denen die anderen nichts zu Ohren bekommen. Sie sollen es nicht wissen, aber oft wollen sie es gar nicht, auch wenn sie später etwas anderes behaupten.

Meine Lehrzeit schreitet voran, während Werner weiter die Schulbank drückt. „Radio London“ spricht über die Grausamkeiten der Nazis. Aber nicht nur durch den „Feindsender“ erhalten wir solche Informationen, sondern, hellhörig geworden, auch durch die Berichte von Bekannten, die als Soldaten im besiegten Ausland und zum Heimaturlaub in Bremen sind. Da ist der ehemalige Polizeibeamte, der bei Judenerschießungen in Polen zuschauen musste und tief verunsichert ist. Der Freund unseres Onkels Willy, der wegen einer falschen Bemerkung im Konzentrationslager landete, aber glücklicherweise bald wieder entlassen wurde, berichtet hinter vorgehaltener Hand von grausamen Zuständen und unmenschlicher Behandlung. Wir erfahren von Lagern für russische Kriegsgefangene in der Nähe von Bremen, in denen Tausende Russen ohne feste Unterkünfte zusammengepfercht sind und nur ganz unzulänglich ernährt werden. Man flüstert uns zu: „Sie haben die Rinde von den Bäumen abgekratzt, um sie zu essen." All das kann jeder hören, der es hören und der es wissen will. Wir „Anti-Nazis" entwickeln eine besondere Witterung für andere „Anti-Nazis", mit denen wir uns im Geheimen austauschen. Alle Beckröges gehören zu den Gegnern des herrschenden Regimes, und so tauschen wir ganz offen miteinander aus, was die Anspannung, die unsere Haltung hervorruft, etwas mildert.

In der Firma Lehmann & Co. weiß ich schon bald, dass Herr Jäger, unser erster Prokurist, ein entschiedener „Anti-Nazi" ist. Ohne ein Wort darüber gewechselt zu haben, weiß er es von mir auch. Ebenso ist mir klar, dass der andere Prokurist und viele der Angestellten waschechte Nazis sind. Sie äußern ihre Meinung natürlich frei und offen, während wir ruhig bleiben. Aber gerade dieses Schweigen verbindet die wenigen Gegner und lässt sie sich gegenseitig erkennen.

Überzeugte Nazis sind die meisten Familienangehörigen mütterlicherseits, voran meine Großmutter, wohl angestiftet von ihrem ältesten Sohn. Vater verkehrt daher mit der Familie Lüthke so wenig wie möglich. Es kommt zwar nicht zum offenen Bruch, aber eine latente Spannung ist immer zu spüren, wenn wir bei meiner Großmutter mütterlicherseits auf die Onkel und Tanten und Vettern und Cousinen stoßen. Viele Freundschaften und entferntere Familienbindungen zerfallen nur darum, weil wir gegen die Nazis und den Krieg sind und die meisten anderen uns darum als Feinde und Verräter betrachten. Und immer stärker fühle ich, dass ich und wir eigentlich etwas gegen Hitler und die herrschende Macht unternehmen müssten. Aber auch das wird uns bewusst: Wir sind schwach, denn wenn wir etwas tun, bedeutet es wahrscheinlich unseren

Tod. Die Nazis gehen nicht zimperlich mit ihren Gegnern um, und wer sich ihnen in den Weg stellt, muss mit allem rechnen. Wir sind wachsam, der Alltag nimmt seinen Lauf, aber wir stehen nicht mitten drin, sondern neben ihm, ziehen uns aus vielem zurück. Dennoch oder vielleicht gerade deshalb fällt uns manches eher auf als anderen: Die Siegesfanfaren im Rundfunk werden seltener, die Kämpfe härter und verlustreicher. Überall sterben deutsche Soldaten, in Afrika, in Russland und auf den Weltmeeren. Immer stärker bedroht wird Deutschland selber, die Heimat. Im Jahre 1943 beginnen die englischen und amerikanischen Luftangriffe gegen die deutschen Städte schreckliche Ausmaße anzunehmen. Tag und Nacht dröhnen Bomberflotten heran und werfen ihre tödliche Last ab.

Im selben Jahr reisen Werner und ich zusammen mit den Großeltern in den Schwarzwald nach Wildbad. Wenig später gesellt sich Vetter Kurt dazu, sodass Oma und Opa mit drei ihrer Enkelkinder, alle schon junge Männer, einen gemeinsamen Urlaub an einem Ort verleben, wo sie sonst Jahr für Jahr allein hingefahren sind. Oma Beckröge sagt oft: „Ach, dies ist meine schönste Zeit in Wildbad." Aber sie fügt sofort hinzu: „Es werden wohl meine letzten Ferien sein."

Mitten im Krieg zwängen wir uns in Bremen in den überfüllten D-Zug nach Karlsruhe. Werner, seit einiger Zeit Luftwaffenhelfer und mit seiner Klasse an eine Flakstellung abgeordnet – „Dienst mit Schulunterricht!" –, ist in Uniform und schwer mit einem Rucksack bepackt. Für seinen Urlaub hat er einen „Marschbefehl" nach Wildbad erhalten. Anders geht es nicht, ist aber mit dem Vorteil verbunden, dass er umsonst mitfahren kann. Der Zug schlängelt sich durch ein sommerliches Land, das die ersten Spuren des Krieges zeigt. Im Fulda-Tal sehen wir die Schäden der mörderischen Flutwelle, die nach der Zerstörung der Edertalsperre durch Lufttorpedos englischer Flugzeuge entstanden sind.

Mitten im Krieg sitzen wir schließlich zu fünft im Windhof in Wildbad zusammen, sind fröhlich, wandern tagsüber, essen alles, was man uns auftischt – in diesem Jahr immer noch eine ganze Menge. Dann aber, als Werner und ich einen Berghang empor eilen, tönen aus dem Tal die Luftschutzsirenen zu uns herauf. Wir lachen darüber. Was soll uns denn hier, fern von allen Städten, Fabriken und Fronten, schon passieren? Es dauert nicht lange, bis wir eines Besseren belehrt werden. Motorengedröhn nähert sich, das in donnerndes Brausen übergeht, und als wir zum blauen Sommerhimmel aufblicken, kommen zahllose Bomber im geschlossenen Verband auf uns zu. Jedes Flugzeug ist gut zu erkennen: Tragfläche an Tragfläche, angetrieben von vier starken Motoren mit in der Sonne blinkenden Propellerscheiben. Noch immer ahnen wir keine Gefahr und sind von dem Bild ebenso fasziniert wie erschauert. Auch die deutschen Jagdflugzeuge sehen wir. Gleich drei stürzen sich auf den Bomberpulk, knallen ihm tödliche Geschosse entgegen, während die fliegenden Festungen zurückfeuern.

Rings um uns kracht und splittert es. Die Kugeln, die kein Ziel getroffen haben, prasseln auf die Erde nieder, schlagen links und rechts, vor und hinter uns in den Waldboden ein. Wir haben Glück, uns passiert nichts. Es hätte auch anders ausgehen können...

Nach drei Wochen kehren Werner, Kurt und ich gemeinsam nach Bremen zurück. Opa und Oma bleiben in Wildbad, um ihre Kur zu beenden. In Mannheim kriecht der Zug geradezu durch die Stadt, die in der Nacht zuvor einen schweren Luftangriff erlitten hat. Entsetzt sehen wir die Zerstörungen: Rechts und links der Bahnstrecke nur Trümmer, zerbombte Häuser, Fabriken und Werkstätten, zwischen denen überall noch Brände lodern. Ganz langsam schiebt sich der Zug vorwärts, da auch die Gleise an einigen Stellen beschädigt oder nur provisorisch ausgebessert sind.

Abends in Bremen zurück, werden wir in der Nacht durch Fliegeralarm aus dem Schlaf gerissen, und als wir vor unserem Haus mit den Nachbarn zusammenstehen, um zu überlegen, ob wir in den Bunker gehen sollen oder nicht, erzähle ich, was wir gesehen haben: „Wenn wir das in Bremen erleben, was letzte Nacht in Mannheim geschah, dann gnade uns Gott! Die kleinen Angriffe, die wir bisher überstehen mussten, sind nichts gegen das, was auf uns zukommt." Die Nachbarn und unsere Eltern hören meinen Bericht und alle schweigen.

Seit die Nazis die Macht übernommen haben, bestimmen Vorschriften und Zwänge das Leben. Eine eigene Meinung zu haben oder gar zu äußern, die den offiziellen Ansichten widerspricht, wird immer gefährlicher. Vielen gefällt es, sie finden es bequem, wenn fast alles vorgegeben und geregelt ist, gleichgültig, wohin das führen kann und welchen schlimmen Zwecken es dient. Für die anderen jedoch, die selber denken, wird alles zunehmend schwieriger. Zu ihnen gehört meine Familie. Und je älter ich werde, desto bewusster erlebe ich den gefährlichen Zwiespalt: Anders zu denken und anders zu fühlen als die große Menge um mich herum. Insgesamt aber führe ich ein hinlänglich normales Dasein: Als Kind, Jugendlicher und schließlich junger Mann erfahre ich in der Schule, im Beruf und in der Freizeit, was jeder junge Mensch erlebt, ganz unabhängig davon, welch schreckliche und gewaltige Ereignisse die Welt verändern und die Welt um mich herum vernichten.

Während meiner Lehre hält mich natürlich der Arbeitsalltag in der Firma stark gefangen. Er verdrängt oft die Probleme des Krieges und der Politik. Die täglichen Pflichten werden immer umfangreicher. In meiner Abteilung ist außer dem älteren Leiter nur noch ein Lehrling, der bald fertig ist, tätig sowie ein Mädchen, das sich als Anlehrling zur Stenotypistin ausbilden lässt. Sie heißt Ingrid, und vom ersten Tag meiner Lehre an finde ich sie hübsch und überaus interessant. Ingrid ist mittelgroß, hat ein rundes, volles Gesicht mit einer frechen Stupsnase mittendrin. Sie ist alles andere als mager, aber nach meinem Geschmack auch nicht zu dick, sondern eben mollig, wie Frauen nach meinem Empfinden sein sollen. Ingrid ist zwei Jahre älter als ich, unkompliziert und fast immer fröhlich. In ihrer Entwicklung ist sie mir meilenweit voraus. Das ist mir bewusst, aber es stört mich nicht, ja es zieht mich ausgesprochen an.

Lange Zeit erscheint mir die junge Frau unerreichbar. Sie behandelt mich stets freundlich und kumpelhaft, aber ich kann mir nicht vorstellen, dass sie in mir auch den „Mann" sieht. In diese Zeit fallen meine schriftstellerischen Versuche. Das heißt, ich glaube sogar, dass ich dichten kann. Schon öfter gelangen mir einige Verse, die ich auch aufschrieb. Jetzt aber beginne ich eine größere Geschichte. Sie soll romantisch und naturverbunden sein, nicht in der Stadt, sondern auf dem Lande spielen. Um einen Anfang zu finden, gehe ich ins Blockland, der großen Marschlandschaft vor den Toren Bremens. Dort wandere ich über die Wiesen hinweg bis zu einem breiten Fleet. Am Ufer breite ich eine Decke aus, hocke mich nieder, nehme Papier und Bleistift, auf dem ich eine Weile nachdenklich herumkaue, und beginne zu schreiben. Um mich die blühenden Wiesen, neben mir das dunkle Wasser des Fleets, auf dem grün einige Blätter der Teichrose schwimmen und in das hin und wieder ein Frosch mit lautem Plumps springt. Libellen taumeln hin und her und vom Himmel, der sich als riesige Glocke über die Wiesenlandschaft wölbt, dringen Lerchen-Getriller und die Rufe der Kiebitze.

Etliche Tage wandere ich hierher und schreibe und schreibe, werde allerdings niemals fertig. Da habe ich eine kühne Idee, wie ich in anderer Weise meine „Dichtkunst" in den Dienst meiner Liebe stellen kann. Ich will Ingrid einen Brief schreiben! Einen Liebesbrief! Aber es soll nicht eine der heutigen Zeit entsprechende deutliche Liebeserklärung sein, sondern ein literarisches Meisterwerk!

Der erste Brief schildert meine Verzauberung durch ein nüchternes und fröhliches Büromädchen, eine Schönheit, die alles überstrahlt und ein Wesen, dem ich, ob ich will oder nicht, meine ganze Liebe schenken muss. Am Schluss steht der Satz: „Hoffentlich verstehst du mich ein wenig und hoffentlich errätst du, von wem dieser Brief ist. Wenn ja, dann gib mir bitte ein Zeichen!"

Als ich den Brief in den Postkasten hineinwerfe, steigt mir die Hitze in den Kopf, ich bekomme Angst vor meiner eigenen Courage und wünsche mir fast, dass Ingrid nicht errät, wer der Absender ist.

Aber das ist geradezu ausgeschlossen, und sie weiß natürlich sofort, von wem der Brief stammt. Und das Wunder geschieht: Das praktische, junge Weib findet ihn toll, ist geschmeichelt und, nachdem sie gefragt hat: „Ist dieser Brief von dir?“ und ich mit rotem Kopf genickt habe, fordert sie mich auf: „Schreib mir mehr solche Briefe, ich finde das schön.“

Nur allzu gern erfülle ich ihren Wunsch, schicke ihr drei, vier weitere, alle in der gleichen romantischen Art – und sie werden von der „Geliebten“ sanft und zustimmend aufgenommen und in keiner Weise mit Ironie oder Verachtung bedacht. So gehen in einer Zeit, die nur brutale Schrecken kennt, scheue und mehr oder minder kitschige Liebeserklärungen an ein Mädchen, das eine ungleich direktere Sprache spricht. Die Briefe bekommen keine Antwort, jedenfalls keine schriftliche, aber sie bewirken, dass Ingrid sich für mich interessiert und mich mehr wahrnimmt als bisher und mehr als andere.

Eines Tages bin ich zu ihr nach Hause zu einer Feier eingeladen. Sie setzt mich mit einer Freundin zusammen und will uns wahrscheinlich verkuppeln. Die Freundin ist nicht sehr hübsch, aber noch viel direkter als Ingrid. Auch ist sie einige Jahre älter als ich. Sie rückt gleich nah zu mir heran und es dauert nicht lange, bis ich den ersten schnellen Kuss bekomme. Für mich eine Premiere und ein Ereignis, das ich begeistert annehme. Es wird einiges getrunken, denn trotz der Kriegszeiten gibt es noch genügend Alkohol. Der steigt mir zu Kopf und macht mich kühn, sodass ich zurückküsse und das immer leidenschaftlicher.

Plötzlich heulen die Sirenen: Fliegeralarm. Das tut der Stimmung keinen Abbruch, und die fröhliche junge Gesellschaft steigt lachend und scherzend hinab in den Luftschutzkeller des Hauses, wo schon die anderen Bewohner hocken. Im Unterschied zu uns sind sie alle nüchtern, nehmen unsere Ausgelassenheit aber in Kauf.

Ich sitze mit meiner neuen „Freundin“ ganz hinten im Keller, fast im Dunkeln, etwas erhöht auf ein paar Kisten. Dicht an das Mädchen gedrückt, habe ich sie umfasst, und wir küssen uns ohne Ende. Ich erfahre, dass ein Kuss nicht einfach das Aufeinanderdrücken von zwei Lippenpaaren ist, und auch, wie meine Männlichkeit sich fordernd dabei meldet und mir klarmacht, dass ich kein kleiner Junge mehr bin. Dieses Begreifen ist für mich schon so gewaltig und überwältigend, dass ich glaube, in alle Tiefen körperlicher Liebe vorgedrungen zu sein.

Die Entwarnung nach dem Fliegeralarm macht dem Erlebnis ein Ende. Alle verlassen den Keller, unsere Gesellschaft verabschiedet sich, ich gehe durch die Nacht nach Hause. Beschwingt und wie neu geboren. Aber das war es auch. Das Mädchen, das mir die Geheimnisse des Küssens beigebracht hat, will ich nicht wieder sehen. In den nächsten Tagen wird mir klar: Ich will nicht mit ihr, sondern mit Ingrid zusammen sein!

Zunehmend brechen die Kriegsereignisse in unseren Alltag ein, in meine Liebe, die Lehrlingszeit und in unser Familienleben. Zum ersten Mal brennt die Firma Beckröge. Bei nächtlichem Fliegeralarm, an den wir uns längst gewöhnt haben, wecken mich meine Eltern, denn ich würde sicher manchen Alarm verschlafen. Also, raus aus dem Bett, die Klamotten über den Schlafanzug gezogen und dann „alle Mann" mit Notgepäck auf zum Bunker. Davon gibt es in Bremen viel mehr als in anderen Städten, und die mächtigen Brocken aus Eisenbeton retten manches Menschenleben.

Wir sitzen wie üblich in unserem Einzelraum zusammen mit Menschen, die wir kennen und uns vertraut sind. Bald ist klar, diesmal gilt der nächtliche Fliegerangriff der Stadt. Gedämpft hören wir das Feuern der Flugabwehr. Die Gespräche verstummen. Das Licht geht aus und nach einer Weile wieder an, aber nur kurz, verlöscht abermals, und der Strom bleibt weg. Die Männer, auch ich, müssen an die Notstromaggregate, die, mit der Hand gedreht, nur beschränkt Elektrizität erzeugen. Die Notbeleuchtungen glühen auf, die Entlüfter springen wieder an, die Männer lösen sich am Notstromaggregat ab. Das Zerbersten der Sprengbomben, erst sehr fern, dann immer näher, geht unter die Haut. Der riesige Hochbunker schwankt durch die Bombeneinschläge. Plötzlich wieder Ruhe.

Nach dem Öffnen der Türen und Eindringen frischer Luft bin ich einer der ersten, der nach draußen drängt, lange vor der Entwarnung. Hinter dem Bürgerpark über der Innenstadt sehe ich einen roten Feuerschein. Die Stadt scheint zu brennen. Bei uns ist kein großer Schaden zu entdecken, lediglich Glas von zerbrochenen Fensterscheiben liegt überall herum.

Ich überlege nicht lange und laufe vom Bunker zum Haus in der Beethovenstraße. Gott sei Dank, alles heil, sogar die Fensterscheiben sind noch ganz. Ich hole mein Rad und fahre in Richtung Stadt. Je näher ich der Innenstadt komme, desto heller und drohender wird der Feuerschein. Ich höre das Prasseln, sehe brennende Häuser, empor züngelnde Flammen. Mein Ziel ist das „Wegesende", die Firma. Als ich in die Straße einbiege, erkenne ich, dass nur am Ende Häuser in Flammen stehen, gerade wo die Geschäftsgebäude liegen! Doch unsere drei Häuser sind noch dunkel. Ich lasse das Fahrrad an irgendeiner Stelle liegen, haste ins erste Haus, wo sich der Luftschutzkeller befindet. Als ich in das uralte Gewölbe, das Onkel Willy als Weinlager dient, hinabsteige, sitzen noch alle Mieter zusammen. Man sieht ihren verängstigten Gesichtern an, warum sie sich noch nicht hinaus gewagt haben. „Brennt unser Haus?" ist die erste Frage. – „Nein, aber ringsum steht alles in Flammen. Wenn wir nicht aufpassen, springt das Feuer über." Ich renne wieder nach oben, die Treppen hinauf und stelle fest, alles ist dunkel, nirgends Rauch oder Feuer. Aber als ich aus dem dritten Stock heraus und hinab auf die Pappdächer unseres Betriebes gucke, die die Höfe zwischen den Häusern überdecken, sehe ich es. Durch Funkenflug fangen die Dächer Feuer, eine breite Flammenlinie rast über die Pappen hinweg. Im Nu steht das flache Dach in Flammen. Der Betrieb droht ganz schnell abzubrennen und dann sicher auch die übrigen Häuser, unsere ganze Firma, die um die Höfe herum gebaut ist. Überlegen geht gar nicht, ich kann nur handeln. Rasch wieder die Treppen runter gehastet, bewaffne ich mich mit den Luftschutzhandspritzen, die in jedem Haus bereit stehen. Ich rufe zwei, drei Männer zu Hilfe; wir stehen zwischen den Maschinen unter dem brennenden Flachdach und pumpen per Hand mit unseren Spritzen aus kleinen Eimern schmale Wasserstrahlen in das Feuer über uns. Die Wirkung ist eigentlich zum Verzweifeln. Aber wir denken nicht daran aufzuhören. Wir pumpen, schleppen Wasser und spritzen so gut es irgend geht.

Endlich ertönen draußen die Sirenen der Feuerwehren. Kommandos erschallen, Feuerwehrleute springen aus den Fahrzeugen, rollen Schläuche aus, die in brennenden Häusern verschwinden. „Wasser marsch!“ brüllt einer, und sogleich springen die Pumpen mit dröhnendem Getöse an.

Auch zu uns haben die Männer einen Schlauch hereingelegt, aber es fehlt das Strahlrohr. Wir sind verzweifelt, die Rettung ist da, und wir können sie nicht nutzen. Die Schlauchleitung ohne Strahlrohr hilft uns aber doch, denn unaufhaltsam strömt Löschwasser aus ihr heraus, das wir nicht mehr mühsam mit Eimern herbeischleppen müssen. Ohne Unterlass pumpen und spritzen wir. Schließlich haben wir Erfolg, unsere kleinen Handspritz-Strahlen kommen gegen die Flammen an, drängen sie zurück, löschen das brennende Dach! Nach zwei Stunden ist es geschafft. Wir sind erschöpft, aber glücklich. Die Mieter sind es auch. Ihre Wohnungen sind unversehrt geblieben. Ich bin froh, dass das Geschäft nicht abgebrannt, sondern nur beschädigt ist. Es ist kein irreparabler Schaden entstanden und das durch mein rechtzeitiges Eingreifen. Ich bin sehr stolz und fahre zurück durch die Nacht und die Straßen. Alles ist immer noch hell und rot, von Schutt und Trümmern übersät. Zu Hause berichte ich, wie es „Am Wegesende“ aussieht und dass die Firma gerettet ist. Müde sinke ich mit dem zufriedenem Gefühl ins Bett: Ich habe meine Pflicht gegenüber der Firma Beckröge erfüllt.

Am nächsten Morgen, nach zwei, drei Stunden schon, müssen alle wieder aufstehen. Es ist wieder normaler Alltag. Ich nehme die Straßenbahn, die schon wieder fährt, allerdings nur bis zum Bahnhof. Von dort bis in die Stadt ist es zu Fuß nicht weit. Viele Häuser sind zerstört. Auch das „Argo-Haus“ ist in der obersten Etage ausgebrannt, wovon das Büro meiner Firma Lehmann & Co. betroffen ist. Alle Möbel sind ein Raub der Flammen geworden, die Unterlagen und Maschinen aber sind gerettet, denn wie jeden Abend hat man sie auch gestern in den Keller gebracht.

Ein Stockwerk tiefer finden sich für die Spedition neue Räume. Allerdings nur ein Großraumbüro, das ursprünglich der Reederei gehörte, inzwischen aber nicht mehr genutzt wird, da der Umfang der Geschäfte kriegsbedingt sehr zurückgegangen ist. Dort richten wir uns ein, übernehmen die Büromöbel, teilen die Sitzordnung ein, schleppen die Akten und Büromaschinen aus dem Keller nach oben, und am Nachmittag läuft unser Betrieb schon wieder auf vollen Touren, hat sogar einen Telefonanschluss.

Wie ich am Abend erfahre, ging es bei der Firma Beckröge ähnlich schnell. Onkel Henry teilte das Personal sofort zum Aufräumen und Herauskarren des Brandschuttes ein, der nun in großen Haufen an der Straße zusammen getürmt liegt. Später will man alles wegschaffen lassen. Mit eigenen Mitteln beginnt man, das Pappdach provisorisch zu reparieren, damit der Betrieb am nächsten Tag wieder voll arbeitsfähig ist.

Erst einmal kein neuer Luftangriff auf Bremen. Der Alltag läuft wieder neben dem Krieg daher – mit Arbeit, Ärger, Problemen, aber auch Lachen und Freude. Letztere kommt für mich vielfach von Ingrid. Sie wendet sich mir zu, nimmt mich an die Hand und führt mich in ein herrliches, unbekanntes Land, auf das mein junger Körper gewartet hat. Sie ist meine Freundin, in unserer nicht umfangreich bemessenen Freizeit sind wir fast immer zusammen, meistens abends, und ich komme spät ins Bett, muss bei Alarm wieder aufstehen und am nächsten Morgen rechtzeitig im Geschäft sein – und bei Ingrid! Aber das alles macht mir nichts aus.

Wenn ich Ingrid zu ihrer Wohnung bringe, gehen wir oft durch den Bürgerpark und sind fast immer allein. Nur selten begegnen wir einem einsamen Fußgänger oder auch einem Liebespaar, wie wir es sind. Es ist später Herbst und ungemütlich. Die Luft ist voller Feuchtigkeit, neblig. Doch das spüren wir nicht, wir sitzen auf einer Parkbank, küssen uns, und unsere Hände suchen den Körper des anderen. Ingrid findet meine geheimsten Stellen. Ohne dass ich es merke, führt sie meine Hand, und ihre Hand ist bei mir.

Ingrid ist erfahren, das habe ich gewusst, und es stört mich nicht. Sie selber tut so, als wäre auch für sie alles ganz neu. Wenn wir uns dann getrennt haben und ich allein auf dem Weg nach Haus bin, ist mein Schritt so beschwingt, dass es fast ein Laufen ist, und mein Herz ist so leicht, dass ich aufpassen muss, dass es mir nicht davonfliegt.

Das Glücksgefühl all dieser Tage und Nächte wird nicht gestört, als ich erfahre, dass ich nicht der einzige Mann in Ingrids Leben bin. Ich weiß, dass sie vor mir mit anderen zusammen gewesen ist, und sie hat auch jetzt noch einen festen Freund. Er ist älter als ich und lässt sich beim Militär als Flieger ausbilden, hält sich also nicht in Bremen auf. Ingrid sieht ihn nur selten, auch nachdem sie sich mit ihm verlobt hat. Das stört mich ebenfalls kaum, denn ich bin ja mit ihr jeden Tag und fast jeden Abend zusammen. Vielleicht bin ich für Ingrid dazu da, die Abwesenheit ihres Verlobten zu mildern und ein wenig vergessen zu machen, vielleicht mag sie mich wirklich und hat Freude daran, mir Dinge beizubringen, die für einen erwachenden jungen Mann bedeutsam sind. Ich weiß es nicht, und es bekümmert mich nicht.

Ingrid fährt für ein paar Urlaubstage zu dem Fliegerhorst ihres Verlobten. Wieder zurück, erzählt sie mir, wie es gewesen ist: „Mein Verlobter hat im Hotel für uns ein Doppelzimmer genommen. Als wir am Empfang waren, hat er doch tatsächlich einen roten Kopf bekommen. Das Zimmer war sehr schön, und ich zog mein durchsichtiges Nachthemd an." Ingrid lacht und findet das ganz natürlich. Und so begreife ich es auch, nehme sie in die Arme, küsse sie leidenschaftlich und fordernd.

In diese Zeit fällt der Genesungsurlaub von Karl-Heinz Nehrig. Seine Eltern und er sind unsere Nachbarn in der Beethovenstraße. Karl-Heinz ist etliche Jahre älter als ich und Soldat. Er kämpft an der Ostfront, wo die siegreichen Blitz-Vormärsche der deutschen Wehrmacht gefährlich ins Stocken geraten sind. Karl-Heinz ist leicht verwundet und darum von der Front zurückgezogen worden. „Ich habe gejubelt, als ich merkte, dass ich verwundet war", erzählt er. „Heimat heißt das, habe ich mir immer wieder vorgesprochen, das wird ein Heimaturlaub!"

Wir sehen uns oft, und ich verstehe mich mit ihm sehr gut. Als ich mit meinen Eltern an einem Abend bei den Nachbarn eingeladen bin, berichtet er, wie schrecklich es in Russland zugeht: „Die Russen greifen jetzt mit Vehemenz und allen Kräften an. Ich habe im Dreck gelegen, den Kopf in den Schlamm gesteckt, hinter den Leichen unserer gefallenen Kameraden suchten wir Schutz, und ich kann das Geräusch nicht vergessen, das die Kugeln und Splittereinschläge machen, wenn sie klatschend das zerfetzte Fleisch der Toten treffen. Und ihr könnt mir glauben, diesen Krieg können wir nicht gewinnen, Russland ist endlos, groß und weit, und es gibt so viele russische Soldaten, es werden immer mehr, und sie greifen uns mit einer Verbissenheit und einem Mut an, der uns überrascht."

Vater und ich sehen uns an. Wir wissen schon lange, dass der Krieg von uns nicht zu gewinnen ist. Vater war von Beginn an dieser Überzeugung, vom „Feindsender London" kennen wir den wirklichen Verlauf der Kämpfe und glauben den Propagandameldungen des Nazi-Rundfunks nicht.

Karl-Heinz' Urlaub geht zu Ende. Ich stehe hinter der Gardine unseres Esszimmers und beobachte, wie er aufbricht, um zurück zu seiner Einheit an die Front zu fahren. Er ist allein, will nicht, dass die Eltern ihn zum Bahnhof begleiten. Schwer bepackt, den grauen Rucksack, vom Stahlhelm gekrönt, auf dem Buckel, den Karabiner umgehängt, spaziert er die Beethovenstraße hinunter zur Straßenbahn. Ich will mich schon abwenden, da sehe ich, dass Karl-Heinz zurückkommt. Zögernd geht er auf sein Elternhaus zu und verschwindet in der Haustür. Nach kurzer Zeit verlässt er es erneut. Aber wieder schafft er es nicht bis zum Straßenende, schlendert zurück und geht wieder hinein. Und er dreht ein drittes Mal um, und diesmal dauert es etwas länger, bis er wieder erscheint. Dann verschwindet er am Ende unserer Straße um die Ecke und ist weg. Er weiß, dass er nicht zurückkehren wird.

Oft muss ich zur Musterung, stehe nackt vor den Ärzten, lege mein Attest vor und werde zurückgestellt. Das ist eigentlich ein Wunder, und als ein solches begreife ich es. Aufgrund der Einstellung meiner Eltern und meiner eigenen bin ich froh, nicht Soldat werden zu müssen, denn ich will nicht für die Nazis kämpfen und an der Front für ihren Irrsinn sterben. Ich will leben! Viele meiner Altersgenossen denken anders, und einige lassen mich ihre Verachtung unverhohlen spüren. Es gibt sehr viele, die meinen, für Führer, Volk und Vaterland müsse man kämpfen und als Held fallen. Ich gehöre nicht dazu.

Mein Vetter Kurt wird eingezogen. Er ist so alt wie ich und ebenfalls ein Gegner des Militär, aber ihm hilft kein Attest. Werner, der noch zur Schule geht, muss weiter als Luftwaffenhelfer Dienst tun. Seine ganze Klasse ist vor die Tore der Stadt in eine Flugabwehrstellung verlegt worden. In einer Baracke erhalten sie tagsüber Unterricht. Die Lehrer müssen zu ihnen hinausfahren. Bei Fliegeralarm rennen die Kinder an die Geschütze, um zu schießen. Oft werden die Stellungen bombardiert und einzelne getroffen.

Auch der Verlobte von Ingrid verliert sein Leben. Gleich nach seiner Ausbildung erhält er seinen Einsatzbefehl gegen die Bombengeschwader der Engländer und Amerikaner. Seine Maschine wird abgeschossen, er findet dabei den Tod – „für Führer, Volk und Vaterland“.

Ingrid kommt mit schwarzem Kleid ins Büro. Frau Blöke, unsere Chefin, drückt ihr lange und herzlich ihr Beileid aus. Alle anderen im Großraumbüro tun das Gleiche, nur ich nicht. Es ist vielleicht frevelhaft: Sicher, ihr Verlobter tut mir leid, aber insgeheim verspüre ich so etwas wie Freude darüber, dass Ingrid jetzt ganz für mich da ist, ja, dass ich vielleicht bald das Glück habe, sie zu heiraten. Aber es kommt anders. Eine Zeitlang sind wir noch sehr vertraut miteinander, sodass meine Hoffnung zunimmt. Es sind entrückte Tage und Wochen für mich, trotz oder gerade wegen des wachsenden Infernos um uns herum. Ich versuche, jeden Tag solange wie möglich mit Ingrid zusammen zu sein, und fühle, dass ich sie liebe. Natürlich mache ich Ingrid gegenüber auch Andeutungen, dass ich wünsche, lange und möglichst für immer mit ihr zusammenzubleiben. Ein Heiratsantrag ist es zwar nicht, aber ich male ihr doch recht ausführlich die Schönheit und den Zauber unseres Zusammenlebens aus.

Eines späten Abends, als ich sie nach Hause bringe, hält sie mich plötzlich ganz fest an der Hand. Vorsichtig und doch sehr bestimmt erklärt sie mir, dass wir nicht immer zusammen bleiben können, dass sie mich zwar gern hat, aber sich nicht binden will. „Wir wollen gute Freunde bleiben“, sagt Ingrid.

Ich bin perplex, gehe neben ihr her, stumm geradeaus in die Dunkelheit blickend. Ich höre ihr zu, knirsche mit den Zähnen, wonach mir wirklich ist oder vielleicht auch nur, weil ich gelesen habe, dass man das in solch einer Situation tut.

Ich bin traurig, aber nicht verzweifelt. Und mein Leiden dauert auch nicht sehr lange. Die schöne Zeit mit Ingrid ist nun einmal vorbei, wir sind nicht mehr intim, sehen und treffen uns jeden Tag im Geschäft, aber als Kollegen, die gut befreundet sind.

Am 20. Juli 1944 bin ich schon früh zu Hause. Es ist noch keiner da. Vater befindet sich im Geschäft, Werner in der Flak-Stellung und Mutter kauft irgendwo ein. Ich gehe ins Wohnzimmer und setzte mich vor das moderne Philips-Gerät, das einen guten Empfang garantiert. Sofort stelle ich „Radio London" ein, das Nachrichten in deutscher Sprache ausstrahlt. Durch das Auf- und Abschwellen der Störungen höre ich die sensationelle Meldung: „Auf Adolf Hitler ist in seinem Hauptquartier ein Sprengstoff-Attentat verübt worden. Offiziere der Wehrmacht führen einen Putsch gegen die Nazi-Regierung durch." Nichts ist darüber gesagt, ob Hitler tot ist oder nicht und ob der Putsch der Offiziere gelungen ist oder nicht. Es folgen aufregende Stunden. Als meine Eltern heimgekehrt sind, teile ich ihnen die Neuigkeit sofort mit, und dann sitzen wir zu dritt vor dem Radio, hören die gleiche Meldung noch einmal, ebenso die deutschen Nachrichten, die noch nichts von dem Attentat berichten. Das ändert sich, als eine Sondermeldung das Programm unterbricht: „Auf unseren Führer Adolf Hitler wurde ein Attentat verübt, aber er ist nur leicht verletzt. Ein Umsturzversuch verbrecherischer Offiziere ist im Keim erstickt worden." Wenig später ertönt die bekannte Stimme Adolf Hitlers aus dem Radio: „Die Vorsehung hat mich gerettet." Wir sind tief enttäuscht, nachdem wir eine Weile gehofft haben, dass ein Verbrecher hingerichtet und das Ende eines riesenhaften Verbrechens in Sicht ist.

Wenige Wochen später hört Mutter, als sie in ihrer Küche herumwirtschaftet, von nebenan Schreie und dann lautes Jammern und Weinen. Sie eilt hinüber und trifft unsere Nachbarin Frau Nehrig verzweifelt, zusammengebrochen und weinend an. Auf dem Küchentisch liegt die Nachricht: Ihr Sohn Karl-Heinz ist gefallen. Mutter kann sie nicht trösten, sie kann nur eine Zeitlang bei ihr bleiben, bis ihr Ehemann kommt und das Ehepaar sich gemeinsam dem unerträglichen Schmerz stellen muss.

In der Nacht vom 17. auf den 18. August 1944 erfolgt ein vernichtender Schlag des Luftkrieges gegen die Freie Hansestadt Bremen, der mit voller Wucht unsere Firma trifft. Es ist ein nächtlicher Alarm, wie wir ihn nur zu gut kennen. Wir alle wissen, dass die Luftangriffe sowohl am Tage als auch ganz besonders bei Nacht immer schlimmer, gefährlicher und Raum greifender werden. So führte vor kurzem der große Angriff auf Hamburg zu einem riesigen Flächenbrand und „Feuersturm", der Tausenden von Menschen das Leben kostete und ein Inferno auslöste, wie man es bisher nicht gekannt und nicht für möglich gehalten hat. Die Bremer fürchten, dass Ähnliches auch ihnen bevorsteht, und den meisten ist inzwischen klar geworden, dass die Schrecken des Krieges immer verheerender die Heimat treffen und man nirgends mehr sicher ist.

Es ist zwar ein Alarm wie viele zuvor und doch eilen wir mit größerer Besorgnis als sonst zum Bunker. Unsere Vorbehalte sind berechtigt. Schon bald wissen wir: Unsere Stadt ist Ziel eines Angriffs, wie sie ihn bisher noch nicht erlebt hat. Erst donnern die Sprengbombenteppiche herab, der Bunker schwankt, das Licht verlöscht, wir müssen die Notstrommaschinen mit der Hand in Gang setzen. Dann rauschen Zigtausend Brandbomben nieder auf Häuser und Straßen, die von den Sprengbomben bereits aufgerissen und zerstört sind. Die Brandbomben hören wir nicht, aber die verhältnismäßige Stille draußen, die nur vom wütenden Flak-Feuer gestört wird, sagt uns, dass der Angriff noch nicht zu Ende ist und weiterhin Feuer vom Himmel fällt.

Nach dem Öffnen der Bunkertüren, was vorsichtig geschieht, bin ich wieder als einer der ersten draußen. Ringsum ist Finsternis, kein Feuer. Aber in Richtung Innenstadt scheint der Himmel blutrot, wächst ein Feuer riesengroß empor.

Ich rase mit dem Fahrrad zum Geschäft, achte nicht auf Hindernisse, die auf den Straßen liegen. Einbiegen in die Knochenhauerstraße, um mich viele Trümmer, aber kein Feuer. Danach „Wegesende“, es brennt. Unser Haus, die Nummer 24, ist noch schwarz und ohne Flammen, aber aus den Nachbargebäuden schlagen sie heraus, und als ich in das erste Geschäftshaus eindringe, werde ich schnell gewahr, dass im Hinterhaus schon der Brand tobt. Ich suche den Feuerlöscher, auf den wir immer so stolz waren, stürze mit ihm die Treppe hinauf und in die erste Wohnung. Die Fensterrahmen brennen, doch ich kann nichts tun, der Feuerlöscher versagt. Es kommt kein Schaum heraus, und selbst wenn es gegangen wäre, es hätte nicht viel genützt. Diesmal ist es anders als beim ersten Mal, der Flächenbrand greift mit rücksichtsloser Gewalt um sich, wird zum Feuersturm. Jeder Versuch zu löschen, ist sinnlos. Und von der Feuerwehr gibt es keine Hilfe.

Zu meinen Eltern in die Beethovenstraße zurückgekehrt, berichte ich Vater, was ich gesehen habe. Wir machen uns zu zweit noch einmal auf, um festzustellen, ob wenigstens die Wagengrundstücke erhalten geblieben sind. Verzweifelt versuchen wir zur Jacobistraße vorzudringen, aber schon bald müssen wir aufgeben. Faustgroße Funken treffen uns, und ein Sturm ist entfacht, der saugend in das Feuer hineindrängt. Es ist, als sei der „Jüngste Tag“ angebrochen.

Wir geben auf. Doch dann fallen uns die vier Pferde ein. Wir wissen, das Stallgebäude brennt noch nicht. Wir gehen hinein, machen die Pferde los, und jeder von uns führt zwei heraus. Die Tiere gehen willig mit, wir können nicht feststellen, dass sie, wie es heißt, zurückdrängen, wenn der Stall in Flammen steht. Wir verharren mit den Pferden auf dem Ansgarikirchplatz. Vater überlegt einen Augenblick, wohin mit den Tieren. „Wir müssen zur Friesenstraße, dort kenne ich einen Pferdehändler, in seinem Stall können wir die Tiere unterstellen.“ So ziehen wir los, an brennenden Häusern vorbei, dann liegen nur noch viele Trümmer auf der Straße. Irgendwann ist es dunkel und fast friedlich, hier sind keine Bomben gefallen, hier ist kein Feuer entfacht. Das Brausen des Riesenbrandes hinter uns wird leiser und weicht dem „Trapp, trapp“ der Pferdehufe. Vaters Plan gelingt, der Händler hilft uns und nimmt die Tiere in seine Obhut. Dann zu Fuß quer durch die östliche Vorstadt, die verhältnismäßig wenig abbekommen hat, zur Wachmannstraße. Opa und Oma sind noch auf, Mutter ist bei ihnen und hat schon ausführlich berichtet, dass die Häuser am „Wegesende“ wahrscheinlich verloren sind. Wir können ihre Vermutung nur bestätigen und fügen hinzu: „Es ist alles weg, auch die Jacobistraße, unsere Firma ist vernichtet.“

Heinrich Beckröge sitzt im Salon auf seinem Sessel neben der Leselampe und Oma wie gewohnt ihm gegenüber in ihrem Polster-Schaukelstuhl. Eine gespannte Atmosphäre: Opa sagt nichts, ist ruhig und wirkt gefasst; Oma wippt hin und her, blickt ängstlich und verzweifelt auf ihren Mann. Vater und ich reden und reden, wir sind vom Erlebten so erregt, dass wir gar nicht aufhören können.

Großvater hat das Werk verloren, das er jahrzehntelang aufgebaut hat. Wir alle wussten, dass es eines Tages dazu kommen würde, haben den Krieg und seine Gefahren von Beginn an realistisch betrachtet. Großvater wendet sich uns zu und sagt: „Kinder, irgendwie wird es weitergehen. Wir haben noch die vier Pferde, unser Wohnhaus und eures ist ebenfalls unversehrt. Wir verfügen über die ausgelagerten Maschinen, wir waren ja nicht dumm. Hauptsache wir leben. Irgendwie geht es weiter. Tausende sind in einer ähnlichen Lage.“

Es ist still geworden. Wir befinden uns in dem vornehmen, geschmackvoll möblierten Salon, der mir so vertraut ist und auf den ich stolz bin. Der glänzende Mahagonitisch vor dem Stilsofa ist weit gereist und hat mir viele Geschichten erzählt, jetzt schweigt er. Das große Haus mit den klotzigen Säulen davor erscheint mir fest und unzerstörbar wie die Firma H. Beckröge. Sie hat einen vernichtenden Schlag erhalten, aber sie ist noch nicht untergegangen.

Einige Tage später schreibe ich einen kleinen Aufsatz über meinen Abschied von dem mir verehrten Arbeitsplatz meines Vaters, Großvaters und meiner Onkel:

„Geschehen in der Nacht vom 18. auf den 19. August 1944. Draußen wütet das Feuer. Die haushohen Flammen werfen zuckendes Licht durch das Fenster. Aber hier ist es still, fast friedlich. Ich gehe noch einmal durch die drei Räume und weiß, dass es nie wieder so sein wird, wie es jetzt ist, und ich der Letzte bin, der sich noch einmal alles ansieht.

Im ersten Zimmer steht Vaters Pult. Ich lege meine Hände auf die Lehne des Stuhles, auf dem mein Vater so viele Jahre gesessen hat. Das Holz ist kalt und glatt und wird bald ein Raub der Flammen sein. Ich gehe in den zweiten Raum, wo sich die Geldschränke befinden. Schwer und gewichtig wirken sie, scheinen für die Ewigkeit gemacht. Ob sie dem Feuer standhalten? Auf einem der Schränke prangt die alte Kopierpresse, sie ist schon lange nicht mehr im Gebrauch, gehört zu der Tradition des Geschäftes.

Ich bin im dritten Zimmer, dem Privatkontor des Chefs. Der Feuerschein, der vom Lichthof durch das große Fenster fällt, färbt die Möbel rot. Ich betrachte den schweren Eichenschrank, in dem Gläser, Humpen und Krüge schimmern, Geschenke befreundeter Brauereien. Der Zylinderschreibtisch des Chefs ist geschlossen, als warte er nur darauf, geöffnet zu werden und dass an ihm weiter gearbeitet wird. Dahinter steht der lederbezogene Sessel.

Ich bin ganz ruhig. Nur von Ferne ist das Tosen des Feuers zu hören. Ich weiß von dem brennenden Hinterhaus und dass die Nebengebäude in Flammen stehen. Vielleicht haben die Flammen schon auf die oberen Stockwerke übergegriffen? Nur schwer vermag ich mich an den Gedanken zu gewöhnen, dass ich von alldem Abschied nehmen muss. Ich denke an die vielen Abende, wenn ich Vater abholte, es unter den Chefs noch eine letzte Besprechung gab, Großvater hinter dem Pult thronte und die Zusammenkunft leitete.

Mein Blick fällt auf die Standuhr. Gedankenlos lese ich die Zeit ab, um sie gleich wieder zu vergessen. Gleichmäßig schwingt das Pendel hin und her. Alles um mich herum ist wie immer und doch ganz anders. Die Uhr, der Schrank, das Pult, die anderen Pulte, die Geldschränke, das gesamte Inventar, die Bücher, Formulare und Papiere, alles, was das Geschäft ausmacht und zum Leben, Arbeiten und Atmen der Firma gehört, wird schon bald verbrannt sein. Nur ich weiß es und kann es doch kaum glauben.

Einen Moment stelle ich mir vor, dass wir Menschen wie diese Dinge sind und nicht wissen, wie nahe das Verhängnis und der Tod vor uns steht. Schnell verwerfe ich den Gedanken und lasse meine Blicke noch einmal durch den Raum schweifen. Lauter tönt jetzt das Knacken, Zischen und Prasseln des Feuers. Ich drehe mich um und laufe hinaus."

Der Krieg tobt, aber das Alltagsleben geht trotz Bombentrümmern weiter, wenn auch nach jedem Angriff primitiver und behelfsmäßiger. Die Firma Beckröge richtet ihr Büro im Privathaus in der Wachmannstraße ein. Bier wird nicht mehr selber abgefüllt, sondern auf dem Dorfe, fast schon im Teufelsmoor, in Falkenberg bei Lilienthal bei einem befreundeten Bierverleger. Güterwaggons der Kleinbahn „Jan Reiners" transportieren die Kisten nach Bremen. Am Endstations-Bahnhof am Bürgerpark wird die Fracht auf die Gespanne der Firma umgeladen und das Bier zu den Kunden gebracht.

Auch Lehmann & Co. ist wieder einmal ausgebombt. Wir ziehen in das Privathaus der Chefin und erledigen dort die Arbeiten. Für eine Speditionsfirma gibt es nur noch wenig zu tun; fast alles, was zu verschicken ist, hängt mit dem Krieg zusammen und wird von der Wehrmacht erledigt. Aber die wenigen verbliebenen Mitarbeiter sind jeden Morgen pünktlich zur Stelle. Wir erledigen rasch, was man noch Arbeit nennen kann und haben dann nichts zu tun. Wegen der beengten Platzverhältnisse sitze ich mit Herrn Jäger an einem Pult. Der mir uralt erscheinende Prokurist ist für alle und ganz besonders für mich eine absolute Respektsperson. Aber wie er jetzt im Speditionsbuch herumblättert, von vorne nach hinten und wieder von hinten nach vorne, und intensive Arbeit vortäuscht, während ich auf meinem Schoß eine Philosophiegeschichte aus der privaten Bibliothek des Wohnzimmer-Büros liegen habe und darin verstohlen lese, lernen wir uns gut kennen und schätzen. Sicher erst einmal durch die aufgezwungene Nähe, dann aber vor allem, da sich bald herausstellt, was ich schon immer ziemlich bestimmt wusste: Herr Jäger ist ein entschiedener Gegner der Nazis, genau wie meine Familie. Und er hat das natürlich auch bei mir erkannt, und wir können offen darüber reden.

Die einst „siegreichen“ deutschen Armeen weichen an allen Fronten zurück, und es dauert nicht mehr lange, bis Russen, Amerikaner, Engländer und Franzosen auf deutsches Gebiet vordringen und sich der Rückzug deutscher Truppen zur Flucht auswächst. Auch die Konzentrationslager werden geräumt und ihre bedauernswerten Insassen gezwungen, vor ihren Befreiern in langen Fußmärschen zu fliehen. An einer solchen Kolonne komme ich vorbei, als ich in der Stadt bin, um Aufträge zu erledigen. Bewacht von SS-Männern, sind es hauptsächlich in Lumpen gekleidete Frauen, die man zwingt, Trümmer eines Bombenangriffes wegzuräumen. Viele Passanten sind auf der Straße. Alle eilen an der Elendstruppe vorbei, gucken weg, wollen sie offenbar nicht sehen. Nur ich bleibe stehen und schaue einer jungen jüdischen Frau in die Augen. Ich empfinde sie als ungewöhnlich hübsch, sie hat volles schwarzes Haar, dunklen Teint, und ich kann mich von ihrem Anblick gar nicht trennen. Wie aus dem Nichts taucht ein SS-Mann auf. Er wendet mir den Rücken zu, nimmt mir die Sicht auf die Frau und fährt sie an „Arbeite weiter“, hebt den Fuß und tritt kräftig zu. Ich kann nichts sagen, nichts tun, gehe weiter und komme mir schlecht vor.

Im Frühjahr 1945 stehen die Engländer vor Bremen. Die Stadt wird beschossen und den ganzen Tag über in Stundenabständen bombardiert, unbehindert von jeglicher Flugabwehr. Ich hocke auf dem Dach in der Wachmannstraße. Im Büro wird in diesen Tagen nicht mehr gearbeitet, auch gehe ich nicht mehr zur Firma Lehmann & Co. Es gibt nur noch den Krieg und die Hoffnung auf ein baldiges Ende. Jetzt versuche ich, das durch Bombenabwürfe beschädigte Dach zu reparieren, indem ich noch heile Pfannen zusammensuche, wieder auflege und die verbleibenden Lücken mit alten Planen abdecke. Beim Dröhnen eines nahenden Bomberpulkes blicke ich auf und stelle fest, dass er seitwärts vorbeifliegt. Und da sehe ich schon, wie die Bomben als schwarze Punkte aus den Schächten heraustrudeln und wenig später explodieren. „Es ist eigentlich unwahrscheinlich“, schießt es mir durch den Kopf, „dass wir aus diesem Hexenkessel lebend herauskommen." Aber ich fühle: Unsere Familie wird alles überstehen, bald muss es vorbei sein. Und mir ist zugleich bewusst, dass in jeder Stunde ringsum Menschen sterben, Soldaten und Zivilisten.

Wenige Tage später stehe ich in der Beethovenstraße unter unserem Küchenbalkon und schaue in den kleinen Garten. Es ist wunderbares Wetter. Die Sonnenstrahlen wärmen, Frühlingsblumen blühen, der Rasen steht in saftigem Grün, Bienen summen. Mich überkommt ein starkes und erhabenes Friedensgefühl. Ich atme tief durch, bin glücklich, dass ich lebe, jung bin und eine unermessliche Zukunft vor mir liegt.

Wir gehen nicht mehr in den Bunker, obgleich viele unserer Nachbarn sich ganz dorthin zurückgezogen haben. Wir warten auf die Engländer und darauf, dass wir von dem NS-Regime und den Nazis befreit werden. Auch die Nachbarn Rex sind im Hause geblieben. Von Fliegerangriffen droht keine Gefahr mehr. Es wird schon in den Straßen gekämpft, die Engländer erobern einen Stadtteil nach dem anderen. Zu guter Letzt jagen die deutschen Truppen noch die Weserbrücken in die Luft, damit der Feind sie nicht überqueren kann. Eine vollkommen unsinnige und verfehlte Aktion, denn die Engländer sind schon rings um Bremen über die Weser vorgedrungen und greifen die Stadt von allen Seiten an. Und in ein paar Tagen wären die Bremer froh, wenn sie die Brücken noch hätten.

Mein letztes Erlebnis mit der deutschen Wehrmacht hätte für mich übel ausgehen können, nachdem ich solange von ihr verschont geblieben bin. Als ich vom Kellerfenster unseres Hauses aus beobachte, wie einige SS-Leute vorbei laufen, kann ich nicht an mich halten und brülle hinaus: „Schmeißt doch endlich die Knarren weg!" Die Soldaten stutzen, bleiben stehen, wenden sich dem Haus zu, aus dem der Ruf kam, und suchen nach dem Übeltäter. Mir sackt das Herz in die Hose, ich stürme aus dem Keller über das Treppenhaus hinauf zum Dachboden, verstecke mich und bleibe zitternd liegen. Aber es kommt keiner, die Soldaten sind weitergerannt, haben offenbar genug damit zu tun, sich selbst in Sicherheit zu bringen. Später höre ich von Fällen, die nicht so glimpflich ausgegangen sind und die SS kurzen Prozess mit den „Defätisten“ gemacht hat.

Am Nachmittag des selben Tages ist es soweit. Wir sind gerade bei der Familie Rex in deren Luftschutzkeller. Plötzlich ertönt ein gewaltiger Motorenlärm. Die Panzer der Engländer erobern die letzten Straßen von Schwachhausen. Kanonenschüsse und Granateinschläge in rascher Folge eröffnen ein höllisches Inferno, von dem wir wissen, dass es der letzte Schrecken des Krieges ist. Wie haben keine Angst mehr. Was soll uns jetzt noch passieren? Nach einer Weile ist alles vorüber. Tiefe Stille kehrt in unserem Viertel ein. Als Vater und ich vorsichtig aus dem Haus treten, um zu sehen, was draußen los ist, rast ein Jeep mit englischen Soldaten heran. Sie winken uns zu, zurück ins Haus zu gehen, was wir sofort tun. Für uns ist der Krieg zu Ende.

Es folgt das Ritual zwischen Siegern und Besiegten, zwischen absolutem Ende und zögerndem Neuanfang, zwischen Verzweiflung und Hoffnung. Zunächst dürfen die Bremer nur zu festgesetzten Ausgangszeiten auf die Straße. Am ersten Tag laufe ich natürlich sofort zur Wachmannstraße zu den Großeltern. Am Gartengang, der neben dem Haus zur anderen Straße führt, liegt ein toter deutscher Soldat. Er muss in den letzten Stunden des Kampfes um Bremen gefallen sein. Ist er einer von denen, denen ich zurief, ihre Knarren wegzuwerfen? Oma und Opa geht es den Umständen entsprechend gut. Während der Endkämpfe waren sie im Bunker. Nach ihrer Rückkehr stellten sie fest, dass deutsche Soldaten in ihrem Keller kampiert, Handgranaten und Munition zurückgelassen hatten sowie ein gutes Zeiss-Fernglas. Letzteres nehme ich mit, alles andere geben wir bei der nächsten englischen Militärstreife ab. Als sie das Zeug in Empfang nehmen, sagen sie erschrocken: „Oh, little bombs!“ Wir müssen lachen, und die Soldaten lachen auch.

Für uns sind die Engländer als Befreier gekommen. Sie ziehen aber bald ab, da Bremen und Bremerhaven als amerikanische Enklave vorgesehen sind. Das Erste, was die Amerikaner, die wir auch als Befreier ansehen, tun, ist, dass sie uns aus dem Haus jagen und die gesamte Beethovenstraße zu ihrem Quartier machen. Wir müssen in wenigen Stunden räumen, können und dürfen nur das Notwendigste mitnehmen. Wir schaffen die Sachen in die Wachmannstraße und ziehen bei Opa und Oma ein. Da passiert es: Als ich aus einem Fenster der ersten Etage Matratzen herausschmeiße, auf denen wir schlafen wollen, geht der junge Goldmann vorüber. Die Familie Goldmann (keine Juden!) kennen wir als überzeugte Nazis. Mir kommt die Galle hoch, ich rase die Treppe hinunter, stürze aus dem Haus auf den jungen Bengel zu, haue ihm links und rechts eine herunter. Er ist so verdutzt, dass er sich gar nicht wehrt. „Das ist für euch Nazis“, fauche ich, und der Bengel zischt ab. Mir ist etwas wohler, endlich konnte ich mal Dampf ablassen.

Der Krieg ist zu Ende. Die ersten Wochen drehen sich nur um das tägliche Überleben, um Essen, Trinken, Schlafen. Aber schon haben wir und viele andere das Gefühl, dass etwas Neues beginnt. Da ist allerdings noch der Plan des US-Finanzministers Henry Morgenthau, Deutschland in einen Norddeutschen und Süddeutschen Staat sowie in eine Internationale Zone zu teilen, es komplett zu entmilitarisieren und in ein Agrarland umzuwandeln. Morgenthaus Handeln, der sich aktiv für die Rettung der europäischen Juden eingesetzt hat, ist von dem Wissen um die Ermordung der Juden geleitet. Er betrachtet Deutschland als die Inkarnation des Bösen und befürchtet, es werde sich – wie nach dem Ersten Weltkrieg – wieder bewaffnen und ein neues Heer aufbauen, wenn man ihm nicht die Zähne zeige. Nie wieder soll es jemals in der Lage sein, einen Krieg zu beginnen. Von dem Morgenthau-Plan wissen wir schon lange vor Kriegsende aus dem Londoner Sender, und natürlich fürchten wir ihn. Aber mein Vater legt ihn und die Niederlage Hitler-Deutschlands so aus: „So schlecht wie es uns allen jetzt gehen mag, eines ist sicher, in Deutschland braucht niemals wieder jemand Soldat zu werden.“ Er weiß in diesem Augenblick nicht, wie sehr er sich irrt.

Wir beginnen, uns bei Opa und Oma häuslich einzurichten. Die Beethovenstraße ist mit Stacheldraht abgesperrt. Ein amerikanischer Militärposten verwehrt jedem nicht zur Truppe Gehörenden den Eintritt, ganz besonders denen, die zuvor dort gelebt haben und denen die Häuser gehören. Nur die Deutschen, die den Amerikanern Hilfsdienste leisten, dürfen hinein und in unseren Häusern walten und wirtschaften. Sie tun es denn auch sehr intensiv, indem sie all das, was sie brauchen können und die Amerikaner nicht interessiert, wegschaffen.

Da im Haus der Großeltern viel Platz ist, kommen wir gut zurecht. Werner und ich haben ein gemeinsames Zimmer. Gleich daneben schlafen Vater und Mutter in einem größeren Raum, den wir zugleich als Wohnzimmer nutzen. Gegessen wird zusammen im Wintergarten, der auch das Büro der Firma Beckröge ist. Da es noch kein Gas gibt, bereiten wir die Mahlzeiten zunächst im Garten auf einer aus Ziegelsteinen gebauten Feuerstelle zu, dann auf einer sogenannten „Brennhexe", einem winzigen eisernen Herd, den Vater irgendwo ergattert hat und dessen langes Schornsteinrohr einfach in die Luft ragt, sodass der dicke Qualm wie Nebel durch Omas Garten wabert. Verarbeitet und gegessen wird alles, was wir bekommen können. Anfangs greifen wir auf die Vorräte zurück, die kurz vor dem Fall der Stadt Bremen ausgegeben worden sind. Anderes lässt sich ertauschen oder auch „besorgen", ein etwas besserer Ausdruck für „klauen". Für unsere Feuerstelle benötigen wir dringend Holz, das Werner und ich aus dem Bürgerpark holen, wo viele von Bomben umgestürzte Bäume liegen, die wir zersägen und mit einem Handwagen zur Wachmannstraße karren. Natürlich sind wir nicht die Einzigen, die sich auf diese Weise mit Holz versorgen, wir haben viel Konkurrenz. Aber wir sind schnell. Es gelingt uns, genug Brennmaterial für den Ofen heranzuschaffen. Unsere Familie ist in einer glücklichen Lage, da wir komplett zusammen sind: wir beiden jungen Männer, Vater und Mutter als Mittelalter und Oma und Opa als die Alten. So sind es eigentlich ganz angenehme Wochen, in denen auch viel gelacht wird und sich immer mehr das Gefühl breit macht: „Wir sind erlöst, die ständige Bedrohung ist von uns genommen: die der Tyrannei der Nazis und die durch den Krieg."

Das normale Leben kommt wieder in Gang. Behörden öffnen, angewiesen durch die Besatzungsmacht, ihre Pforten. Lebensmittelmarken werden verteilt, Geschäfte machen wieder auf, Waren wieder angeboten, wenn auch sehr beschränkt. Daneben erwacht kräftig und lebensfordernd die inoffizielle Wirtschaft, der Tausch- und Schwarzmarkt. Was nicht zu kaufen ist, muss man sich ertauschen oder auf dem schnell wachsenden Schwarzmarkt für Unsummen erwerben. Das kann nur, wer stark oder reich ist; die Schwachen und Armen sind, wie immer, schlecht dran.

Schon in der zweiten Jahreshälfte gewinnt mein Leben an Fahrt. Lehmann & Co. entlässt mich, da sie als Übersee-Spediteur keine Arbeit hat. Ich finde schnell eine neue Anstellung bei einem Flüchtling, der aus Polen vier Pferde, zwei Wagen und viel Bargeld mitgebracht hat und in Bremen ein Fuhrunternehmen gründen will. Dabei helfe ich ihm.

Auch die Firma Beckröge macht sich an den Wiederaufbau. Es gelingt, eine alte Wehrmachtsbaracke zu kaufen, die man auf gemietetem Grund am Deich, direkt an der Weser, aufbaut. Allerdings fehlt das Dach. Aber auch das kriegt Vater hin. Er rennt solange zwischen Behörden und gerade in Gang gebrachten Betrieben hin und her, bis er fündig geworden ist und seine Ausdauer belohnt wird. Er kauft Leichtmetallplatten, die für den Flugzeugbau bestimmt gewesen sind, aber nun, da es mit Flugzeugen vorbei ist, stehen sie auch für andere Zwecke zur Verfügung. Die Baracke ist komplett. Zugleich lässt Großvater die Maschinen heranschaffen, die er als vorausblickender Chef zu Beginn des Krieges erworben und ausgelagert hat. Und schon bald findet sich eine Brauerei, die aus Molke ein Ersatzbier herstellt, liefert und sich abfüllen lässt. Die Firma Beckröge beginnt wieder zu arbeiten! Ein stolzer Augenblick für meinen Vater – und irgendwie auch für mich.

Nach dem Zweiten Weltkrieg

Nicht nur die Arbeit füllt meine Tage an. Jetzt, da die Schulzeit lange hinter mir liegt, entdecke ich die Freude am Lernen. Eine der Neuheiten und Möglichkeiten, sich Wissen und Bildung anzueignen, ist die Volkshochschule. Dort lerne ich Englisch, beschäftige mich mit Literatur, höre Vorträge, versuche, in die Philosophie einzudringen. Alles sauge ich gierig auf, wie andere junge und auch ältere Menschen, die neben mir sitzen. Ich finde neue Freunde, trete der Naturschutzgesellschaft bei, die uns in die Natur führt und Erlebnisse schenkt, die uns prägen. Mit fast nichts ausgerüstet, fahren wir per Eisenbahn in die Heide hinaus, schlafen im Heu, schwelgen in herrlichen Sonnenuntergänge über Heideflächen. Wir sind weit und breit die einzigen Menschen, die das erleben.

Plötzlich ist die Literatur wieder da, die Hitler verbrannt hat, von Dichtern, die aus ihrer Heimat fliehen mussten: Tucholsky, Stefan Zweig, Thomas Mann und viele andere. Von mir werden die so viele Jahre lang verbotenen Bücher geradezu verschlungen. Ich leihe sie mir aus oder besorge mir die auf grauem Zeitungspapier gedruckten Rowohlt-Rotation-Romane. Papier ist unvorstellbar knapp. Bilder von bedeutenden Künstlern tauchen auf. Von den Nazis vertrieben oder ins Exil gezwungen, kennt sie die ganze Welt, nur wir jungen Deutschen nicht. Für uns ist das alles neu. Begeistert dringen wir in sie ein, sitzen vor den Gemälden der Expressionisten, die uns in der Bremer Kunsthalle in Volkshochschullehrgängen erklärt und nahe gebracht werden.

Wenn Not und Todesangst den Menschen zum Glauben, zur Religion treiben, so ist es bei mir das Glücksgefühl, vielen Gefahren entronnen zu sein und zu den Überlebenden zu zählen. Ich gehe zu Gottesdiensten, besonders zu einem Pfarrer, der Samstag abends in der Krypta des Domes predigt. Ich versenke mich in Bücher über Religion, höre Vorträge darüber, fahre für zwei Wochen zu einer kirchlichen Freizeit in Assenheim bei

Frankfurt am Main und lebe dort wie in einem Kloster. Der Weg dorthin ist abenteuerlich; die völlig überfüllten Fernzüge kommen nur langsam voran und man kann sie nur mit einer zuvor eingeholten Genehmigung benutzen. Zudem unterliegen die Reisenden den Kontrollen alliierter Soldaten, wenn der Zug von der amerikanischen in die englische Besatzungszone wechselt. Das ist wie ein Grenzübertritt.

In Assenheim komme ich zur Ruhe, Andacht und Besinnung. Ich finde zum christlichen Glauben, aber auch zu mir selber. Als ich nach Bremen zurückkehre, bin ich ein anderer geworden. Nichts zu essen, aber immer unterwegs, das ist unser Leben in dieser Zeit und ganz besonders meines. Zehn Stunden arbeite ich tagsüber in der Firma Hahn und bin an ihrem Aufbau beteiligt. Abends eile ich zur Volkshochschule, zu Vorträgen und Konzerten. Tante Lisa und ich sind oft im Theater, das behelfsmäßig in einer Turnhalle spielt.

Auch sonntags bin ich auf Achse, da geht es auf Wanderung mit der Naturschutzgesellschaft und den neuen Freunden. Trotz der Sorgen und Nöte ringsum, empfinde ich alles als aufregend und nicht bedrückend.

Wir hungern im Winter 1945/1946, und im nächsten Winter bin ich nächtelang mit Bruder Werner beim Kohlenklauen unterwegs. Nur notdürftig gegen die schneidende Kälte angezogen, stehen wir und viele andere dunkle Gestalten am Bahndamm und warten auf einen Kohlenzug. Wenn endlich einer kommt, und das Glück es will, dass er keine Einfahrt hat, hasten alle den Bahndamm hinauf, klettern auf die Waggons, schaufeln mit den Händen die Kohle in die mitgebrachten Säcke und schleppen sie nach Hause. Es reicht aber nur für einige Tage, dann müssen wir erneut los, um Heizmaterial für unseren einzigen Ofen zu besorgen, der in der Küche brennt. Wir sind in die Beethovenstraße zurückgekehrt, nachdem die Amerikaner ihre Quartiere wieder geräumt haben. In dem eisigen Winter 1947/48 ist unsere Familie noch gut dran, da Werner und ich stark und jung sind, um etwas zum Heizen zu beschaffen. Viele Alte und Schwache müssen einfach im Bett liegen bleiben, und mancher erfriert.

In dieser Zeit gehe ich morgens oft von der Altstadtseite über den schmalen Fußgänger-Behelfsstieg, der an den Trümmern der versunkenen Brücke vorbeiführt, in die Neustadt, wo sich das Betriebsgrundstück der Firma Hahn befindet. Am Abend halte ich die Eindrücke fest, die mir auf meinem Geschäftsweg gekommen sind. Der kleine Aufsatz wird von dem neu gegründeten „Radio Bremen“ gesendet. Es handelt sich um eine Naturbetrachtung und beschreibt einen Sonnenaufgang, der als Zeichen der Hoffnung den Beginn eines trüben Alltags für eine Weile erleuchtet.

Für Oma Beckröge sind die Kriegszeit, der Zwiespalt zwischen ihrer angestammten Heimat Amerika und Deutschland sowie die Entbehrungen der Nachkriegsjahre zu viel geworden. Sie fühlt sich krank. Bis zuletzt hat sie für den Haushalt in der Wachmannstraße gesorgt, für ihren Mann, ihre Enkelkinder und Schwiegertöchter. Zu Fuß geht sie zum St. Joseph-Stift, um sich untersuchen und ihre große Müdigkeit behandeln zu lassen. Aber sie wird nicht wieder gesund, sondern immer schwächer. Nichts kann ihr helfen. Auf ihren Wunsch kehrt sie auf einer Trage mit einem Krankenwagen in die Wachmannstraße zurück. Als ihre Schwiegertochter, meine Tante Lisa, ihr Bett neu beziehen will, sagt sie mit einem Lächeln auf dem Gesicht: „Lass Lisa, es hat keinen Zweck mehr.“ Am nächsten Morgen ist sie tot.

Der Schmerz ihres Ehemannes ist übergroß. Heini, für den seine Frau zu jeder Stunde da war, von der er alles verlangen konnte und die in ihrer ruhigen, ausgleichenden Art stets für ihn gesorgt hat, kann es nicht begreifen, dass sie jetzt so still und einfach von ihm gegangen ist. Als der Sarg mit der Toten auf der Diele steht, die Mary so geliebt, so gepflegt und individuell eingerichtet hat, bricht er neben ihr weinend zusammen.

Solange die Tote aufgebahrt in einer kleinen Kapelle des Beerdigungsinstitutes steht, lässt sich Opa jeden Tag mit einer Taxe hinfahren. Er sitzt neben der Toten, schaut sie an und sinnt über ihr und sein verflossenes Leben nach. Auch mich nimmt er einmal mit, und so kann ich mich ebenfalls von Oma verabschieden. Am 2. September 1946, dem Tag der Trauerfeier, ist wunderbares Wetter. Im Krematorium des Riensberger Friedhofes ist der Sarg über und über mit Blumen geschmückt.

Zwei von Omas Wünschen werden erfüllt: Der Arzt, der ihren Tod festgestellt hat, öffnet auf Bitten unseres Großvaters ihre Handschlagader, um ganz sicher zu sein, dass sie nicht scheintot ist, denn davor hat sie sich ihr Leben lang gefürchtet. Und zu ihrer Trauerfeier spielt die Orgel „Ich hatt' einen Kameraden." Das Lied hat die überzeugte Amerikanerin immer zu Tränen gerührt. Und so erklingt es jetzt zum Schluss der Zeremonie feierlich und getragen von der Orgelempore des Krematorium-Saales, und keinem der Trauergäste wird wohl der Ironie gewahr, die darin liegt, dass zur Beerdigung der Mutter dieser Kriegsgegner-Familie eine Militär-Hymne der Deutschen zu hören ist.

Als sich der Sarg in den Keller des Krematoriums senkt, reißt es Großvater von seinem Stuhl. Sein verzweifelter Ruf „Mamy-Mamy" trifft uns alle ins Herz. „Mamy" ist sein ganz persönlicher Kosename für unsere Oma. Die ganze Familie ist betroffen. Wenn Opa Beckröge der Chef war, der immer Recht hat und sehr oft auch Recht behält, so war Oma Beckröge die Mutter, die in ihrer Sorge um die Anderen bei allen Streitigkeiten und Missverständnissen, bei Krankheit und Kummer immer zur Stelle war, mit Trost, guten Ratschlägen und ihrer nie versiegenden Hilfe. Für mich ist ein Mensch nicht mehr da, dem ich viele Geheimnisse meiner jungen Jahre anvertrauen und zu dem ich mit Problemen und Wünschen oft leichter kommen konnte als zu meinen Eltern. Es ist für mich das erste Zusammentreffen mit dem Tode. Nach ihrem Ableben ist für alle Beckröges und ganz besonders für Opa die Welt eine andere geworden. Eine ausgleichende Kraft in der Familie fehlt. Das zeigt sich im Laufe der Zeit, als Meinungsverschiedenheiten zwischen den drei Junior-Chefs untereinander und auch zwischen dem Chef und den drei Junior-Chefs immer öfter zu Tage treten, die sicher immer da gewesen sind, die aber von Oma wie ganz selbstverständlich beigelegt wurden. Für die Jugend, die drei Brüder und natürlich ganz besonders die Enkelkinder geht das Leben schnell und intensiv weiter; es bleibt kaum Zeit für große Trauer. Sicherlich ist es für den Chef anders. Aber auch er arbeitet weiter in seinem Ausweich-Büro im Wohnhaus Wachmannstraße, führt die Bücher, diktiert Briefe, spricht mit Kunden, verwaltet das Vermögen. Die Söhne werden sofort wieder von den Problemen des Geschäftsaufbaues, von den Zwängen der Nachkriegszeit in Anspruch genommen.

Für mich sind natürlich wieder die vielen verschiedenen Interessen da, die so herrlich spannend jeden Tag neue Erfahrungen, neue Eindrücke bringen. Im November 1947 gehe ich nach Bad Harzburg, folge dem Ruf einer Anstellung als Speditionskaufmann bei der Firma Schrader & Sohn und verlege damit mein Leben in eine Landschaft, die bisher für mich nur als Feriengebiet von Bedeutung war. Ich will im Harz nur ein paar Jahre bleiben, um eine andere Gegend, andere Menschen, einen anderen Betrieb kennen zu lernen. In der Firma H. Schrader & Sohn unter dem Chef, so alt wie mein Vater, der schon der Enkel des Firmengründers ist, stürze ich mich, wie viele andere auch, in die Arbeit, als wäre es mein eigenes Unternehmen, dass ich nach dem Krieg zu neuer Blüte bringen müsse.

In Bad Harzburg sind keine Bomben gefallen, keine Stadtviertel in Schutt und Asche versunken, sind keine Zivilisten umgekommen. Gestorben wurde in den Lazaretten, in die die Hotels und Sanatorien des Kurortes umgewandelt worden waren. Viele Hotels sind vom englischen Militär beschlagnahmt, das sie zur Erholung und zum Vergnügen der Truppen benutzt.

Die Firma ist nicht ganz neu aufzubauen, denn alle Gebäude, das Büro, die Lager sind erhalten geblieben, ebenso die Fahrzeuge, die Grundlage einer Speditionsfirma. Aber alles ist alt, zerschlissen, reparatur- und ersatzbedürftig. Was kümmert mich das, ich bin froh, dass ich hier arbeiten kann, als sei es meine eigene Firma.

Der Morgenthau-Plan der Amerikaner kommt so gut wie nicht zur Anwendung. Wohl werden die wenigen noch intakten Industrieanlagen vielfach demontiert und in die Länder der Sieger verfrachtet, hauptsächlich in die UdSSR, die in dieser Zeit ganz nah an das hübsche und heil gebliebene Bad Harzburg heran reicht; nur wenige Kilometer entfernt beginnt die sowjetische Besatzungszone, die spätere Deutsche Demokratische Republik. Dort wächst, schon bald gefährlich und bedrohlich werdend, der Eiserne Vorhang als Grenze zwischen zwei verschiedenen Deutschland, von denen das eine über vierzig Jahre lang zum russischen Einflussgebiet gehören soll.

Der Morgenthau-Plan wird vom Marschall-Plan abgelöst, der im westlichen Teil des alten Deutschland jenen Aufbau in Gang bringt, der zum sogenannten Wirtschaftswunder führt. Der Umschwung beginnt mit der Währungsreform sichtbar zu werden. In dem Augenblick, als unser Geld und Verdienst wieder realen Wert erhalten, stürzen sich viele in die Arbeit, um Werte zu schaffen und mehr Geld zu verdienen. Nachdem wir Tod, Hunger, Verzweiflung und Vernichtung kennen gelernt haben, wollen wir leben, gut leben, und dazu verhilft uns das Geld. Es wird von Jahr zu Jahr in Deutschland sowie in der ganzen Welt immer wichtiger und sorgt zusammen mit unserer Kraft für einen Aufschwung, der von Jahr zu Jahr den Krieg und seine Folgen mehr vergessen macht.

Als ich eines späten Abends auf einem der hügeligen Vorberge des Harzes stehe, ganz in der Nähe des Ortsteils der kleinen Stadt Harzburg, in dem ich später einmal leben werde, betrachte ich die Lichter der vier Dörfer am Fuße des Berges und dahinter das erhellte Bad Harzburg. Alles scheint eng aneinander gerückt, und mir drängt sich eine Vision auf: Ich sehe, wie sich die Dorf-Lampen vermehren und mit der Stadt zusammenwachsen. Der gigantische Aufschwung in Deutschland wird es schaffen, dass sich die ländliche Gegend vor den dunklen Bergen des Harzes zu einer Großstadt entwickelt! Das sehe ich und bin erfüllt von der Hoffnung, dass die Verwirklichung des Traums gelingen wird, und es sich lohnt, dafür zu arbeiten. Ich kann in diesen jungen Jahren noch nicht wissen, dass ich im Alter ganz anders denken und erkannt haben werde, wie sehr die Städte immer mehr das Land auffressen. Und ich kann auch nicht ahnen, dass trotz dieser Alterserkenntnis mein Sohn heute einen Beitrag dazu leistet, der Verwirklichung meiner Vision näher zu kommen.

In diese Zeit fällt auch die Auseinandersetzung mit der These des Pfarrers Martin Niemöller von der sogenannten „Kollektivschuld". Damit erkennt er an, dass nicht nur die Nazis, sondern auch alle Mitläufer und sogar Gegner des Regimes eine Gesamtschuld für die Verbrechen unter dem Hakenkreuz zu tragen und zu bekennen haben. Das ist für Niemöller christliche Pflicht und Selbstverständlichkeit. Mir leuchtet das ein und verknüpft sich mit der Vorstellung der Erbsünde. Auch ich fühle mich schuldig, obgleich meine Familie und ich keine Mitläufer, sondern Gegner Hitlers gewesen sind. Aber was haben wir denn schon getan, außer im Geheimen mit Freunden und Gleichdenkenden verstohlen unsere Wut und Erkenntnisse auszutauschen? Gewiss, jeder offene Protest wäre tödlich gewesen; wir waren eben keine Helden, und das ist schließlich unsere Schuld, und sie kann uns nur von Gott vergeben werden, von keinem Menschen und von keinem unserer Gegner. So führt auch diese Überlegung mich näher zur Kirche, die allerdings die Behauptung von der Kollektivschuld nicht aufrechterhält und Niemöllers These als Irrlehre empfindet, so wie fast alle Deutschen dieser und erst recht späterer Tage. Für mich jedoch stellt sich die Kollektivschuld weiter als Wahrheit dar, die unumstößlich ist.

Natürlich bleibt trotz der vielen Arbeit, in die ich mich in der neuen Firma stürze, noch ein gut Teil Freizeit. An den Wochenenden erkunde ich die Harzer Berge, jedenfalls so weit, wie sie im westdeutschen Raum, in der englischen Besatzungszone liegen. Der Weg in den Osten wird hingegen undurchdringlicher. Bald ist die Grenze quer durch den Bergwald mit Warntafeln und Farbmarkierungen an den Bäumen gekennzeichnet. Sie wird immer stärker bewacht, im Osten von den Russen, bald unterstützt von Volkspolizisten, und im Westen vom Zoll sowie vom neu gegründeten Grenzschutz, dem Vorgänger der Bundeswehr. Noch kann man einigermaßen illegal über die Grenze gehen und Ware nach drüben und zurück schleppen. Bis zur Währungsreform kommt zu unserer Firma sogar noch ein Spediteur aus Blankenburg, das zur sowjetischen Zone gehört, und bringt Privatgüter, zumeist Möbelsendungen aus Haushalten, deren Eigentümer jetzt in Westdeutschland wohnen. Aber seit der Existenz von verschiedenen Währungen in Ost und West ist der Weg schwieriger geworden, und es dauert nicht lange, bis ein Grenzübertritt lebensgefährlich wird.

Ich bin nach der Arbeit oft allein, lese viel, schreibe meine Eindrücke und Gedanken auf, gehe ins Kino, das, stets übervoll, viele neue und alte Filme bringt. Kinos schießen wie Pilze aus der Erde und die Menschen, die wieder Geld zum Ausgeben haben, strömen in die „Paläste", um sich abzulenken. Aber ich bin allein. So suche ich mir eines Tages einen Verein. Ich finde ihn im Nachbarort Bündheim. Er nennt sich „Die Naturfreunde" und war mir bis dahin unbekannt. Ich spreche beim Leiter-Ehepaar der Bündheimer Ortsgruppe vor und frage, ob ich mitmachen kann. Sie nehmen mich begeistert auf. Schnell stelle ich fest, dass es sich um eine Jugendgruppe handelt, die sich regelmäßig trifft, Volkstänze einübt, sonntags wandert, zusammen Volkslieder singt und sich dem Harzer Brauchtum, soweit noch vorhanden, eng verbunden fühlt. Natürlich komme ich auch bald dahinter, was die „Naturfreunde" wirklich sind, nämlich ein sehr alter Arbeiterverein, der es sich zur Aufgabe gemacht hat, der ärmeren Bevölkerung Möglichkeiten für Natur- und Reiseerlebnisse zu schaffen. An vielen schönen Orten unterhält er Häuser, in denen die Mitglieder ihre Ferien oder Freizeiten verbringen können. Ein solches Haus befindet sich auch in Bündheim, und dort kann man sich Volkstanz-Kursen und anderen Veranstaltungen zugesellen. Natürlich stehen die „Naturfreunde" der linken Politik nahe und waren während der Nazi-Zeit verboten. Aber schon bald begreife ich, dass unser kleiner Bündheimer Verein vollkommen unpolitisch ist. In kurzer Zeit finde ich hier viele gute Freunde.

Gemeinsam pilgere ich mit ihnen an Sommerabenden oder an den Wochenenden in die umliegenden Dörfer des alten Amtsbezirkes, die in dieser Zeit alle noch selbständig sind. Wir bereiten Volkstanz- und Lieder-Veranstaltungen in Dorfsälen oder anderen geeigneten Räumen vor und haben viel Freude daran, die Umgebung zu erkunden, uns und andere Mitglieder zu treffen.

So dauert es nicht lange, dass ich Göttingerode kennen lerne. In dem kleinen Ort wohnt ein älterer „Naturfreund", der gut Akkordeon spielt und darum für uns wichtig ist. Göttingerode ist mir schon am Anfang meiner einsamen Erkundungstouren in das Umland von Harzburg aufgefallen, weil in seiner Mitte ein großes Gebäude mit einem riesigen Dach steht, das von einem Dachreiter-Türmchen mit einer Uhr gekrönt wird. Zunächst hielt ich es für eine Kirche. Aber es ist eine Turnhalle, die zu der Schule gehört. Ich erkenne bald, dass sowohl die geraden, rechtwinklig sich kreuzenden Straßen mit den kleinen holzbeschlagenen Giebel-Siedlungshäusern und die Schule mit der gewaltigen Turnhalle eine Schöpfung der Nazis sind. Des weiteren erfahre ich, dass die Einwohnerschaft zumeist aus Arbeitern der Bergwerks-Grube Hansa oder des Hüttenwerkes Harlingerode besteht. Vielfach handelt es sich um alte Sozialisten oder Kommunisten. Sie haben Arbeit gefunden und die Gelegenheit zum Erwerb einer Siedlungsstelle ergriffen, um sich für ihre Familien eine Heimstatt zu schaffen.

In einem der Häuser lebt der in Berlin ausgebombte Musiker unserer Gruppe mit seiner Familie. Er heißt Otto Schreiber. Einige junge Vereinsmitglieder und ich ziehen mit ihm an einem Wochenende aus der Stadt hinaus und steigen den kleinen Berg zur Siedlung hinauf. In seiner engen Wohnung verbringen wir mit seiner Frau und seinen beiden Kindern einen wunderbaren Nachmittag. Als wir uns dem Haus nähern, steht an der Pforte ein Mädchen, das uns entgegenblickt, sich aber abwendet und ins Haus tritt. „Das ist die Tochter unserer Vermieterin, einer Witwe", erklärt Otto, „sie heißt Erika und ist ein ganz liebes Mädchen." Ich höre das zwar, begreife aber etwas ganz anderes: Eben bin ich dem Mädchen begegnet, das für dich bestimmt ist!

Das vergesse ich dann doch, und fröhlich wandern wir jungen Leute am Abend zurück nach Harzburg. Aber die Geschichte geht weiter. Am Gruppenabend der nächsten Woche erscheint nicht nur Otto mit seiner Ziehharmonika. Er bringt seine Frau Gertrud mit und Erika. Ich erkenne sie sofort. Als wir mit den Volkstänzen beginnen, fordere ich sie auf. Ein wenig erstaunt antwortet sie mir: „Ich kann überhaupt keine Volkstänze." Das lasse ich aber nicht gelten. Es stimmt eigentlich gar nicht, denn wie mir Erika später erzählt, hat sie in einer Gruppe in Goslar sehr wohl schon einige Volkstänze geübt. Ich entgegne ihr: „Das brauchst du auch nicht. Es ist ganz einfach, ich bringe es dir schon bei."

Für Erika und mich folgen Jahre schöner Erlebnisse, mit intensiver und erfolgreicher Arbeit. Den Acht-Stundentag oder die Vierzig-Stundenwoche kennen wir nicht. Sie arbeitet bei einer Firma in Goslar als Büroangestellte und sucht sich eine Stelle in Bad Harzburg. Erika muss Geld verdienen, da sie ihre Mutter, die in den noch ungeordneten Zeiten keine Rente bekommt, von ihrem kleinen Gehalt mit unterhält.

Bald beginnen wir zu reisen. 1949 fahren wir mit der „Naturfreunde"-Gruppe in überfüllten Zügen, nächtelang gedrängt in Achterabteilen bis in die Alpen, bis nach Berchtesgaden. Erika will gleich hinauf zum Watzmann. Ganz so schnell geht es allerdings nicht, erst einmal ist das Gepäck zum Schneibsteinhaus zu schleppen, der Hütte, in der wir einige Tage und Nächte verbringen wollen. Tage mit Klettertouren und Nächte im Gemeinschaftsstrohlager schließen sich an. Und das alles mit ganz wenig Geld. In Berchtesgaden finden wir ein Matratzenlager, das nur mit einer Außenleiter zu erreichen ist. Jeden Morgen waschen wir uns in langer Reihe am Trog, in den das frische Quellwasser plätschert. Dann hinauf zum Watzmann. Oben angekommen, fängt Erika beim Abendessen mit mir zu schimpfen an. Uns beiden ist ein Missgeschick unterlaufen. Da wir beide in unserer Verliebtheit uns einen halben Tag von der Gruppe abgesondert haben, ist uns entgangen, dass die Übernachtung, das Essen und alles andere auf dem Watzmann überaus teuer ist. Darum hat die Gruppe für sich kräftig Lebensmittel eingekauft und alles in meinem Rucksack verstaut, da er der größte ist. Das sehr schwere Gepäckstück wird von den Männern abwechselnd den steilen Aufstieg hinaufgetragen. Auch ich schleppe meinen Teil und wundere mich, warum der Rucksack so schwer ist. Das stellt sich am Abend heraus; alle packen ihren Einkauf aus, nur von uns ist nichts dabei. Natürlich geben uns die anderen etwas ab, aber das genügt mir nicht, und ich bestelle für mich noch eine zweite Portion. Darüber ist Erika sehr empört, da sie sich für den unterlassenen Einkauf verantwortlich fühlt: „Du bist eben viel zu verfressen!“ rügt sie mich. Später haben wir herzlich über den Watzmann-Abendhunger gelacht.

In den folgenden Jahren verbringen wir unseren Urlaub (zwölf Tage, einschließlich Samstag) nur zu zweit, nicht mehr mit der Gruppe. Wir sind uns längst allein genug. Natürlich gibt es auch manchmal Streit, aber der ist schnell geschlichtet. Besonders wohl, da ich fühle, dass ich ohne sie nicht mehr auskommen kann.

Erika kauft sich ein Fahrrad. Ich habe mein altes Vorkriegs-Rad schon lange bei mir. So machen wir im Sommer eine Radtour von Harzburg aus über Stade, die Elbe, Husum nach Pellworm. Erika sieht zum ersten Mal das Meer! Im nächsten Jahr unternehmen wir eine Tour von Köln aus den Rhein und die Aar hinauf bis hinüber zur Mosel und von dort nach Koblenz, wo wir mit unseren Freunden zusammentreffen. Mit ihnen schippern wir rheinaufwärts nach Rüdesheim. Hier trennen sich unsere Wege wieder. Erika und ich radeln zurück nach Köln und fahren von dort mit dem Zug nach Hause. Wir sind miteinander so wunderbar vertraut, dass ich oft denke: Günter, dir fehlt jetzt nichts mehr, du hast deine Arbeit, deinen Urlaub und als Allerwichtigstes hast du Erika. So kann es immer bleiben, in diesen Augenblicken bin ich wunschlos glücklich.

Im nächsten Jahr machen wir unsere erste Auslandsreise. Natürlich wieder mit dem Rad, diesmal quer durch Holland. Noch im Frühjahr war das Land von einer riesigen Überschwemmung heimgesucht worden, die sich aus einer der gefährlichsten Wetterlagen des 20. Jahrhunderts in Mitteleuropa ergeben hatte. Ein Orkantief fegte über die Nordsee hinweg. Der Wind drückte das Wasser gegen die Küsten von Holland, Belgien und Südengland. Die Deiche brachen an zahlreichen Stellen, und das Wasser riss alles mit sich. Insgesamt kamen etwa 2000 Menschen in den Fluten ums Leben, die meisten in Holland. Niemand hatte damals mit einer solchen Naturkatastrophe gerechnet.

Die Folgen der Sturmflut waren noch im Sommer zu sehen. Als wir uns der Küste nähern, fahren wir an vielen hundert Metern aufgestapelter Trümmer entlang, Schwemmholz, das von den zerstörten Häusern über das weite Land verstreut und inzwischen zusammengesucht worden ist. Wir nehmen die Fähre nach Schouven zu der Hauptstadt der Insel: Zierikzee. Die ganze Insel läuft bei jeder Flut wieder voll Seewasser, da die Deiche noch nicht repariert sind. Zierikzee ist von einem Hilfsdeich eingeschlossen und darum trocken. Nur schwer finden wir Quartier. Nach zwei Tagen fahren wir mit dem Dampfer nach Rotterdam und von dort weiter nach Den Haag.

Viel arbeiten, an den Wochenenden wandern, in den Urlaubstagen weite Reisen, das ist ein paar Jahre lang unser Leben. Es ist ein gutes Leben, vor allem, weil wir beide uns so prächtig verstehen. So kommt es, wie es kommen muss. Eines Abends fahre ich mit dem Bus nach Göttingerode, um zusammen mit Erika unseren wöchentlichen Leseabend bei unseren Freunden, der Familie Schreiber, zu verbringen. Als ich aus dem Bus steige, steht Erika schon da. Das ist ungewöhnlich, denn in der Regel treffen wir uns in der Wohnung der Schreibers. Aber sie sagt gleich: „Wir gehen nicht zum Leseabend, ich möchte bitte mit dir einen Spaziergang machen." Das ist noch ungewöhnlicher, denn es ist dunkel und das Wetter nicht gerade einladend. Aber sie will wohl mit mir allein sein und nicht bei den Schreibers und auch nicht zu Hause bei ihrer Mutter, wo wir alle zusammen in der Wohnküche sitzen würden. Wir marschieren auf der Straße Richtung Oker.

Eine ganze Weile sagt Erika nichts. Dann recht nüchtern: „Ich bin schwanger. Ich wollte es zunächst nicht glauben, aber der Arzt meint, es gibt keinen Zweifel." Wenn ich auch eigentlich mit einer solchen Eröffnung hätte rechnen müssen, bin ich doch erst einmal sprachlos. Ich werde Vater!! Doch bevor ich etwas antworten kann, erklärt Erika mir, diesmal mit mehr Temperament: „Aber du brauchst mich nicht zu heiraten. Ich werde das Kind auch so bekommen und gewiss auch allein großziehen können." Überrascht entgegne ich sogleich: „Ich werde Vater, und wir heiraten sofort!" Es hat wohl sehr froh geklungen, denn Erika, die sonst nicht alles einfach hinnimmt, glaubt mir sofort. Für mich ist es fast wie eine Befreiung, die Entscheidung ist gefallen: Wir werden eine Familie gründen. Wenn mir bislang klar gewesen ist, dass ich mein Mädel liebe und ohne sie nicht leben möchte, die öffentliche Bindung war mir eigentlich gar nicht so wichtig, und in mir musste sich erst die Blockade lösen, außer der Arbeit eine weitere lebenslange Bindung einzugehen. Das geschieht jetzt in Sekundenschnelle. Hand in Hand schreiten wir auf der dunklen Straße weiter, dem kleinen Industrieort Oker zu. Wir kehren in der ersten Kneipe ein, und ich bestelle für mich ein Bier und einen Schnaps, um auf die gemeinsame Zukunft mit Erika anzustoßen, die nur ein Glas Wein bekommt und auch kein weiteres trinken darf, denn das könnte ja dem Kind schaden.

Wir überlegen, planen und bereiten uns auf die nächsten Schritte vor. Meine Eltern und Erikas Mutter erfahren die Tatsache und dass jetzt schnell die Heirat folgen soll. Es ist damals noch so, dass wir ihnen sagen: „Wir müssen heiraten!" Aber ich sage es überaus gern. Von mir aus kann jeder von unserem Glück wissen. Auf Anhieb bin ich stolz auf meinen Sohn. Wieso Sohn? Ich denke eigentlich gar nicht daran, dass es auch ein Mädchen werden kann, denn seit drei Generationen sind bei den Beckröges keine Mädchen mehr geboren. Unsere Planungen gehen erst einmal bis zur Hochzeitsfeier und der einen Woche danach, in der wir eine kurze Reise machen wollen, denn ohne das geht es bei uns nicht. Wir können auch noch gar nicht an ein eigenes Heim denken. Wohnungen sind ganz streng bewirtschaftet. Man hat überhaupt nur Anspruch darauf, wenn man verheiratet ist und muss warten, bis man freien Raum zugeteilt bekommt. Natürlich wollen wir bei Mutter Ehlert in Göttingerode wohnen. Aber das kleine Haus ist belegt. In ihm sind Erika und ihre Mutter, Tante Finchen, die Schwester von Erikas Mutter, und eine Familie Hahn mit einem heranwachsenden Sohn untergebracht. Für einen neuen Ehemann ist überhaupt kein Platz und für ein weiteres Kind auch nicht. Aber so weit denken wir noch nicht. Selbstverständlich ist, dass Erika, die inzwischen eine Stelle bei einer großen Baumaterialien-Handlung in Goslar hat, nach den paar Wochen des ihr zustehenden Mutterschaftsurlaubes weiterarbeiten muss. „Meine Mutter und meine Tante sind bereit, tagsüber für unser Kind zu sorgen“, erklärt sie mir. Denn wir brauchen ihre Einnahmen, auch wenn ich zu meinem Chef gegangen bin und ihm erklärt habe: „Jetzt, wo ich heiraten muss und für eine Familie verantwortlich bin, muss ich mehr verdienen.“ Mein Monatsgehalt beträgt 280 Deutsche Mark. Das ist verhältnismäßig viel, aber für eine Familie, die nichts besitzt, sehr wenig.

Die Vorbereitungen für die Feier machen uns Spaß und Erika viel Arbeit. Wir wollen in der von uns geschätzten alten Stadt Goslar heiraten. Unser für Göttingerode zuständige Pfarrer Kjeldsen ist einverstanden und gemeinsam mit ihm suchen wir die Frankenberger Kirche aus. Aber die standesamtliche und kirchliche Trauung soll nicht alles sein, ein eindrucksvolles Hochzeitsessen für einen kleinen erlesenen Kreis muss dabei sein. Wir klappern in Goslar die dafür in Frage kommenden Restaurants ab; es darf nicht zu teuer werden, da wir alles von unserem kleinen Einkommen bezahlen müssen. Letztendlich und auf Drängen von Erika fragen wir in dem renommierten Hotel „Der Achtermann“ nach. Ich will es eigentlich nicht tun und sage: „Das ist viel zu teuer.“ Aber Erika besteht darauf und behält Recht. Es ist sogar preiswerter als einige andere Lokale.

Es wird eine sehr eindrucksvolle Hochzeit. Eingeladen sind außer Erikas Mutter und deren Schwester noch meine Eltern, mein Bruder, mein Chef mit Frau und Tochter, meine Großmutter und Pastor Kjeldsen. Natürlich haben wir auch Großvater, den alten Chef der Firma Beckröge, zu uns gebeten, aber er traut sich die Reise nicht mehr zu.

Wir sind zwölf Personen und passen gerade um den großen runden Tisch in einem Erkerraum des vornehmen Hotels. Der Tag bleibt uns unvergesslich so wie die Reise nach Hannoversch Münden, wo man uns in der Pension gleich als Hochzeitspaar erkannt, da wir Erikas Brautstrauß wohl verpackt mit uns führen. Und die werdende Mutter unternimmt mehr oder wenige anstrengende Wanderungen in die Umgebung, weil wir das nun einmal so gewohnt sind. Als wir durch den Reinhartswald zur Saba-Burg gehen, verschätzen wir uns in der Entfernung. Auf dem Rückweg kommt noch Sturm mit Schneeschauern hinzu. Erika ist so erledigt, dass sie in der Pension nicht zum Abendessen erscheint, sondern sich gleich ins Bett legt. Gott sei Dank hat, wie wir später erfahren, die Überanstrengung dem Kind nicht geschadet. „Unser Kind", ein Gedanke, der fast immer da ist, und Erika sind die „anderen Umstände" anzusehen, aber irgendwie ist mir diese Erwartung noch sehr fremd. Am 1. August 1954 ist es schließlich so weit. An einem Sonntag wird Wolfgang geboren. Aber es ist kein leichter Anfang. In dem Siedlungshaus in Göttingerode ist kaum für Mutter und Kind ausreichend Platz, geschweige denn für den Vater. Erikas Mutter räumt ihr Schlafzimmer und bezieht die kleine Kammer der Tochter, damit sie und das Baby in dem etwas größeren Zimmer wohnen können. Aber auch dort ist kaum Platz genug für den Stubenwagen des Säuglings. Ich muss weiter im Junggesellenzimmer bei meinem Chef hausen – bestimmt nicht der ideale Anfang für ein Familienleben, aber wir empfinden unsere Lage nicht als besonders traurig, denn vielen anderen geht es genauso wie uns oder noch schlechter. Und es wird besser, als Mutter Ehlerts Mieter uns einen Raum geben, da sie gegenüber ein Zimmer beziehen können. Das ist ein großes Entgegenkommen, denn nun wohnt die Flüchtlingsfamilie in zwei Häusern. Aber wir sind nun in der Lage, das eine Zimmer auszubauen, und es ist der Anfang für unsere Wohnung. Ich kann endlich mit Frau und Kind zusammen leben.

Ein Jahr später planen Erika und ich unsere erste Reise als Ehepaar. Wir haben die Idee, nach der dänischen Insel Bornholm zu reisen, was seinerzeit ein umfangreiches Unternehmen bedeutet. Wir lassen uns aus Dänemark Prospekte schicken, suchen ein Hotel auf Bornholm aus, schreiben und lassen ein Zimmer reservieren, erfragen bei der Bahn die Verbindung nach Kopenhagen, denn nur von dort kann man per Schiff oder Flugzeug nach Bornholm kommen. Als wir alles fertig haben und der Abreisetag festgelegt ist, erreicht uns aus Bremen die Nachricht: Opa liegt im Sterben. An dem Tag, an dem wir eigentlich nach Kopenhagen wollen, findet die Beerdigung des Senior-Chefs der Firma H. Beckröge statt. Eine große Trauergemeinde ist im Krematorium des Riensberger Friedhofes versammelt: Freunde der Familie, fast alle Angehörige und, zum Stolz meines Vaters und seiner Brüder, sehr viele Geschäftsfreunde, Vertreter der Brauereien, die die Firma Beckröge beliefern, aber auch Gastwirte, die Kunden der Firma sind.

Nach der Beerdigung trifft sich die Familie in dem Haus in der Wachmannstraße, in dem, wie alle wissen, in Zukunft der älteste Sohn Henry wohnen wird. Henry stellt für die drei Brüder fest: „Jetzt sind wir die alten Beckröges." Er sagt das sehr sachlich, wie es seine Art ist. Und sie sind wirklich recht alt, etwas unter oder über sechzig Jahre. Ein Alter, in dem andere sich zur Ruhe setzen und in dem sie jetzt gemeinschaftlich die Führung der Firma übernehmen müssen. Wenn sie auch in den letzten Jahren die ganze Arbeit in Betrieb, Einkauf und Verkauf erledigt haben, so war es doch stets der alte Chef, der die Richtung angab und alle Entscheidungen traf.

Der Betrieb mit Kontor, Lager, Abfüllräumen, Ställen und Garagen ist 1951 in die Grünenstraße in der Neustadt gezogen. Der Neubau wirkt im Vergleich zu den verwinkelten Räumlichkeiten der alten Firma großzügig. Und die Geschäfte haben sich weiter gut entwickelt. Trotz ihres Alters gehen die drei Brüder mit großem Elan daran, das Werk ihres Vaters fortzusetzen, was ihnen auch viele Jahre lang gelingt. „Beckröge" lebt weiter. Die drei Brüder verfügen über ein gutes Einkommen und vertragen sich recht und schlecht. Es gibt viele Streitfragen unter ihnen, was Heinrich Beckröge vorausgeahnt hat. So kommt in seinem Testament mehrfach der Satz vor: „Vertragt euch, damit die Firma weiter bestehen kann." So einigen sich die Drei zumindest so weit, dass man von einer neuen Blüte der Firma sprechen kann.

Für mich als Familienvater im Harz, der eine feste Arbeit hat, die ihn immer mehr beschäftigt, rückt die Entwicklung der Firma Beckröge in Bremen weiter in den Hintergrund. Natürlich höre ich von meinem Vater viel über Erfolge und Planungen, die ihn nach wie vor sehr in Anspruch nehmen und all seine Kraft benötigen. Die drei Brüder, inzwischen alt gewordene Männer, machen denselben Fehler, den ihr Vater gemacht hat: sie sorgen nicht für einen Nachfolger. Henry, der Älteste, sagt es einmal ganz deutlich: „Bei uns Beckröges ist es ein ungeschriebenes Gesetz, dass keines von den Enkelkindern in die Firma eintritt.“ Keiner will einsehen, dass dies ein großer Fehler ist. Aber die Drei fühlen sich nach dem Tod ihres Vaters noch nicht alt, sie wollen die neue Freiheit möglichst viele Jahre nutzen, um Leben und Geschäft nach ihren Ideen zu gestalten. Das führt dazu, dass mein Vater fortan noch mehr und ganz für die Firma da ist.

Wenn bisher immer noch der „Alte“ das letzte Wort hatte, so müssen jetzt die drei „jungen Alten“ die wichtigen Entscheidungen gemeinsam treffen. Das geht natürlich nicht immer friedlich zu. Manches Mal fallen dabei recht deutliche Worte und steht das Führungs-Bündnis vor dem Zerbrechen. Aber sie raufen sich wieder zusammen – zum Wohl ihrer Firma – und bringen es fertig, sich ohne große Worte wieder zu vertragen und auch privat problemlos miteinander zu verkehren. Henry und Herbert haben über alle Geschäfte den größten Überblick. Henry, der Älteste, fühlt sich als Nachfolger von Großvater, was die Jüngeren natürlich beanstanden und meinem Vater viel Ärger bereitet, da er manches doch anders betrachtet als sein Bruder. So läuft alles nicht immer zufriedenstellend, aber die Firma existiert weiter, für alle drei eine Notwendigkeit und zugleich der größte Wunsch des verstorbenen Senior-Chefs.

Ich ahne viel davon, erlebe es aber nicht hautnah mit. Nach drei Jahren erblickt Thomas, unser zweiter Sohn, das Licht der Welt. Die kleine Wohnung in dem Haus meiner Schwiegermutter ist nun zu eng. Wir finden den Ausweg, auf einem Geschäftsgrundstück der Firma Schrader & Sohn eine große Wohnung auszubauen, und so ziehen wir nach Bad Harzburg. Jetzt arbeite ich nicht nur hier, sondern wohne auch in der Stadt, mitten in der Firma, bei der ich tätig bin. Privatleben und Arbeitsleben sind fortan noch enger miteinander verbunden. Da ich von meinem Elternhaus gewohnt bin, immer für das Geschäft da zu sein, fällt mir das hier auch nicht schwer. Ob es meiner Familie, Erika und den beiden Kindern ebenso geht, darüber denke ich nicht nach. Darüber haben mein Vater und Großvater ihren Familien gegenüber ebenfalls nicht nachgedacht.

Aber dank Erika gestaltet sich das Familienleben und die Entwicklung unserer Söhne gut und harmonisch. Es geht, wie überall in Westdeutschland, bergauf. Möglichkeiten, an die wir vor Jahren nach den Kriegsschrecken noch nicht einmal gedacht haben, werden Wirklichkeit, Arbeit, Aufbau, Verdienst und vor allem das Geld immer wichtiger. Das merken wir nicht gleich, und viele überhaupt nicht. Wir können jedes Jahr mit den Kindern verreisen. Ziele sind die Ostseeküste, die Halligen, die Insel Amrum, die Heide, die dänische Insel Pellworm und erneut Amrum. Die Kinder schulen um aufs Gymnasium. Irgendwann ist es so weit, dass wir ohne sie Ferien machen und Landschaften und Orte ansteuern, die im Ausland, in Spanien, im Süden liegen.

Man wird es kaum gewahr, wie die Zeit dahineilt. Es gilt als selbstverständlich, dass stetig alles mehr wird. Die Ansprüche steigen, alles beginnt, sich immer schneller fortzubewegen. Störungen sieht man nicht als Warnung an, sondern begreift sie als Umstand, den man beseitigen muss.

So schnell die Zeit läuft, so wenig prägt sich mir von den einzelnen Ereignisse ein. Wenn die Jahre meiner Jugend, der Krieg, die zwei, drei Jahre nach dem Krieg, mir in Erinnerung kommen, sehe ich eine Unmenge von Eindrücken und Erlebnissen, von Freude und Begeisterung, eine ungeheure Lebensintensität, die sich im rasenden Gleichmaß einer Entwicklung verliert und verflüchtigt, die ich nicht mehr steuern kann, von der ich, wie alle anderen, gesteuert werde.

Im Jahre 1962 stirbt still und viel zu früh Erikas Mutter. Sie ist stets für andere da gewesen, hat nie geklagt, dankbar die Geburt von Wolfgang miterlebt und war stolz darauf, als wir uns in Bad Harzburg eine große Wohnung leisten konnten. Es ist uns unvorstellbar, dass sie nicht mehr bei uns und für uns da ist. Sie musste, von Schmerzen geplagt, ins Krankenhaus. Der Arzt eröffnete uns die schreckliche Tatsache: Krebs im fortgeschrittenen Zustand. Nach der Operation lebt sie noch einige Tage. Als sie uns verlassen muss, sind wir bei ihr.

Franziska Ehlert hinterlässt ihre Tochter, zwei Enkel, mich sowie ihre körperbehinderte Schwester, die seit Kriegsende bei ihr wohnt und die Erika dann noch viele Jahre betreut. Ihr Tod beendet ein Leben, das immer mit Arbeit angefüllt war und ihr viel zu früh den Mann genommen hat. Franziska vererbt uns aber auch das Grundstück in Göttingerode, sodass wir später nach hier zurückkehren können.

Ende der 1970er Jahre meldet sich die Firma Beckröge wieder. Der Elan der drei alten Herren ist verflogen. Sie spüren ihr Alter, der nötige Schwung lässt zu wünschen übrig, die Gewinne gehen zurück, um schließlich ganz umzukippen und in die Verlustzone abzusinken. Obendrein baut Henry gesundheitlich zusehends ab. Er, der bislang jeden Tag mit einem Fahrer zusammen bei Kunden gewesen ist, ist dazu kaum noch in der Lage. Vater verfällt in Panik. Was soll werden, wenn Henry nicht mehr kann? Von Bruder Willy erhält er nur wenig Unterstützung, also steht er allein da. Aber alles selbst zu erledigen, dazu fühlt er sich nicht mehr in der Lage. Manchmal ruft er spät abends bei uns an und fragt: „Was soll ich bloß machen? Ich weiß keinen Rat und bekomme es langsam mit der Angst!“

Da springen als Retter die Jüngsten der Familie ein, die Söhne von Willy: Heinz-Jürgen und Horst, der Ältere von beiden und der Gewichtigste in der Familie. Mit seiner Frau Antje kommt er zu uns nach Harzburg, und sie erklären ihren Plan: Antje will zusammen mit Heinz-Jürgen die Firma übernehmen. Das wertvolle Grundstück in der Grünenstraße soll verkauft werden, um von dem Erlös den Lebensabend der alten Herren zu bestreiten. Der Betrieb soll fortan in gemieteten Räumen arbeiten. Heinz-Jürgen und Horst verfügen über gute Anstellungen. Letzterer will seine nicht aufgeben, dafür soll Antje sich in die Firma einbringen. Heinz-Jürgen dagegen ist einverstanden zu kündigen und mit dem Geschäft neu zu beginnen. Uns Harzburgern leuchtet der Plan ein. Zugleich sind wir damit die Sorgen um Vater und die Firma los; ich wäre nicht bereit, nach Bremen zu gehen, um in ihr tätig zu werden. Auch Henry und Vater Herbert erklären sich einverstanden. Es bleibt ihnen auch nichts anderes übrig, da sie am Ende sind. So findet 1971 die umfangreiche Abwicklung statt. Das Grundstück Grünenstraße lässt sich günstig verkaufen. Der Umzug mit dem ganzen Betrieb erfolgt in ein gemietetes Gebäude der Straße „Am Rosenkranz" in Bremen. Am 1. April 1971 geht die Biergroßhandlung in den Besitz der vierten Generation von Heinz-Jürgen und Antje Beckröge über.

Im Jahr darauf besteht die Firma einhundert Jahre! Die Feier wird prächtig und gekonnt von den Brüdern Heinz-Jürgen und Horst und dessen Frau Antje arrangiert und ausgestattet. Alle Geschäftsfreunde, andere Bekannte und vor allem die ganze Familie Beckröge sind eingeladen. Ich darf die Festrede halten und versäume nicht, die hübsche Anekdote von unserem Opa zu erzählen: wie er auf der Rückreise von Amerika nach Deutschland die Offerte seines Schwiegervaters erhält, ein großes Warenhaus in New York zu leiten und er dankend ablehnt, da er die Position nicht aufgrund seiner Fähigkeiten erhält, sondern durch die Beziehungen seines Schwiegervaters. Bei der Feier sitzen zu fortgeschrittener Stunde noch alle Familienmitglieder als letzte Gäste zusammen. Onkel Henry flüstert mir zu: „In spätestens zwei Jahren machen die Pleite." Er meint die neuen Inhaber Heinz-Jürgen und Antje.

Aber auch in Harzburg bahnen sich Veränderungen an. Mein Chef stirbt, seine Tochter übernimmt das Geschäft. Das ist für mich der Augenblick, in dem ich mir sage: Du musst mit deiner Familie die Firmenwohnung verlassen, denn auf Dauer läuft es hier nicht so weiter wie bisher. Wir entscheiden uns, auf dem Grundstück meiner Schwiegermutter einen Hausteil anzubauen. Wir beauftragen die Firma Koch den Keller auszubaggern. Danach soll es im nächsten Jahr weitergehen. Aber die Kosten türmen sich wie ein Berg vor uns auf und sind so hoch, dass wir uns nicht trauen, ihr den Zuschlag zu geben. Gute Freunde vermitteln uns die Möglichkeit, den Rohbau in Eigenregie hochzuziehen, was noch 1974 geschieht, sodass wir im Winter 1975 von Bad Harzburg wieder nach Göttingerode wechseln können. Mit wenigen Möbeln und einem Sohn gingen wir vor Jahren hinab, jetzt kehren wir mit sehr viel mehr Hausrat und zwei fast erwachsenen Söhnen nach Göttingerode zurück. Wolfgang studiert in Hannover; Thomas besucht weiterhin das Gymnasium.

1979 stirbt meine Mutter: Vater muss sieben Jahre lang ohne sie zurechtkommen. Das wird ihm dadurch erleichtert, dass er nach wie vor jeden Wochentag vormittags in die Firma fährt, die jetzt, nachdem er sich von Schwägerin Antje gelöst hat, Heinz-Jürgen allein gehört. Er ermöglicht es meinem Vater, dass er bis zu seinem neunzigsten Lebensjahr im Betrieb und dadurch mitten im Leben bleibt. Wenn Herbert Beckröge dem neuen Inhaber jahrelang eine echte Hilfe war, so ermöglicht Heinz-Jürgen ihm die letzten Jahre seines Lebens, in denen körperliche Beschwerden ihm sehr zu schaffen machen, weiterhin jeden Tag in der Firma zu sein und froh festzustellen, dass der neue Chef sie nicht in die Pleite treibt, wie es der inzwischen verstorbene Onkel Henry vorhersagte, sondern ganz im Gegenteil, sie zu einer Blüte bringt. Das macht Vater die Lage erträglicher. Bis zu seinem 91. Geburtstag versorgt er sich allein in seinem großen Haus in der Beethovenstraße. Dann muss er ins Pflegeheim. Das ist für ihn ein Schritt, der ihm sein nahes Ende vor Augen führt und ihn dazu bringt, dass er nicht mehr länger leben will. Silvester 1986, dem schwersten Jahreswechsel meines Lebens, sagt er zu mir: „Günter, es ist nicht schön, alt zu werden!“ Aber er beklagt sich nicht. Wenige Wochen später stirbt er ganz ruhig. Von den alten Beckröges ist nur noch der Jüngste, mein Onkel Willy, am Leben.

Wolfgang hat inzwischen sein Studium beendet und geheiratet. Er ist Vater von Anna, unserer Enkeltochter. Er verfügt über eine gute Arbeit in Essen und baut sein eigenes Leben auf. Thomas erweist sich in Marburg als ein bewusst die Studienzeit erlebender junger Mann.

Mein Bruder Werner und ich erben in Bremen die Grundstücke meiner Eltern. In einem der Gebäude wohnt mein Bruder, und er behält es, ein zweites Mietshaus und zu unserem Schmerz auch unser Elternhaus in der Beethovenstraße werden verkauft. Ich bekomme ein halbes Mietshaus in der Bremer Neustadt, das Oma Beckröge von ihrem Erbschaftsgeld errichtet hat. Die zweite Hälfte gehört Onkel Willy. Als er als Letzter der drei Brüder stirbt, erwerbe ich sie von meinem Vetter Heinz-Jürgen und besitze seither das ganze Mietshaus, eine letzte Wurzel in meiner Heimatstadt Bremen. Mit dem Tod von Onkel Willy sind wir, Werner, meine Vettern und ich, die „alten Beckröges“. Die Firma lebt immer noch und dank der Tatkraft ihres Chefs wird sie größer und ist besser fundiert als je. Aber von Tag zu Tag, von Jahr zu Jahr macht sich Heinz-Jürgen größere Sorgen, wie es weitergehen soll, wenn er einmal nicht mehr die Firma leiten kann. Er will nicht den Fehler seines Großvaters und von dessen Söhne machen: gar nicht oder zu spät an den Nachfolger zu denken. In der Familie Beckröge findet sich keiner, der die Geschäfte weiterführen will.

Heinz-Jürgen muss es also auf anderem Weg versuchen. Ihm ist klar, dass es für ein verhältnismäßig kleines mittelständisches Unternehmen künftig immer schwieriger wird, allein zu stehen und sich gegen die Konkurrenz zu behaupten. Er hat die Firma wieder hochgebracht, sie arbeitet mit guter Wertschöpfung, er hat viele neue Kunden gewonnen, die mit Beckröge zufrieden sind. Nach wie vor gilt der Name etwas in der Stadt und ist mit „gutem Bier“ verbunden. Heinz-Jürgen möchte, dass es so bleibt, der Name fortbesteht, auch wenn das nicht mit einem Beckröge möglich ist.

Niemand kann in einen anderen Menschen hineinsehen, aber ich meine, Heinz-Jürgen empfindet es als bedrückend, dass er der letzte Beckröge-Inhaber des Unternehmens sein soll und es für ihn keinen Nachfolger gibt. Er ist von uns fünf Enkeln derjenige, den man am wenigsten ernst genommen und nicht viel zugetraut hat – ein Image, das ihm gelungen ist zu überwinden. Er ist von einem starken Willen durchdrungen, zeichnet sich durch intensives und gezieltes Lernen aus, weiß hart zu arbeiten, und seinem Leistungsvermögen verdankt die Firma offensichtlich den Erfolg. Aber er hat keine Familie gegründet, ist Junggeselle und hat als engen Vertrauten nur seinen Freund Georg. Ein Erbe für all das ist nicht in Sicht. Als einziger Ausweg bleibt ihm, nach einem vertrauensvollen und fundierten Partner aus der gleichen Branche zu suchen, um mit ihm zusammen die Zukunft zu meistern und sich über das eigene Arbeitsleben hinaus eine Perspektive zu sichern. Er glaubt, ihn in einer Kollegenfirma aus dem Bremer Raum gefunden zu haben und schließt mit ihm einen Vertrag. Mein Vater, nach wie vor im Geschäft tätig, warnt Heinz-Jürgen zwar, aber der sieht keine andere Möglichkeit. Eine Zeitlang sieht es so aus, als sei alles im Lot. Die neue Verbindung wartet auch mit dem Weiterführen der Firma durch die Söhne des neuen Teilhabers auf. Doch bald stellt sich die Entscheidung als Missgriff heraus; sie führt zu keiner echten Partnerschaft, sondern artet vielmehr in dem Versuch aus, Beckröge als Konkurrenz loszuwerden. Für Heinz-Jürgen folgen schwere Monate. Er möchte aus dem Vertrag heraus, sieht sich aber mit unerfüllbaren Forderungen konfrontiert. Erst nach zähen Verhandlungen und dem beiderseitigen Einschalten von Rechtsanwälten kommt es zu einer Trennung. Die Sorge um die Nachfolge lebt wieder auf, die Suche nach einem soliden und vor allem fairen Partner geht weiter. Dieser findet sich schließlich in der Firma Nordmann, die, im Wildeshauser Gebiet in derselben Branche tätig, vertrauenswürdig, gediegen und qualitätsorientiert ist. Der Senior-Chef hat zwei Söhne, von denen sich einer in die geplante Verbindung einbringt. Zwischen Heinz-Jürgen und dem Senior Fritz Nordmann entsteht schnell ein gutes Verhältnis. Gemeinsam wird der Bau einer eigenen, zukunftsträchtigen Anlage in Bremen beschlossen und realisiert. Die Zeichen sind auf neues Wachstum gestellt, der Name besteht fort, aber es ist kein Beckröge mehr dabei. Heinz-Jürgen, wohl müde geworden, inzwischen im Rentenalter und stets für klare Verhältnisse, überlässt seine Anteile der Firma Nordmann, die nun Alleininhaber ist.

Zuvor, 1988, war ich schon aus der Firma Schrader & Sohn ausgeschieden, für mich der rechte Moment, „in Rente zu gehen". Dank meiner vielfachen Interessen bestehen keine Probleme mit zuviel freier Zeit. Es dauerte nicht lange, und ich muss mir die Tage schon wieder einteilen.

Die Firma Beckröge in Bremen und Schrader in Bad Harzburg zeigen mir, dass trotz allen Einsatzes der Verantwortlichen der Erfolg immer nur zeitlich begrenzt ist und ein Unternehmen, das zu leben scheint, doch nur etwas Materielles ist, das mehr oder weniger schnell vergeht. Als alter Mensch erkennt man manchmal, dass wir die Arbeit, das tägliche Schuften viel zu ernst nehmen und dass wir darüber das wirklich Lebenswichtige allzu leicht vergessen und verpassen.

Inzwischen macht Wolfgang, nachdem sein zweites Kind, Janos, geboren ist, er ein Grundstück in Velbert erworben und seine Position im Kommunalverband Ruhr gefestigt hat, seinen Doktor. Somit ist er der Erste der Familie Beckröge, der einen solchen Titel trägt. Schließlich haben wir das große Glück, dass Thomas nach dem Studium in Bad Harzburg eine Anstellung als Stadtplaner bekommt. Und es trifft ein, was wir lange Zeit als sehr unwahrscheinlich angesehen haben: dass Thomas eine Frau findet, mit der er zusammen ein Haus kauft, einen Sohn zeugt und heiratet. Genau in dieser Reihenfolge. So erleben wir dann auch die Überraschung, dass sowohl unsere neue Schwiegertochter Annette ihren Geburtsnamen behält und ihr Sohn, unser Enkel Felix, ebenfalls Seewald heißt und nicht Beckröge. Ist das vielleicht ein Zeichen dafür, dass Vieles nicht vorhersehbar ist und alles sich ändert: Thomas' Familie besteht aus zwei verschiedenen Namen und die Firma Beckröge in Bremen heißt zwar noch so, aber mit uns hat sie nichts mehr direkt zu tun. Wenn ich auch etwas traurig bin, dass niemand von der Familie mehr dabei ist, so freue ich mich doch jedes Mal aufs Neue, wenn ich bei meinen Bremen-Besuchen die großen Wagen des Getränkefachgroßhandels sehe. Ebenso empfinde ich es als prächtig, dass es dem Unternehmen gelungen ist, in der Hansestadt marktführend zu sein und weiter zu expandieren. Mit umweltfreundlichen LKWs, der neuen Bio-Limonade BIOS und erweitertem Betriebsgelände geht das Unternehmen mit der Zeit und setzt Zeichen. Nach wie vor bekennt es sich zur Hansestadt und zu jedem einzelnen Kunden, wie es von Beginn an der Fall gewesen ist. Fast jeder Bremer kennt die großen Beckröge-LKWs, die in der Stadt umherfahren und den Gastronomiebetrieben die Getränke liefern. Aber schon lange verlässt man sich nicht nur darauf, den Kunden pünktlich die Ware zu bringen, sondern kümmert sich, wie Uwe Lammers, einer der Geschäftsführer, betont, um die „Gastronomie von A bis Z". „Wir", fährt er fort, „decken alles ab, ob es nun um die Finanzierung oder um das Bier auf dem Tresen geht. Wenn es sein muss, bauen wir die Gastro-Konzepte auch noch selbst – so wie beispielsweise das ‚Wirtshaus' in der Nähe des Weserstadions." Ein Familienunternehmen hätte solche Fähigkeit und Kompetenz nie entwickeln können. Seit 1988 gehört „Beckröge" nun der „Nordmann-Gruppe" an, dem „Vermarkter und Netzwerker der Getränkebranche", und ist in diesem Verbund eine von 76 Firmen. Eines ist mit Sicherheit Bremer Tradition geblieben: Man kennt den Markt und die Bedürfnisse der Kunden und Gastronomie genau. Und so steht der Name weiterhin für ein Programm, das sich zwar enorm erweitert hat, aber nach wie vor für Qualität und Leistungskraft bürgt und sich hoffentlich noch lange bewährt.

Felix, der nicht Beckröge heißt, aber ein echter Beckröge ist, stellt für uns eine Aufgabe und Herausforderung dar, ein spätes Jugend-Erleben, da wir ihn oft betreuen müssen und auch gerne betreuen wollen. Er ist mit uns sehr vertraut und bei uns wie zu Hause. Er ist es jetzt, der den alten Mahagonitisch aus Amerika für sich entdeckt, auf dessen Zwischenboden krabbelt, sich dort versteckt und ausruht. Und vielleicht etwas von den alten Erzählungen hört, wie einst ich sie und andere vor mir von dem Tisch erfahren haben.

1997 erfülle ich mir einen alten Wunsch und Traum, der wohl seit Kindheitstagen in mir schlummert. Ich will New York und Spring Valley kennen lernen, die beiden Orte, von denen Großmutter mir so oft und anschaulich erzählt hat. Und ich will Brooklyn sehen, die Stadt, die im Geburtsschein meines Vaters eingetragen ist.

Ich fliege mit Erika und unseren beiden Söhnen, die ich zu der Reise einlade. Wie komisch es auch klingen mag, für mich ist es eine Fahrt „back to the roots", zurück zu den Wurzeln. So ist es für mich, der ich doch Deutscher bin, dessen Vater und Großvater Deutsche waren, ja auch dessen Urgroßeltern und alle Vorfahren. Nur meine Großmutter hatte ihr Wurzeln in Amerika. Hier kommt sie her, die gute alte Dame, die sich dem „Beckröge-Clan" angeschlossen und so segensreich für ihn gewirkt hat und doch stets sie selbst geblieben ist. Ich kann es nicht helfen, aber meine Augen werden feucht, als das Flugzeug kurz vor der Landung zur Seite kippt und ich von meinem Mittelsitz aus hinabblicken kann auf amerikanisches Land, auf die große amerikanische Stadt.

Erlebnisreiche Tage in New York liegen vor uns. Und wir schaffen es auch, die Busverbindung nach Spring Valley zu ergründen und für einen Tag dorthin zu reisen. Zum ersten Mal sehe ich das Tal, das meine Großmutter mir in prächtigen Farben geschildert hat und das sie bis an ihr Lebensende so überaus liebte, ohne jemals noch einmal dahin gekommen zu sein. Ich erkenne Ort und Landschaft. Die Hauptstraße ist noch da, ebenso die großen Parks der vornehmen Sommerhäuser. Das kleine Flüsschen durchfließt, von grünen Wiesen gesäumt, gemächlich das Tal. Selbst die Linie von New Jersey nach hier existiert noch als Kleinbahn. Am Bahnhof liegt die Kirche, von der Oma erzählt hat, und mir wird zumute, als sei ich nie weg gewesen. Mit Sicherheit hat sich viel verändert, die Riesenstadt New York lauert vor den Toren Spring Valleys und macht sich daran, es sich einzuverleiben. Die vornehmen alten Villen sind umgebaut zu Mietshäusern. Das Haus, von dem Oma immer erzählt hat, finden wir nicht. Viele der großen Parks sind oder werden gerade aufgeteilt, um darin Neubauten zu errichten. Auf der Mainstreet stehen viele Geschäfte leer, ein Supermarkt am Rande des Städtchens hat die Besitzer vertrieben. Aber das Leben ist hier noch immer ruhiger als im hastigen New York. Viele Straßen sind baumbestanden, und von drei Seiten rückt die hügelige Landschaft sanft und bunt heran. Ich erkenne es wieder und bin dankbar dafür, dass ich die Reise machen darf, zusammen mit Erika und mit unseren beiden Söhnen Wolfgang und Thomas. Hundert Jahre Beckröge, die Geschichte einer Bremer Familie – wie lange ist das alles schon her? Und doch ragt sie mit ihren Höhen und Tiefen weit in unsere Gegenwart hinein. Als Vermächtnis, Auftrag und Erinnerung an eine Tradition, die sich wohltuend von einer Vergangenheit abhebt, die von zwei Weltkriegen und einem Terrorsystem geprägt war. Und auch das sollte nicht vergessen werden.

Der Autor

Günter Beckröge, 1925 in Bremen geboren, ist in gutbürgerlichen Verhältnissen aufgewachsen. Seit Jahrzehnten sind seine Eltern und Großeltern in der Hansestadt als Kaufleute und Gewerbetreibende tätig. Die Gegnerschaft seiner Familie zu dem NS-Regime prägen seinen Charakter ebenso wie die Ehrfurcht vor dem Leben und der Natur. Während des Zweiten Weltkrieges macht er eine Lehre bei einer Bremer Speditionsfirma. In den Jahren nach 1945 führt ihn sein Weg nach Bad Harzburg, wo er eine Anstellung in einer Möbelspedition findet. Im Jahre 1954 heiratet er. Aus der Ehe mit seiner Frau Erika gehen zwei Söhne hervor. Als Prokurist und Betriebsleiter ist Günter Beckröge am „Wirtschaftswunder" beteiligt. 1988 scheidet er aus dem Berufsleben aus. Obwohl zum „Harzburger" geworden, kehrt er regelmäßig in die Hansestadt zurück und fühlt sich sogleich wieder als Bremer.

Schriftstellerische Versuche, die zu kleineren Veröffentlichungen führen, hat er schon in jungen Jahren unternommen. Doch erst im Alter bewegt es ihn, die Geschichte der Familie und der Firma Beckröge aufzuschreiben. Seine Frau hat ihn nach anfänglichem Zögern dabei unterstützt, sein Bruder Werner ihm das wohlgeordnete und umfangreiche Familienarchiv zugänglich gemacht.

Bildnachweis: Atelier GAG, Bremen: S. 146 (oben links) – Familienarchiv Werner Beckröge, Bremen: S. 145, 146 (oben rechts und unten), 147-150, 152-155, 157-163, 165-168 – Donat Verlag, Bremen: S. 150 – Focke-Museum, Bremen: S. 151, 156, 164.